Une union de façade

DE LA MÊME AUTRICE AUX ÉDITIONS J'AI LU

Jeunes filles à marier

1 – *Une riche héritière*
2 – *Une héritière si romanesque*
3 – *Un Noël à Claremont Hall*
4 – *La duchesse se marie*

HARPER
ST. GEORGE

LES FIANCÉES DE NEW YORK – 1

Une union de façade

Traduit de l'anglais (États-Unis)
par Viviane Ascain

J'AI LU

POUR elle

Si vous souhaitez être informée en avant-première
de nos parutions et tout savoir sur vos autrices préférées,
retrouvez-nous ici :

www.jailu.com

Abonnez-vous à notre newsletter
et rejoignez-nous sur Facebook !

Titre original
THE STRANGER I WED

Éditeur original
Publié avec l'accord de Berkley,
une marque de Penguin Publishing Group,
un département de Penguin Random House LLC

À Lois Glanzer,
qui a toujours été l'héroïne de sa vie.

Nous t'aimons et tu nous manques.

Première partie

Les hommes ont tout, et la plupart des femmes, rien, à part ce que les hommes leur laissent. Quand les femmes veulent quelque chose, que ce soit leur pain ou un mot gentil, elles doivent en payer le prix que les hommes exigent, et c'est pratiquement toujours « une livre de chair ».

Susan B. ANTHONY

Prologue

Upper East Side, Manhattan, automne 1877

Cora appartenait de plein droit à la Cinquième Avenue, à condition de considérer la biologie plutôt que la situation sociale, ce qui n'était pas le cas de la majorité des gens. Ses sœurs et elle n'étaient donc jamais invitées dans aucune des prestigieuses demeures de cette luxueuse artère. Elles étaient des enfants illégitimes… Il s'agissait d'un de ces secrets que l'on chuchotait çà et là, ce qui impliquait le mépris occasionnel de citoyens autrement parfaitement courtois, et de se voir superbement ignorées par Charles Hathaway. En dépit de tous ses efforts, Cora n'était jamais parvenue à s'en moquer.

Ses jambes se dérobaient sous elle tandis que le cocher l'aidait à descendre de voiture devant la demeure des Hathaway. Le regard dubitatif du postillon reflétait ses doutes. S'agissait-il d'une résidente ou d'une de ces domestiques qui pullulaient dans la rue ? Elle ne pouvait pas lui en vouloir puisqu'elle se le demandait parfois, elle aussi. La robe bleu marine très pratique qu'elle portait aurait mieux convenu à une gouvernante qu'à une demoiselle Hathaway. Elle remercia le cocher d'un pourboire qu'il empocha tout en la saluant, avec l'air de lui souhaiter bonne chance.

Prenant son courage à deux mains, elle considéra l'impressionnante demeure. C'était la première fois qu'elle voyait la maison de son père. Avec ses cinq étages de brique et de pierre, elle était imposante mais sans rien de tapageur, et se mariait parfaitement avec les immeubles qui l'entouraient. Un minuscule bout de pelouse fleurie était nettement délimité par une grille en fer forgé. C'était exactement ce que l'on pouvait attendre de la famille Hathaway, qui laissait les étalages ostentatoires de richesse aux très nombreux parvenus de la ville. Les vieilles familles telles que la leur n'avaient pas besoin d'exhiber leur fortune puisque celle-ci datait de deux siècles.

Les jambes flageolantes, elle gravit les marches qui menaient à la porte d'entrée, qui s'ouvrit avant qu'elle ait eu le temps de sonner. Le majordome, un homme entre deux âges au teint blafard et au menton tombant, la toisa comme s'il s'apprêtait à la renvoyer à l'entrée de service.

— Que puis-je faire pour vous, mademoiselle ?

— Bonjour ! lança-t-elle avec juste ce qu'il fallait de hauteur pour se donner du courage. Je viens voir M. Charles Hathaway.

— C'est impossible, mademoiselle. Cette maison est en deuil. M. Hathaway ne reçoit pas.

— Oui, toutes mes condoléances. Il sera là pour moi, je vous assure. Dites-lui que Mlle Cora Dove est ici, je vous prie.

Ce nom ne disait apparemment rien au majordome, dont la mine semblait plus sceptique que jamais.

— Je crains que ce ne soit impossible, mademoiselle.

Elle s'était attendue à cet accueil et elle tira de son sac à main la lettre qu'elle avait pris soin d'apporter. Elle ne la lâcha pas, se contentant de la lever bien haut pour qu'il puisse voir l'adresse de l'expéditeur au dos de l'enveloppe. Suffisamment intrigué pour ne pas lui claquer la porte au nez, le domestique tira un lorgnon de sa poche et se pencha pour lire. La missive venait de la matriarche de la famille, Ada Hathaway. Les pattes de mouche écrites d'une main tremblante – celle d'une femme sur son lit de mort, supposait Cora – étaient cependant tout à fait lisibles.

— Je sais que Mme Hathaway et ses enfants ne sont pas en ville, précisa Cora, qui avait lu dans les journaux qu'ils étaient partis après l'enterrement dans leur maison de campagne de Westchester. Je peux revenir après leur retour, si vous préférez.

La jeune femme n'avait jamais reculé devant un peu de mesquinerie, quand la situation l'exigeait.

Le regard du majordome s'assombrit, traversé par une ombre de mépris. Peut-être connaissait-il son nom, finalement. Tous deux savaient donc parfaitement que sa présence ne plairait pas à Mme Hathaway. Il inspecta la rue – aucun des passants qui arpentaient le trottoir ne semblait leur prêter attention – et s'effaça devant elle.

— Entrez, mademoiselle !

La maison était un modèle d'élégance. Un épais tapis persan couvrait le marbre du hall jusqu'à la courbe d'un grand escalier à la balustrade d'acajou ornée de rosettes. Deux grands salons s'ouvraient de chaque côté du hall. Leurs canapés et leurs sièges étaient recouverts de tissus précieux, les guéridons ornés de délicats bibelots, et les murs d'inestimables œuvres d'art. Les hautes fenêtres étaient drapées de crêpe noir, mais Cora était prête à parier qu'elles devaient d'ordinaire être encadrées de luxueux rideaux à la dernière mode.

L'ensemble était d'un goût exquis, avec une très légère touche d'originalité – on n'était pas chez les Vanderbilt, après tout. Les Hathaway étaient une des plus anciennes familles de New York. Ils n'avaient pas fait fortune dans l'industrie moderne mais dans le commerce entre le Nouveau Monde et l'Ancien – l'import-export – avant d'hériter et d'accroître leur richesse par de judicieux placements au fil des générations.

— Attendez ici. Je vais avertir M. Hathaway de votre venue, indiqua le majordome en désignant l'un des salons.

Cora allait s'exécuter lorsqu'elle remarqua le portrait au-dessus de la cheminée. Mme Hathaway la dévisageait. C'était une femme dans la trentaine qui aurait peut-être été jolie si elle avait eu l'air moins austère. Sa chevelure sévèrement tirée en arrière et ses lèvres pincées semblaient exprimer une vigoureuse désapprobation, et Cora eut l'impression que Mme Hathaway la toisait pour lui reprocher cette intrusion dans sa maison.

Elle était assise et derrière son siège se tenaient un garçonnet et une fillette un peu plus âgée. Cora avait lu dans les journaux que cette dernière s'appelait Agnès et qu'elle avait une quinzaine d'années, à peine moins qu'Eliza, la plus jeune sœur de Cora. Elle se tenait bien droite derrière sa mère, vêtue d'une robe qui aurait probablement fait vivre la famille de Cora pendant un an, voire plus. À la pensée de tout ce qui avait été refusé à sa mère, ses sœurs et elle, son cœur se serra. Dire que si les choses s'étaient passées différemment, elle aurait peut-être vécu dans cette maison…

— Non, introduisez-moi auprès de lui, dit-elle.

Le majordome protesta, mais elle insista. Elle obtint gain de cause lorsqu'une femme de chambre traversa le hall, une pile de linge dans les bras, avant de battre en retraite précipitamment en les apercevant. La présence de Cora allait faire jaser, et prolonger la discussion dans le hall n'aurait fait qu'empirer les commérages. Le majordome se dirigea donc vers les profondeurs de la maison, Cora sur les talons, et frappa discrètement à une porte. Une voix à l'intérieur leur intima d'entrer mais le majordome lança à Cora un regard assassin pour lui faire comprendre de rester à sa place. Il ressortit quelques secondes plus tard et lui fit signe d'entrer avant de refermer la porte derrière elle avec un peu plus d'énergie que nécessaire.

Elle s'arrêta pour regarder autour d'elle et reprendre de l'assurance avant d'affronter l'homme qui l'attendait derrière son bureau à l'autre bout de la pièce. Son courage n'était pas encore à la mesure de son audace. Les murs étaient tapissés d'étagères remplies de livres. Eliza aurait adoré cet endroit. Un feu était allumé dans la cheminée. L'odeur de bois, et non de charbon, se mêlait à l'odeur douceâtre des cigares. Charles Hathaway se leva, et elle fut bien obligée de le regarder. Après tout ce temps, il lui parut encore plus grand.

Il y avait une douzaine d'années qu'elle l'avait vu pour la dernière fois, mais il n'avait pas beaucoup changé. Sa chevelure sombre s'argentait aux tempes, et les quelques rides qui creusaient son visage en accentuaient encore la solennité. Il était parfaitement assorti à son élégant costume, à sa maison raffinée et à son austère épouse. Il était bel homme, d'une façon conventionnelle et sans grande personnalité, comme si ses caractéristiques physiques étaient faites pour le rendre agréable sans rien d'aussi excessif qu'une véritable beauté.

Elle n'avait pas plus de huit ou neuf ans à leur dernière rencontre et maintenant qu'elle était plus âgée, elle cherchait des ressemblances entre ses trois filles illégitimes et lui. La cadette des sœurs Dove, Jenny, était le vivant portrait de sa mère, mais Eliza avait le même menton volontaire que lui. Cora avait ses yeux gris-bleu et le même nez légèrement proéminent, bien qu'un peu plus petit.

— Bonjour.

Pendant un instant, elle avait oublié l'objet de sa visite.

Il la dévisageait, cherchant visiblement, lui aussi, des ressemblances entre eux deux.

— Cora...

Il paraissait soulagé et bien disposé, sans l'hostilité à laquelle elle s'était attendue. Malgré la rancune qui appelait tout son mépris, ce seul mot suffit à ranimer en elle la petite fille qui avait besoin de son père. Il se souvenait de son nom et l'avait prononcé à voix haute, et elle avait l'impression de se retrouver soudain sous un chaud soleil après l'obscurité d'un long et lugubre hiver.

— Te voilà..., murmura-t-il, ayant encore du mal à le croire. Il est arrivé quelque chose ? Est-ce que Fanny... ?

— Maman va très bien.

Comme ils ne trouvaient plus rien à dire, il lui désigna un des fauteuils devant son bureau.

— Comment vont tes sœurs ?

Se rappelait-il leurs prénoms ? Elle n'osa pas le lui demander, de peur d'être déçue.

— Tout le monde va bien. Je vous présente mes condoléances pour le décès de votre mère.

De sa grand-mère, même si personne n'y avait jamais fait référence sous ce terme devant elle. Si elle avait un jour rencontré la vieille dame, elle n'en gardait aucun souvenir.

— Je te remercie. Elle a eu une longue et belle vie, répliqua-t-il en réprimant une certaine surprise. Tu lui ressembles un peu. Tu as la même chevelure auburn qu'elle dans sa jeunesse.

Cora effleura ses cheveux ramenés sur sa nuque. Elle s'était toujours demandé d'où venait cette teinte. Ses sœurs et elle avaient-elles hérité d'autres traits de cette famille qu'elles n'avaient jamais connue ? Elles avaient été privées de tant de choses ! La colère qui l'habitait du plus loin qu'elle se souvienne lui revint tout entière.

— Je ne sais pas. Je ne l'ai jamais rencontrée.

Il eut le toupet de paraître offusqué.

— Cora, je... J'ai fait ce que j'ai pu.

Elle était d'un avis différent, mais elle n'était pas venue pour passer en revue les deux décennies de son existence, ni pour disserter sur les responsabilités parentales. Elle prit son courage à deux mains pour en venir à la raison de sa visite.

— Elle m'a écrit avant de mourir.

Cette fois-ci, il ne put dissimuler sa surprise tandis qu'elle sortait la lettre de son sac.

— Je l'ai reçue le lendemain de la parution du faire-part dans le *New York Times*. Elle disait qu'elle regrettait les arrangements qui avaient été pris pour nous et qu'elle voulait nous faire un legs, à mes sœurs et à moi.

Sans un mot, il tendit la main. Cora hésita. Tout son être se rebellait et refusait de lui donner la missive. Il n'avait qu'à la jeter au feu et il ne resterait plus aucune preuve qu'Ada Hathaway avait pensé à elles. Elle retira la feuille de l'enveloppe et la lui confia. L'enveloppe pourrait au moins constituer une espèce de preuve si jamais la lettre venait à disparaître...

Il chaussa une paire de lunettes et se rencogna sur son siège. Le courrier, plutôt impersonnel, était visiblement celui d'une femme qui n'avait pas l'habitude d'étaler ses sentiments. Elle regrettait simplement que leurs vies n'aient pas été différentes, disait qu'elle avait fait un legs en faveur des trois sœurs et que Cora devait aller voir son fils Charles pour plus de détails.

— Je ne savais pas qu'elle t'avait écrit, commenta-t-il en lui rendant la lettre.

— Elle vous avait fait part de ses intentions ?

— Oui.

— Vous aviez l'intention de nous contacter ? s'enquit-elle tandis que la souffrance revenait lui broyer le cœur.

— Dans quelques semaines, oui. J'espérais avoir un peu de temps, répondit-il en soupirant, comme si le sujet constituait un réel tourment pour lui.

Il prit un dossier dans un tiroir, fourragea dans les documents et finit par en retirer une simple feuille de papier.

— Elle vous a laissé, à tes sœurs et à toi, un certain nombre d'actions dans le Central West Railroad et les Hathaway Realty Investments. Ces actions rapportent environ vingt mille dollars par an. Il y a également une somme d'argent de deux cent mille dollars pour chacune. L'ensemble sera placé dans un trust pour être remis à chacune d'entre vous le jour de son mariage.

Deux cent mille dollars et des revenus de vingt mille dollars par an... Mon Dieu, elles étaient riches ! Avec une somme pareille, chacune pourrait s'acheter une maison, voire un domaine, et les revenus annuels seraient largement suffisants pour les faire vivre !

Sauf qu'elles ne les avaient pas encore...

— À notre mariage, pas à notre majorité ?

— Elle voulait s'assurer que vous seriez établies de façon stable.

C'était tout de même étrange de la part d'une dame qui ne s'était jamais particulièrement souciée de leur stabilité auparavant...

— Et si nous ne voulons pas nous marier ?

— Que vous décidiez toutes les trois de rester vieilles filles me semble peu probable. Cela dit, celle qui le déciderait n'hériterait ni des actions ni de l'argent.

— Mais c'est absurde !

Cette femme ne s'était jamais souciée d'elles jusqu'à ce que sa conscience les rappelle à son bon souvenir sur son lit de mort, et voilà qu'elle entendait leur dicter leur façon de vivre jusqu'à la fin de leurs jours !

— Je comprends que l'on puisse le voir ainsi, mais c'est pour votre bien. Nous sommes convenus que je devrais vous guider dans votre choix d'un époux pour éviter toute espèce de... de situation gênante.

— Ce qui signifie ?

— Je dois aider chacune d'entre vous à trouver un homme disposant de moyens convenables et d'une position sociale satisfaisante. Un homme digne des Hathaway, même si vous ne portez pas ce nom.

— Vous voulez un homme que votre fille Agnès pourrait épouser, en somme !

— Oui, mais pas quelqu'un de Manhattan ou de New York, ni du Connecticut, expliqua-t-il, quelque peu mal à l'aise. Pas de la Nouvelle-Angleterre, en fait, ni de Floride ou de San Francisco, où nous avons maintenant des relations, ajouta-t-il après un instant de réflexion.

— Eh bien, maintenant que nous avons écarté pratiquement l'intégralité des États-Unis...

— Tu comprends que fréquenter les mêmes cercles serait embarrassant pour ma famille ! Je ne veux à aucun prix causer plus de tracas à ma femme ou compromettre les chances d'Agnès de faire un beau mariage. Et il y a toujours des coureurs de dot qui n'hésiteraient pas à nous faire chanter.

Leurs chances d'entrer en possession de leur héritage s'amenuisaient à chaque seconde...

— Tous les hommes ne sont pas des profiteurs, fit-elle remarquer. Il existe des gens désintéressés, de par le monde.

— Bien entendu, néanmoins il y en a encore plus qui seraient prêts à profiter de la situation sans la moindre hésitation. Je l'avais prévenue que c'était une mauvaise idée.

— Une mauvaise idée de nous faire un legs ?

— Non, de penser que le genre de mariage qu'elle avait en tête était possible.

Pour Cora, qui toute sa vie s'était sentie considérée comme inférieure et indésirable dans la famille de son père, cette remarque fut la goutte d'eau qui fit déborder le vase.

Elle chercha une repartie, mais M. Hathaway avait éliminé pratiquement tous les hommes du pays. Il y avait pourtant des messieurs nobles et désintéressés sur terre. Il devait bien en exister !

Nobles et désintéressés...

Les sœurs Crenshaw avaient épousé des nobles anglais quelques années plus tôt. Et avant elles, Camille Bridwell, qu'elle avait connue dans leur enfance lorsque sa mère et M. Hathaway étaient encore ensemble, avait épousé un duc.

— Des aristocrates ! s'écria-t-elle, toute heureuse d'avoir une idée qu'il ne pouvait pas rejeter. Nous pourrions épouser des aristocrates européens, précisa-t-elle plus calmement.

— Restons raisonnables, veux-tu, Cora.

— Je suis raisonnable ! rétorqua-t-elle, vexée.

— Je peux vous donner une certaine somme pour vous faire oublier toutes ces sottises, poursuivit-il, ignorant ce qu'elle venait de dire.

Il avait retrouvé sa froideur d'homme d'affaires, maintenant qu'il avait écarté les dernières volontés de sa mère, qu'il jugeait absurdes. C'était ainsi qu'il avait expulsé ses filles illégitimes de sa vie avec tant de facilité, comprit-elle. Il avait endossé un rôle. À moins que son amabilité initiale n'ait été feinte et qu'il ne montre désormais sa véritable personnalité...

— Dix mille dollars.

— Dix mille dollars ? s'écria-t-elle, abasourdie. C'est le prix que vous êtes prêt à payer pour que vos filles vous laissent tranquille ?

— Non, Cora ! Je comprends ta déception mais, en dépit des apparences, je ne dispose pas de grosses sommes en liquide.

Les sourcils froncés, il la regardait d'un air profondément désolé. Elle commençait à comprendre l'emprise qu'il avait pu avoir sur sa mère à une certaine époque. Sincère ou non, il avait le don de vous faire croire qu'il se souciait réellement de vous.

Depuis sa naissance, il avait toujours eu tout ce qu'il désirait sans jamais avoir à le demander. Comment aurait-il pu comprendre les sentiments qui l'agitaient ?

— Je fais de mon mieux pour être équitable. Que dirais-tu de quinze mille ? Enfin, Cora, sois raisonnable ! s'empressa-t-il d'ajouter comme elle paraissait tout aussi horrifiée. Je les placerai pour toi et tu toucheras un revenu très convenable, suffisamment pour t'offrir une petite chambre pour toi toute seule où tu voudras.

C'était donc ce qu'il attendait d'elle ? Qu'elle accepte sa petite rente, qu'elle aille se cacher dans quelque pension de famille pour vieilles filles et, surtout, qu'elle ne lui cause aucun ennui ? Et pendant ce temps, il aurait la conscience tranquille.

— Nous sommes loin des dernières volontés de votre mère.

— Quoi que tu en penses, je ne suis pas un imbécile. Je veux te voir établie dans la vie.

— Et moi, je veux mon héritage !

— Cora...

— Si nous épousons des aristocrates, est-ce que vous approuverez ces mariages et débloquerez les fonds qui nous reviennent ? demanda-t-elle, brûlant ses dernières cartouches.

Il éclata de rire, ce qui ne fit qu'augmenter l'irritation de Cora.

— Tu n'as aucune famille, aucun nom pour t'introduire dans la bonne société, rétorqua-t-il, retrouvant tout son sérieux. Tu crois vraiment avoir ne serait-ce que l'ombre d'une chance d'épouser un aristocrate ?

Elle n'y croyait pas elle-même quand elle l'avait suggéré – pas vraiment, en tout cas – mais elle n'était pas prête à laisser cet homme lui rire au nez pendant qu'il gardait ce qui leur revenait de droit, à ses sœurs et à elle, tout cela pour s'épargner un peu d'embarras, à lui et à sa « véritable » famille.

— Vous voudrez bien m'écrire une lettre garantissant notre dot à toutes les trois ?

— Tu parles sérieusement ?

— On ne peut plus sérieusement ! J'aurais également besoin d'une preuve écrite de votre main concernant les fonds qui nous sont dus.

— Tu n'y parviendras jamais, voyons ! Vous n'avez aucune relation aristocratique ni personne pour vous recommander !

Que pouvait-elle répondre ? Elle préféra faire ce qui s'était toujours révélé efficace lorsqu'elle n'arrivait pas à obtenir ce qu'elle voulait avec sa mère. Elle le toisa de toute sa hauteur.

— Bon, c'est entendu ! marmonna-t-il, déconcerté, en prenant une feuille de papier estampée à ses noms et adresse. Si jamais tu réussissais, des relations dans l'aristocratie pourraient toujours nous être utiles.

Comment faire pour trouver un époux, et un époux dans l'aristocratie ? Cora n'en avait pas la moindre idée, à part demander l'aide de Camille, en espérant que la duchesse douairière de Hereford se rappellerait leur rencontre bien des années plus tôt.

— Vous devrez venir nous rejoindre en Angleterre ou là où nous nous trouverons… une fois que nous aurons des fiancés.

La lettre ne serait utile que jusque-là. Il faudrait qu'il se déplace pour régler tous les détails avec les banques et les fiancés.

— Trouve-toi un aristocrate, et c'est moi en personne qui te conduirai à l'autel ! déclara-t-il avec un petit rire pincé.

1

Oxfordshire, Angleterre, printemps 1878

La chasse à l'aristocrate n'était pas faite pour les enfants de chœur. Cette occupation exigeait d'excellentes capacités d'analyse, de concentration et d'attention au moindre détail, trois qualités que Cora Dove était bien obligée de travailler. Choisir le candidat idéal pour faire un bon époux exigeait des compétences de fin stratège. Le mari parfait pour une coureuse de titre était un coureur de dot, c'était de notoriété publique. Ce n'était pourtant pas aussi simple. S'il était trop pauvre, la fortune de la mariée était condamnée à s'évaporer, telle une flaque d'eau dans le désert...

Cora était bien décidée à ce que l'homme qu'elle épouserait ne soit pas un joueur, pas un joueur invétéré en tout cas. Les probabilités de trouver un aristocrate qui ne joue pas du tout étaient aussi minces que celles de trouver un poisson qui ne sache pas nager ! Et ce n'était pas le seul facteur à prendre en compte. Elle en avait d'ailleurs fait toute une liste. Un homme trop jeune risquait d'être irréfléchi et turbulent. Un homme trop âgé aurait des idées dépassées sur le rôle d'une épouse. Un homme trop capricieux ou trop déluré serait difficile à vivre. Un homme trop séduisant serait inévitablement source de peines de cœur – ce dernier point était le dernier de la liste. Cora n'avait rien contre les hommes séduisants et elle en aurait volontiers épousé un, mais sa sœur Jenny, qui en savait plus long qu'elle sur ce genre d'hommes, avait insisté pour ajouter cette condition. Se contenter de viser le titre le plus prestigieux sans se préoccuper du reste aurait été pure folie alors qu'il y avait tellement d'autres facteurs à prendre en considération...

Cora n'avait rien d'une sotte. Plus maintenant, en tout cas. Elle avait débarqué une semaine plus tôt du bateau en provenance de New York, accompagnée de sa mère et d'Eliza, avec une seule idée en tête : trouver un aristocrate et l'épouser avant l'été. Heureusement, elle ne serait pas seule pour affronter cette difficile mission. Camille, duchesse douairière de Hereford, avait accepté de servir d'intermédiaire et d'aider les trois sœurs à trouver des maris.

— Pardonnez mon incrédulité, Camille, mais je ne vois pas où nous trouverons des soupirants ici ! se récria Eliza, la plus jeune sœur de Cora, visiblement déçue.

Toutes les trois, parapluie en main pour se protéger du crachin printanier, venaient de descendre du train qui s'éloignait dans un panache de vapeur. Elles se trouvaient dans un petit village dont Cora avait déjà oublié le nom, tout près de la maison de campagne de Camille dans l'Oxfordshire. L'endroit n'était rien de plus qu'une étape du chemin de fer, mais il possédait le charme désuet et pittoresque de la plupart des villages anglais que Cora avait vus. Le temps leur avait donné un attrait que les villes industrielles qui avaient essaimé aux États-Unis ne possédaient pas. Les maisons de pierre ou de torchis avaient des siècles de plus que les immeubles de brique de New York, et cette pérennité procurait un sentiment de sécurité qu'elle trouvait profondément réconfortant.

— Cet endroit me plaît énormément ! s'écria-t-elle.

— Je l'aime beaucoup, moi aussi, renchérit Camille.

Cora et ses sœurs avaient fait la connaissance de Camille il y avait bien des années, lorsque M. Hathaway et Fanny formaient encore un couple, même si leur relation vivait ses derniers moments. Le père de Camille et M. Hathaway venaient de conclure une affaire et elles avaient été invitées à passer une semaine dans la maison de campagne des Bridwell. Le séjour s'était révélé pénible et Cora comprenait maintenant que Mme Bridwell n'approuvait pas leur présence chez elle, même si M. Bridwell n'avait jamais rechigné à faire passer l'intérêt de ses affaires avant le respect des conventions sociales. Cora et Camille avaient passé le plus clair de leur temps dehors à nager ou à jouer sur les balançoires. Heureusement, Camille s'était souvenue d'elle et lui avait offert un secours inestimable lorsque la jeune femme lui avait expliqué ses projets de mariage.

La duchesse n'était pas une partisane acharnée des alliances de la fortune et de la noblesse, devenues si populaires entre les riches héritières américaines et les aristocrates européens impécunieux. Ses parents l'avaient vendue pour un titre prestigieux et le mariage s'était révélé profondément malheureux jusqu'au décès de ce duc bien plus âgé qu'elle. Elle s'était enfin retrouvée libre et avait rencontré Jacob Thorne, un homme qu'elle aimait. Il avait fallu plusieurs lettres et quelques télégrammes pour que Cora parvienne à convaincre Camille qu'elle désirait vraiment cette union et qu'elle n'y était pas contrainte par sa mère. C'était la négligence du père de Cora qui avait rendu nécessaire ce genre de mariage, mais la jeune femme avait préféré ne pas s'appesantir sur ce point.

Elle avait au contraire consacré chaque instant à trouver l'époux idéal. Elle tenait un journal spécifiquement consacré à cette tâche et le remplissait consciencieusement de notes détaillées sur chaque éventuel prétendant que lui proposait Camille. Elle connaissait leur âge, les membres de leur famille proche, et la façon dont ils occupaient leurs journées. Et, ce qui était peut-être plus important, elle savait pourquoi et comment leurs familles avaient perdu leur fortune. Cette information cruciale pouvait faire la différence entre un avenir confortable et un autre passé à compter chaque sou.

Contrairement aux héritières américaines issues de familles nouvellement enrichies dans l'industrie, dont la fortune était solide, Cora et ses sœurs étaient des enfants illégitimes. Elles ne cherchaient pas à se marier pour accéder à un meilleur statut social, même si cela aurait été tout à fait bienvenu ; elles le faisaient pour assurer la survie de leur petite famille.

— Eh bien, tu n'as qu'à épouser n'importe quel gentleman du coin. Moi, je préfère un homme qui habite Londres ! décréta Eliza, tandis que Cora réprimait un soupir.

C'était plus facile à dire qu'à faire...

— Je sais bien que les conditions ne sont pas idéales, concéda Camille en les entraînant sur le bas-côté de l'étroit sentier, moins boueux, qui paraissait s'éloigner du village. Mais vous allez avoir une occasion unique d'observer ces messieurs en dehors de leurs activités sociales. Étant donné qu'ils ne vous connaissent pas et qu'ils ne sauront pas que vous les regardez, ils se montreront tels qu'ils sont au naturel. Alors qu'une fois chez moi, ils se conduiront en hommes du monde et s'appliqueront à se faire voir sous leur meilleur jour. Vous ne verrez d'eux que ce qu'ils voudront bien vous dévoiler.

Elle avait sans doute raison. Des dix messieurs que Camille avait invités dans sa propriété de Stonebridge Cottage, elles avaient eu l'occasion d'en étudier cinq sans qu'ils s'en aperçoivent. Elles s'étaient tout d'abord rendues dans le Lake District[1], où deux de leurs prétendants participaient à un tournoi de pêche. Il s'agissait

1. Région du nord-ouest de l'Angleterre célèbre pour ses lacs pittoresques. *(Toutes les notes sont de la traductrice.)*

des individus les plus barbants que Cora ait jamais rencontrés ! L'ennui ne faisant pas partie de leurs critères rédhibitoires, ils avaient réussi l'examen. Elles avaient ensuite assisté à une conférence au British Museum pour observer le troisième candidat, qui s'était montré un peu trop agressif envers le conférencier. Elle avait donc rayé son nom. Elles ne voulaient pas d'un grossier personnage pour mari. Elles en avaient ensuite tranquillement observé deux autres à Hyde Park, qui avaient l'air un peu prétentieux, et Cora avait ajouté un point d'interrogation devant leurs noms. Leur sortie de la journée était la dernière avant leur séjour à la campagne la semaine suivante. Elles étaient venues voir un match de football.

— Je crains que le match n'ait déjà commencé mais nous en verrons suffisamment pour juger de leur esprit sportif, reprit Camille. Je sais que cette qualité ne figure pas sur votre liste ; toutefois, observer la façon dont un homme se conduit avec ses coéquipiers et ses adversaires est très instructif. Nous pourrons peut-être aller ensuite à la buvette et voir comment ils se comportent après le match, si ce n'est pas aller un peu loin.

Il ne fallait pas que l'on reconnaisse la duchesse, et une fois que l'on aurait remarqué l'accent américain des deux sœurs, leurs déguisements sous des vêtements modestes deviendraient inutiles pour cacher leur identité à de possibles soupirants. Il ne serait alors plus question d'objectivité et elles perdraient toute chance d'étudier ces messieurs à leur insu.

— Nous pouvons regarder le match un petit moment, suggéra Cora.

Elles tournèrent au coin d'une enfilade de petites maisons et s'engagèrent dans un étroit sentier conduisant à un champ. Le match avait effectivement débuté. Environ deux douzaines d'hommes étaient sur le terrain. Une moitié portait des maillots verts et l'autre des maillots jaunes. Tous avaient des pantalons qui ne seraient plus jamais blancs à cause de la boue qui les maculait, avec de hautes chaussettes et des souliers de cuir. Ils étaient tête nue et se disputaient un ballon rond dans une lutte qui s'avérait bien plus physique que Cora ne s'y était attendue.

— Attention où vous mettez les pieds, avertit Camille en désignant une flaque particulièrement profonde, que Cora enjamba avec légèreté tandis que la duchesse et Eliza continuaient leur chemin vers une petite foule encourageant les joueurs.

L'engagement physique du jeu stupéfia Cora. Un homme se précipitait pour botter le ballon lorsqu'un autre vint le percuter et manqua le renverser sur le sol détrempé. La balle dévia et fut envoyée à quelques mètres de là. Un autre joueur, dont les cheveux blonds collés par la sueur et la pluie lui retombaient dans les yeux, jura avant de pousser un hurlement de triomphe en dépassant plusieurs joueurs adverses pour envoyer le ballon vers les buts. Tous les participants firent demi-tour et se ruèrent aussitôt dans cette direction. S'il existait une logique dans ce qu'ils faisaient, elle échappait totalement à Cora. Ils lui semblaient tous saisis de folie.

Pour le moment, ce qui la frappait, c'étaient la taille et la silhouette athlétique des joueurs. Sans veston ni redingote pour les dissimuler, leurs carrures et leurs musculatures, que moulaient leurs maillots mouillés, lui parurent particulièrement impressionnantes. Elle comprenait maintenant pourquoi les bonnes mœurs tenaient tant à ce que les hommes n'apparaissent jamais en bras de chemise. Le spectacle serait beaucoup trop distrayant autrement. La plupart des messieurs qu'elle avait rencontrés en société lui avaient semblé plutôt délicats. Pas comme ceux-ci...

En rejoignant Camille et Eliza, elle ne put s'empêcher de regarder le joueur qui s'était emparé du ballon. Il était grand et bien bâti, avec un menton volontaire. Il surveillait avec attention la direction de la balle. En quelques foulées, il rejoignit avec aisance ses coéquipiers, sans montrer le moindre signe d'essoufflement. Qu'il puisse compter au nombre de ses prétendants aurait été probablement trop demander, même si le fait qu'il soit aussi bel homme allait en totale contradiction avec les règles qu'elle avait édictées, ce qui l'obligerait à l'écarter d'emblée.

Pendant qu'elle était occupée à l'observer, le ballon émergea du chaos et roula dans sa direction. Un joueur d'à peu près la taille de Camille partit à sa poursuite en hurlant, avec le regard plein de férocité d'un prédateur fondant sur sa proie. Elle avait à peine eu le temps de l'entrevoir que l'homme qu'elle venait d'admirer se mit à crier, et son attention revint vers lui.

— Briggs !

Il se mit à courir à toute vitesse vers elles, visiblement pour empêcher son coéquipier de la percuter.

Elle fit un pas de côté et parvint ainsi à éviter le dénommé Briggs, mais elle se trouva alors sur le chemin du grand blond. En essayant de s'arrêter, il dérapa sur une flaque de boue et renversa Cora, qui en eut le souffle coupé. Son parapluie et le livre qu'elle tenait à la main partirent dans les airs, elle glissa à son tour et tous deux tombèrent en même temps. L'homme se retourna dans sa chute de façon à amortir le choc pour elle, et ils roulèrent ensemble dans l'herbe détrempée avant de s'arrêter. Les autres joueurs, toujours lancés à la poursuite du ballon, se rapprochaient dangereusement, tel un troupeau de bêtes. Cora ferma les yeux en s'attendant à ce qu'ils les piétinent. Le cataclysme attendu ne se produisit pas et la horde poursuivit sa course sur le terrain. Quand elle rouvrit les yeux, elle croisa ceux, vert émeraude, de l'inconnu. Jamais elle n'avait vu des yeux de cette teinte, sauf chez les chats.

— Êtes-vous blessée ?

— Je ne pense pas, murmura-t-elle d'une voix tremblante, tout étonnée.

Il se pencha pour lui palper les côtes et la poitrine. Elle sursauta sous sa main. Il voulait certainement vérifier qu'elle n'avait rien, mais ses seins se dressèrent tout de même sous ses doigts et le sang circula plus vite dans ses veines.

— Pardon ?

— Vous êtes blessée.

— Non ! protesta-t-elle en écartant sa main.

— Vraiment ? insista-t-il, visiblement vexé par sa rebuffade.

Peut-être ne s'était-il pas rendu compte qu'il lui avait palpé les seins, après tout.

— Je n'ai rien, assura-t-elle d'un ton plus calme.

La situation devenant vraiment embarrassante, elle voulut se redresser, mais en fut empêchée par la cuisse de l'homme - qui était très solide et très impressionnante. Elle aurait dû se mettre en colère, protester plus énergiquement, mais tout à coup, se trouver coincée sous le poids de l'inconnu aux yeux de chat la dérangeait beaucoup moins...

— Laissez-moi vous aider, proposa-t-il alors qu'elle commençait à s'habituer à ses attentions.

Elle saisit la main qu'il lui tendait, encore troublée par leur proximité physique. Une fois debout, il avait pratiquement une tête de plus qu'elle. Quant à son torse, il pouvait être deux fois plus large que le sien. À l'exception de quelques danses, elle ne s'était jamais trouvée aussi proche d'un homme, et certainement jamais d'un homme aussi séduisant.

D'une main tremblante, elle saisit celle qu'il lui tendait en s'efforçant de reprendre son souffle, comme si c'était elle qui avait couru toute une longueur de terrain. Pour se donner contenance, elle entreprit de débarrasser son corsage des brins d'herbe qui s'y étaient accrochés. Quand il l'imita, cela ne fit qu'accentuer son trouble.

— La prochaine fois, regardez où vous allez ! Vous n'auriez pas dû pénétrer sur le terrain, dit-il avant qu'elle ait le temps de retrouver ses esprits et de protester – ce qui aurait pu prendre un moment, car elle prenait de plus en plus de plaisir à la situation.

Cette dernière remontrance la ramena à la réalité.

— Je n'étais pas sur le terrain, j'étais sur le côté ! C'est votre ami Briggs qui a franchi la ligne.

— Ah, parce que vous jouez au football ? rétorqua-t-il vivement.

— Non, mais n'importe quel sport délimite la surface de son aire de jeu. J'étais hors de la vôtre !

Elle se retournait déjà pour lui montrer la ligne, et remarqua qu'il n'y avait de ligne d'aucune sorte.

— Est-ce que vous me reprochez de vous avoir renversé ? ajouta-t-elle.

— Bien sûr que non.

— Vous m'en voyez ravie ! conclut-elle en brossant énergiquement sa jupe.

Il alla ramasser son livre et son parapluie et les lui rapporta. Il rejeta ensuite ses cheveux en arrière et dégagea son visage, ce qui fit ruisseler des gouttes d'eau sur ses joues. Elle ne put s'empêcher d'en suivre une du regard, jusqu'à sa bouche...

— Peut-être que la prochaine fois que vous verrez un ballon et toute une équipe courir vers vous, vous aurez l'idée de quitter le terrain de jeu, reprit-il avec une lueur malicieuse au fond de son regard d'émeraude qui adoucissait l'aigreur de son propos.

— Dev ! appela un de ses coéquipiers.

Il se redressa et son sourire s'effaça tandis qu'il observait Camille et Eliza qui se hâtaient vers eux.

— Vous êtes américaine, n'est-ce pas ?

Nom d'un petit bonhomme, elle avait oublié qu'elle ne devait parler à personne...

— Oui, je rends visite à une amie.

Il parut jauger Camille du regard avant de se retourner vers elle, de la saluer d'un bref signe de tête et de courir rejoindre ses camarades de jeu.

— Cora ! s'exclama Eliza en ouvrant son parapluie pour les protéger toutes les deux.

— Le choc m'a paru terrible ! Vous êtes blessée ? s'enquit Camille en brossant avec son mouchoir la jupe de Cora, et manquant de perdre son chapeau au cours de l'opération.

— Non, seule ma fierté a souffert, répondit Cora en souriant.

— Il aurait pu te casser quelque chose ! s'indigna Eliza.

— Mais ce n'est pas le cas…

— Heureusement ! Il n'a pas encore confirmé sa venue chez moi. S'il vous avait cassé quelque chose, j'imagine qu'il n'aurait pas osé venir, fit remarquer Camille en désignant les joueurs.

Cora interrogea son amie du regard avant de trouver l'inconnu appelé Dev au milieu des joueurs. Il levait les bras triomphalement car son équipe venait de marquer un but.

— Dev… Dev pour Devonworth ? murmura-t-elle.

— Oui, c'est le comte de Devonworth, confirma Camille.

Ce nom figurait dans son cahier. Elle y avait consigné tous les membres de sa famille, son histoire, et le fait qu'il prenait très à cœur ses obligations de parlementaire. Elle s'était dit qu'il pouvait peut-être être un mari idéal, puisqu'il cochait toutes les qualités demandées. Mais maintenant, elle s'apercevait qu'il était séduisant. Beaucoup trop séduisant… Il enfreignait complètement la dernière règle.

Pour la première fois, elle comprit pourquoi Jenny avait tellement insisté pour ajouter cet impératif. Il serait épouvantablement difficile de divorcer d'un homme aussi attirant…

2

BILLET D'INVITATION

Messieurs, Milords,

Je vous écris pour solliciter le plaisir de votre compagnie pour une petite réunion à Stonebridge Cottage. Les invitées d'honneur sont de très chères amies qui nous rendent visite depuis New York. Ce sont des jeunes filles de bonne famille qui espèrent faire de beaux mariages. Cependant, comme elles sont américaines et peu au fait des mondanités londoniennes, je leur ai proposé de leur présenter un petit groupe de messieurs soigneusement choisis avant leurs débuts dans la capitale.

M. Thorne et moi-même éprouvons pour vous une profonde estime et j'espère sincèrement que vous nous honorerez de votre présence. Les invités étant soigneusement choisis, j'insiste tout particulièrement sur votre complète discrétion.

Je vous remercie de votre prompte réponse.

Bien à vous,

Camille,
duchesse douairière de Hereford

*
* *

Montague Club, Bloomsbury, Londres

La duchesse ne jouait pas franc jeu. Elle se proposait de jouer les entremetteuses sans donner d'informations sur les possibles fiancées. On ne savait jamais à quoi s'en tenir, avec ces nouveaux riches d'Américains. N'importe quel homme sensé fuirait comme la peste une chasse à l'aristocrate aussi évidente. Dès leur plus tendre enfance, tous les premiers-nés en position d'hériter d'un titre de noblesse étaient mis en garde sur les dangers inhérents à leur rang. Ils avaient été prévenus que des femmes à la réputation douteuse tenteraient de les appâter et de les prendre au piège, et qu'ils devaient toujours se tenir sur leurs gardes. Personne n'avait cependant jamais pensé à leur expliquer comment trouver une épouse quand leur titre n'y suffisait pas...

Or Léopold Brendon, comte de Devonworth, se rapprochait de jour en jour de l'insolvabilité. C'était un fait bien connu chez toutes les familles aristocratiques de Grande-Bretagne qui, malgré un titre prestigieux, n'avaient aucune envie de voir leurs filles sombrer avec le navire. Intellectuellement, Devonworth le comprenait parfaitement. Cela le contrariait, mais il aurait lui-même mis en garde sa fille, s'il en avait eu une, contre un homme tel que lui. Ses maigres revenus n'étaient tout simplement pas suffisants pour couvrir les dépenses courantes, bien qu'il les ait réduites de façon drastique depuis qu'il avait hérité du titre. Pour le moment, sa vie s'écroulait et le seul moyen de la remettre en place était de trouver de l'argent.

Il froissa rageusement le billet de la duchesse mais le mit malgré tout dans sa poche, en dépit de sa répugnance à envisager une union avec une étrangère. L'invitation était arrivée plusieurs semaines auparavant. Il ne s'y était pas attendu et n'y avait tout d'abord pas attaché d'importance. Son premier mouvement avait été de répondre par un refus poli. Le Parlement était en séance, ce qui signifiait qu'il était trop occupé pour les mondanités, en dehors des sorties indispensables à sa position qui étaient davantage pour lui des obligations que des distractions. L'invitation tenait d'ailleurs plus du rendez-vous d'affaires que d'un amusement. Il avait déjà une mère qui le harcelait pour qu'il se marie et assure sa descendance, il n'avait pas besoin de l'intervention d'une duchesse américaine, elle aussi ancienne chasseuse d'aristocrates.

Depuis, plusieurs facteurs l'avaient fait changer d'avis. Le premier, dans l'ordre chronologique, était d'abondantes chutes de neige en plein mois de mars qui avaient causé la mort de deux cent cinquante moutons sur ses domaines. Timberscombe Park avait également souffert. Le toit de l'aile nord avait été gravement endommagé et menaçait de s'effondrer. Ce manoir et son domaine avaient constitué pour lui un fardeau accablant depuis le jour de sa naissance, qui avait limité tous ses choix et rendu illusoires toutes les espérances qu'il avait pu nourrir.

C'était devenu insupportable, il étouffait littéralement...

Le deuxième, et peut-être le plus ennuyeux, était son frère cadet, qui avait réussi à se mettre une nouvelle fois en difficulté. Cette fois-ci, Harry s'était lourdement endetté auprès d'un personnage plus que douteux qui exerçait ses talents à Whitechapel[1]. La raison pour laquelle son frère était allé jouer dans un tripot tenu par une bande de malfrats lui échappait.

1. Quartier populaire de l'est de Londres qui a la réputation d'être mal famé.

Tant d'inconscience dépassait son entendement mais en attendant, c'était à lui qu'il incombait de réparer les dégâts. Encore une fois… Cela faisait des années qu'il savait que le temps lui était compté. Cependant, il ne s'attendait pas à ce que la catastrophe survienne aussi tôt.

Le troisième était qu'il pensait avoir déjà rencontré une des Américaines. Il était pratiquement certain que la jeune femme qui s'était mise en travers de son chemin pendant le match de football faisait partie de ces héritières. Les riches Américaines n'avaient pourtant pas pour habitude d'arpenter la campagne anglaise sans traîner derrière elles une horde d'admirateurs, mais le village n'était pas éloigné de la propriété de Camille et il aurait mis sa main à couper que la femme voilée de noir était justement la duchesse douairière. Il était tout à fait possible qu'elle ait amené ses protégées pour leur faire voir les marchandises qui leur seraient offertes au cours de leur séjour. La rouquine n'avait d'ailleurs rien de repoussant, bien au contraire. Et elle l'intriguait…

Un mariage apporterait une solution à toutes ses difficultés mais signifierait également laisser entrer une autre femme dans sa vie. Et il avait du mal à s'y résoudre. Il avait cependant fini par arriver à la conclusion que si un mariage était inévitable, il pouvait aussi bien choisir une Américaine. Toutes ne demandaient apparemment qu'à offrir leur main en échange d'un titre de noblesse. Aucune Anglaise de bonne famille ne consentirait de toute façon à l'épouser dans sa situation, il était suffisamment lucide pour le comprendre.

Tout en massant une ecchymose invisible près de son cœur, il se leva d'un bond. Il avait besoin de bouger et se mit à arpenter le salon privé. Il se faisait l'effet d'un ours en cage, comme chaque jour de sa vie. Devant la cheminée, il tira sa montre de son gousset. Son limier avait du retard. Un feu crépitait dans la cheminée, devant deux confortables fauteuils séparés par un guéridon. Il faisait chaud, bien trop chaud, et il desserra le nœud de sa cravate.

La porte s'ouvrit enfin sur le détective, un homme de grande taille à la barbe bien taillée, vêtu d'un costume noir passe-partout semblable à celui qu'il portait lorsque Devonworth avait fait appel à ses services. Ses yeux étincelaient à la lumière des torchères tandis qu'il parcourait la pièce du regard, tel un oiseau de proie inspectant une clairière avant d'y pénétrer.

— Milord, le salua-t-il avec un léger accent de l'East End[1] accompagné d'un discret signe de tête.

— Vining.

Le détective avait une sacoche à la main et Devonworth dut faire un effort pour ne pas la regarder avec trop d'insistance. Elle contenait probablement les clés de son avenir et celui de toute sa famille.

— Excusez mon retard, mais j'ai pensé que vous préfériez certainement que je reste discret. Je suis passé par l'entrée de service, en faisant attention à ne pas me faire remarquer.

Ceci expliquait qu'il ait encore son manteau et son chapeau, qu'il n'avait pas pu laisser à un valet.

— Je comprends maintenant pourquoi Cavell vous a recommandé à moi, approuva Devonworth.

Dès son retour dans la capitale après être allé constater les dégâts dans son domaine, il s'était rendu directement au Montague Club. Il avait expliqué à Cavell, le régisseur, avoir besoin d'un détective privé dans les meilleurs délais, et le jeune homme lui avait recommandé Vining. Devonworth ne doutait pas des bonnes intentions de Camille, mais il tenait à en savoir plus à propos de ces jeunes filles avant d'envisager un mariage. Pour plus de discrétion, ses deux rencontres avec Vining avaient eu lieu dans un salon privé au

1. Partie est de Londres abritant les quartiers populaires.

second étage du Montague Club, loin des salles de jeu et du bar.

— Voulez-vous un cognac ?

Devant le refus du détective, Devonworth lui offrit un siège et prit place en face de lui. Vining prit tout son temps pour poser son chapeau et ses gants sur le guéridon, mais garda son manteau.

— J'espère que vos recherches se sont révélées fructueuses, Vining, dit-il tandis que ce dernier fourrageait fébrilement dans sa sacoche.

— Très fructueuses, milord. Puis-je commencer ? demanda-t-il non sans une certaine fierté en sortant une liasse de papiers avant de poser la sacoche à ses pieds.

— Je vous en prie, l'encouragea Devonworth, qui ne voulait surtout pas manquer un seul détail.

— Les jeunes filles en question sont les sœurs Dove, Cora, Jenny et Eliza. Leur père était Jeremiah Dove. Sa famille était dans le charbon, et son oncle a été sénateur du Vermont, qui était aussi un propriétaire de théâtres assez connu. Il possédait plusieurs lieux dans différentes villes d'Amérique.

Un propriétaire de théâtres... Il avait beau venir d'une famille de politiciens, ce n'était pas l'idéal.

— Continuez, je vous en prie. Vous avez parlé de Dove au passé. Est-il mort ?

— Il est décédé d'une crise cardiaque il y a quelques années, alors que ses filles étaient encore des enfants. Il avait soixante-six ans. J'ai trouvé une brève dans le *Times*.

— Il n'est fait aucune mention de sa famille, remarqua Devonworth en lui rendant l'entrefilet de deux lignes qui semblait être le résumé d'un article plus long d'un journal américain.

— Non, mais cela n'a rien de rare. Il était peu connu ici, seul son nom était relativement familier dans le monde du spectacle.

— Vous avez parlé d'un oncle politicien. Il s'agit donc d'une famille respectable ?

— Tout à fait respectable ! Les Dove viennent de la région d'Albany, pas de New York. Ils sont riches. Les théâtres font un peu froncer les sourcils, précisa Vining en fouillant avec ostentation dans ses papiers, mais il semblerait qu'il s'agisse d'opéras. Il a apparemment ouvert le premier opéra de Californie à San Francisco. J'ai télégraphié à New York pour avoir des détails, et j'ai appris que son cercle d'amis et ses partenaires financiers appartenaient visiblement à l'élite américaine.

Devonworth ferma les yeux. Il imaginait trop bien ce que dirait sa mère s'il lui amenait une future belle-fille issue d'une famille de théâtreux ! Dove pouvait bien être respecté par à peu près tout le monde, il ne le serait jamais par le milieu de Devonworth. Enfin, cela lui suffisait.

— Et leur mère ?

Il posait la question par acquit de conscience. Les Américaines seraient tolérées pour leur argent, pas pour leur pedigree.

— Fanny Dove... Elle semble venir de nulle part. Elle serait de Chicago mais je n'ai pas pu trouver son nom de jeune fille ni son acte de mariage. Mon correspondant ne trouvant pas de trace du mariage à New York, il a télégraphié à Chicago pour apprendre qu'un incendie a ravagé le palais de justice il y a quelques années et que la plupart des registres d'état civil de l'époque où ils ont dû se marier ont été détruits. Il a vérifié que leur domicile de Manhattan était bien au nom de Dove. Des témoins ont attesté qu'ils y ont brièvement vécu alors que Dove vivait encore.

C'était extrêmement décevant. La mère pouvait être n'importe qui... Cela dit, ce n'était pas la mère qu'il projetait d'épouser. De plus amples renseignements pouvaient attendre.

— Que pouvez-vous me dire au sujet des sœurs ?

— La cadette, Jenny, a étudié le chant à Paris pendant plusieurs années. C'est une soprano, mais qui n'a pas encore beaucoup tourné. Elle vit toujours à Paris chez des amis de la famille.

— Le physique n'a pas grande importance, assura-t-il comme Vining lui tendait un dessin.

La beauté avait tendance à créer des complications, selon lui.

— J'ai promis à Votre Seigneurie une enquête approfondie. Je tiens toujours parole.

Il paraissait tellement décidé que Devonworth accepta le croquis. Il avait été dessiné par une main experte et révélait un charmant visage et une silhouette avenante. Ses traits gracieux étaient réguliers, avec de ravissants sourcils et une jolie bouche relevée par un sourire gracieux. Une légende indiquait des cheveux châtains et des yeux marron. Il s'était bercé d'illusions. Le physique avait une importance certaine. Il n'avait pas envie de passer sa vie à repousser des rivaux, et il ne voulait pas non plus tomber sous le charme d'un visage aussi séduisant.

— Sera-t-elle à Stonebridge Cottage ?

Seules deux jeunes filles accompagnaient la duchesse douairière au match de football…

— Oui, milord. Elle arrivera plus tard, mais sa présence est attendue.

— Qu'avez-vous trouvé concernant les deux autres ?

— J'ai demandé leurs portraits, puisqu'elles séjournent avec la duchesse dans l'Oxfordshire. Elles sont arrivées récemment en Angleterre avec leur mère. Elles ont vendu leur maison dans le quartier de Bond Street à Manhattan. C'est un quartier élégant, même s'il a perdu de son prestige depuis que les familles les plus prospères ont émigré plus haut dans Manhattan. En discutant avec les voisins, mon correspondant a appris que le notaire de la famille avait récemment négocié la vente de leur maison.

Devonworth observa les deux croquis plus rudimentaires au crayon. En bas de celui intitulé « Cora Dove » figurait la mention « Rousse ». « Cheveux bruns » était écrit sous celui intitulé « Eliza Dove ». Ils étaient ressemblants mais ne cherchaient pas à rendre la personnalité des jeunes femmes.

Il n'y jeta qu'un bref coup d'œil. Ce que lui apprenait Vining était bien plus intéressant.

— Elles ne sont pas riches ?

— J'ai un correspondant qui enquête sur leurs finances. D'après les renseignements qu'il a pu recueillir, elles aidaient leur mère en donnant des leçons de musique à des enfants du quartier, mais puisque le voisinage a changé, on peut présumer que ces leçons sont devenues moins nécessaires.

— Pourquoi diable des héritières prendraient-elles la peine de donner des leçons de musique aux enfants du voisinage ?

— Des héritières, milord ?

Devonworth se mordit la langue. Il n'avait pas confié à Vining qu'il suspectait les jeunes filles d'être des chasseuses d'aristocrates. À leur première rencontre, il s'était contenté de demander au détective d'enquêter sur les mystérieuses invitées de la duchesse douairière de Hereford. S'il avait répugné à en dire plus, c'était qu'il ne voulait pas ébruiter la nouvelle de leur arrivée. On lui avait dit que Vining était digne de confiance. Toutefois, dès qu'une grosse somme d'argent était en jeu, on n'était jamais trop prudent. Il n'y avait en tout cas aucun patrimoine en Angleterre, à part celui qu'apportaient les Américaines. Mais apportaient-elles vraiment une fortune ? Quel jeu jouaient-elles, au juste ?

— Compte tenu de leur amitié avec la duchesse, j'en ai naturellement déduit qu'elles... disposaient de dots semblables, expliqua-t-il prudemment.

Celle-ci n'avait certainement pas l'intention de les parrainer dans le monde si elles étaient sans le sou. Ce serait une faute de goût incommensurable.

— On peut imaginer que la mère des jeunes filles s'est trouvée dans une situation difficile depuis la mort de son mari, et qu'elles aient dû vendre leur maison, reprit Vining. On m'a dit que le bâtiment était fort mal entretenu.

— Pourquoi venir à Londres, dans ce cas ?

— Je n'en sais rien et ne peux faire que des conjectures.

— Alors faites-en ! s'impatienta Devonworth.

Il n'avait aucune envie de se marier, à l'origine, et s'il devait s'y résoudre, c'était à cause de sa situation financière. Maintenant qu'il avait accepté cette solution et qu'elle risquait de lui être enlevée, il était extrêmement ennuyé.

— Mon correspondant a découvert qu'un certain – il marqua une pause pour vérifier ses notes – un certain M. Charles Hathaway a agi en protecteur de la famille. Une sorte de parrain pour ces jeunes femmes. Il fait partie des Hathaway de Manhattan, une famille bien connue.

Les Hathaway étaient une des familles qui avaient fondé New York et ils possédaient un patrimoine important depuis des siècles. Leur réputation égalait celle des Astor et leur nom apparaissait de temps en temps dans les journaux, généralement à la rubrique financière, parfois dans la rubrique mondaine, à cause de quelque surprenant scandale.

« Protecteur » était un terme à double sens. Il pouvait désigner un ami du défunt Dove qui avait pris sur lui de veiller au bien-être de la petite famille. Mais il pouvait également prendre un tout autre sens, beaucoup plus embarrassant.

— Est-ce que ce Hathaway est pour quelque chose dans la venue en Angleterre de ces jeunes filles ? s'enquit-il.

— C'est tout à fait possible, milord. Mon correspondant a découvert qu'il a pris un billet sur un bateau qui arrivera à Liverpool en avril. On peut donc légitimement supposer qu'il compte venir à Londres. Je n'ai cependant trouvé aucune trace de réservation à son nom ici.

— Et la vente de leur maison... Serait-elle suffisante pour financer des dots substantielles ?

— C'est peu probable, milord.

— Essayez-vous de me dire qu'elles ne possèdent aucune fortune ? demanda Devonworth en se levant pour calmer un peu la nervosité qui le consumait.

— Je n'en sais rien pour le moment. Si vous me donnez un peu plus de temps, je pourrai le découvrir. Mon associé épluche leurs finances privées mais n'a toujours rien trouvé. Tout ce que nous savons, c'est qu'elles ont voyagé sur le *Lady Amelia* dans deux cabines jumelles de première classe. J'ai interrogé une femme de chambre qui sert en première classe. Elle les a décrites comme avenantes et réservées. Leur garde-robe était modeste mais bien tenue et c'étaient des personnes agréables.

— Agréables et peut-être pauvres !

Le détective s'agita, s'éclaircit la gorge avant de s'agiter de nouveau, visiblement désireux d'ajouter quelque chose.

— Oui, Vining ?

— Je suis convaincu qu'il nous reste encore beaucoup à découvrir à ce sujet. Quelque chose me dit que cette piste Hathaway s'avérera fructueuse. Et j'ai la réputation de bien savoir jauger les gens.

— Vraiment ? Et que pensez-vous de moi ?

— Sauf votre respect, milord, je n'ai pas été engagé pour enquêter sur Votre Seigneurie, éluda son interlocuteur en posant sa liasse de papiers sur la table.

— Y a-t-il des copies de ces documents ?

— Non, milord. Je n'ai pas non plus l'habitude de laisser de traces.

— Dans ce cas, bonne soirée, Vining ! Continuez votre enquête, discrètement bien entendu, et faites-moi signe dès que vous aurez d'autres informations.

— Très bien, milord.

À peine la porte refermée sur le détective, Devonworth rassembla les papiers et les jeta au feu un à un. Il ne conserva que les croquis, qu'il plia et mit dans sa poche. Il irait à Stonebridge Cottage et apprendrait auprès des sœurs et de leur mère de quelle façon exactement elles entendaient financer leurs dots.

Si elles lui offraient une explication satisfaisante, il demanderait la main de l'une d'elles. C'était une solution de beaucoup préférable à celles qui s'offraient à lui, épouser une cousine ou vivre dans une pauvreté de bon ton avec la honte et les inconvénients inhérents à ce type de vie. Sans compter ce qu'il adviendrait de Harry…

3

Le lendemain soir, Devonworth arriva à Heathercote, siège de la famille ducale de Strathmore. Il voulait voir son meilleur ami, lord David Felding, frère de Sa Grâce le duc. Caffrey, le majordome, venait de prendre son chapeau et son manteau et de lui demander d'attendre au salon, mais il n'en avait pas le temps.

— Où est-il ?

Il avait sa petite idée, bien entendu. Tout Londres bruissait de l'activité qui occupait tout le temps de son ami. On racontait aussi que des paris étaient consignés dans le registre tenu au White's[1].

— Si vous voulez bien attendre, milord..., insista le majordome, tout rougissant.

Devonworth l'ignora superbement et se dirigea vers l'étage. Caffrey rougissait rarement. Il ne pouvait donc y avoir qu'une seule explication. Son ami était avec elle... Cette maudite femme et les mauvais penchants de David allaient finir par lui attirer des ennuis.

— Je vais le trouver tout seul. Merci, Caffrey.

Sans attendre la réponse du majordome, il se rua dans l'escalier.

1. Club privé particulièrement à la mode depuis la fin du XVIIe siècle.

David et lui étaient allés en classe ensemble et il avait passé un nombre incalculable d'étés ou de vacances à parcourir cet immense domaine. Il connaissait chaque pièce de ce château comme s'il était chez lui. Il savait également que son ami, qui avait disparu de la capitale, était certainement ici, occupé à prodiguer ses attentions à la femme d'un diplomate prussien qui avait disparu à peu près en même temps.

L'escalier menait à un palier somptueux mais de bon goût orné de niches garnies de statues entourées de colonnes ioniques. La lumière des lampes à gaz donnait un air encore plus impressionnant à ces dieux grecs, à moins que ce ne soit un effet de la mauvaise humeur de Devonworth.

La porte des appartements de David était au bout du couloir. Réfrénant sa colère, il y frappa sans ménagement.

— David, j'ai à te parler ! David ! répéta-t-il plus impérieusement après quelques secondes. Si tu ne viens pas, c'est moi qui vais entrer !

Il allait mettre sa menace à exécution lorsqu'un bruit étouffé l'arrêta. Des bruits de pas lui parvinrent, accompagnés d'une bordée de jurons qui s'amplifia peu à peu. La porte s'ouvrit enfin sur son ami, vêtu d'une robe de chambre passée à la hâte, hâve, les cheveux en désordre et pas rasé depuis longtemps. Son teint, d'ordinaire hâlé, était anormalement pâle.

— Bon sang, mon vieux, qu'est-ce qui se passe ? lâcha David.

— J'ai te parler.

Il faisait trop sombre pour voir dans la pièce, mais un bruit de tissus froissés et un parfum douceâtre trahissaient une présence féminine. Devonworth n'avait pas besoin de poser la question pour savoir que la disparue prussienne était là.

— Je t'attends dans le bureau. Je vais demander à Caffrey de nous faire porter à dîner pendant que nous discutons. Tu n'as pas l'air d'avoir mangé quoi que ce soit depuis un certain temps, expliqua le comte devant la mine ahurie de son ami qui sentait fortement l'alcool. Disons dans un quart d'heure ?

La porte claqua alors qu'il atteignait l'escalier. Il aurait dû se sentir coupable d'avoir dérangé son ami en pareilles circonstances, mais rien que le voir avait suffi pour qu'il se sente mieux. L'idée d'épouser une des Américaines l'avait remué plus qu'il n'était prêt à l'avouer. Il n'avait cessé de s'interroger à propos de son projet, ce qui n'était pas dans ses habitudes. Quand il avait pris une résolution, il s'y tenait toujours et revenait rarement dessus.

Cette fois-ci pourtant, c'était différent. Il s'agissait d'une question primordiale, et c'était bien toute la difficulté. Il était parfaitement capable de faire abstraction de ses émotions et de prendre une décision guidée uniquement par la raison et la logique, mais il s'agissait là d'une épouse et probablement d'une progéniture dans un avenir proche. Très proche… Revenir en arrière serait impossible. Toute sa vie en serait bouleversée et il avait du mal à en évaluer les conséquences. Il s'était déjà trompé dans le choix d'une femme, et il craignait de se tromper de nouveau.

Après avoir donné ses ordres pour le dîner, il s'installa confortablement avec un whisky. Le feu commençait à crépiter joyeusement lorsque David le rejoignit avec une mine d'enfant pris en faute. Sa robe de chambre était convenablement boutonnée cette fois-ci. Il avait ajouté un pantalon et des pantoufles et s'était donné un coup de peigne. Il avait l'air perdu d'une personne bousculée sans ménagement.

— Tu as été plus rapide que je ne pensais, constata Devonworth, qui s'était attendu à devoir remonter au moins une fois.

David se versa un whisky et prit place en face de lui. Il but une gorgée qu'il fit longuement tourner dans sa bouche avant de se tourner vers lui, le regard peu amène.

— Qu'est-ce que tu viens faire ici ? s'enquit-il.

— Je vais me marier, annonça-t-il avec une assurance qu'il était loin d'éprouver.

Il fallut un moment à David pour assimiler la nouvelle.

— Tu plaisantes ? lâcha-t-il enfin.

— On m'a fait comprendre qu'une épouse s'imposait peut-être, expliqua Devonworth, qui regrettait amèrement qu'il ne s'agisse pas d'une plaisanterie.

— Une épouse ?

— Oui, une épouse. Nous savions tous que cela devait arriver un jour ou l'autre.

— Ce n'est pas une obligation ! Tu pourrais laisser la succession à Harry, suggéra David, non sans une certaine amertume.

Le duc de Strathmore, le frère aîné de David, était un célibataire endurci. Il avait proclamé à de nombreuses reprises qu'il n'avait aucune intention de convoler et qu'après lui le duché reviendrait à David, ainsi que le soin de perpétuer la lignée. Le monde avait fini par l'accepter car Strathmore voyageait continuellement en compagnie de Christopher Warwick, son meilleur ami, que beaucoup soupçonnaient d'être beaucoup plus qu'un ami. Le duc avait donc déclaré que son jeune frère serait son héritier, et les familles de la bonne société avaient peu à peu cessé de pousser leurs filles dans ses bras pour se tourner vers son frère. C'était pour cette raison que David fuyait la saison et préférait les femmes mariées. Il savait bien qu'il devrait franchir le pas un jour ou l'autre, mais il voulait prendre son temps. Devonworth avait vécu dans le même état d'esprit, mais aujourd'hui, il avait apparemment utilisé tout le temps dont il disposait.

— Je ne vois pas d'autre solution que le mariage, conclut-il après avoir expliqué la situation à David. Les domaines ne rapportent pas suffisamment et Harry est un imbécile. Je l'aime beaucoup, seulement il va falloir le mettre au pas.

— Strathmore pourrait te faire un prêt...

— Non. Je n'accepterai pas d'autre prêt. Je ne pourrai jamais le rembourser avant ma mort, et je ne veux pas laisser de dettes à mes enfants.

Caffrey et un valet apportèrent deux plateaux chargés de faisan aux pommes de terre au four et aux choux de Bruxelles, accompagné de compote et de crème à la vanille. Les deux amis attendirent qu'ils aient disposé avec une précision chirurgicale la nourriture et le vin. Devonworth avait l'estomac dans les talons et il se rappela qu'il n'avait rien avalé depuis la fin de la matinée.

— Souhaitez-vous autre chose, milord ? s'enquit Caffrey en remplissant les verres.

— S'il vous plaît, faites monter un plateau à... à l'invitée de lord David, demanda Devonworth comme son ami ne répondait pas.

Le majordome attendit un moment une indication de son maître, qui se contenta de reprendre une gorgée de whisky.

— Très bien, milord.

— Merci, Caffrey. Tu lui donnes à manger, au moins ? reprit Devonworth une fois la porte refermée.

— Bien entendu ! assura David, qui eut le bon goût de paraître indigné. Enfin, je crois. Je suis pratiquement certain que nous avons mangé hier. On peut compter sur Caffrey pour ce genre de choses.

— J'ai l'impression que tu as renoncé à la vodka. Tu ne t'es pas mis à l'opium, au moins ?

Ils y avaient goûté dans leur jeunesse et, à part une semaine dont ils ne gardaient aucun souvenir, ils n'avaient subi aucun dommage.

— Grand Dieu, non ! s'exclama David. J'en ai la nausée rien que d'y penser. Elle a apporté une bouteille de vin Mariani[1]. Nous avons fait l'amour pendant huit heures d'affilée, et c'est tout ce dont je me souviens jusqu'à ce que tu viennes frapper à ma porte.

— Huit heures ? Tu exagères !

Le vin Mariani était une décoction de feuilles de coca marinées dans du vin, réputée pour ses propriétés énergisantes dans tous les domaines. Les étudiants en buvaient pour améliorer leur concentration dans leurs études. Le pape assurait que cela rapprochait les fidèles de Dieu dans leurs prières. Devonworth avait essayé une fois et il n'avait pas aimé l'excitation nerveuse que cela lui avait procurée.

— J'aimerais bien que ce soit exagéré. Mes bourses n'en sont pas encore remises, marmonna son ami.

— Je ne t'ai pas demandé ce genre de détails.

— Ne pose pas de questions, dans ce cas. Parle-moi plutôt de cette épouse. Tu as quelqu'un en vue ou c'est encore une vague idée ?

— Camille, la duchesse douairière de Hereford, a invité des Américaines dans sa maison de campagne. Il s'agit de trois sœurs en quête de maris. On présume qu'il s'agit d'héritières.

Il ne jugea pas utile de confier à David les doutes qui l'assaillaient depuis son dernier rendez-vous avec Vining.

— Ah, oui, les jeunes filles de New York !

Il alla prendre dans un meuble derrière le bureau une feuille d'épais vélin crème qui ressemblait étrangement à celle qui était posée sur le bureau de Devonworth.

— Tu as reçu une invitation, toi aussi ?

— Oui, mais je ne comptais pas l'honorer. Ce n'est pas cette semaine ?

— Si, confirma Devonworth. J'ai prévu d'y aller, seulement...

1. Le vin Mariani est une boisson tonique créée par le pharmacien français Angelo Mariani, à partir de feuilles de coca macérées dans du vin de Bordeaux.

— Tu n'as pas vraiment envie de te marier ?

— Je n'ai pas envie de...

Il se servit un autre verre et laissa le liquide lui enflammer la gorge. Il savait qu'il buvait trop ces derniers temps, mais il appréciait la brûlure de l'alcool et la légèreté d'esprit que cela lui procurait, même si ce répit ne durait qu'un temps.

Pendant un instant, il se laissa aller à ressasser le passé.

— Je n'ai pas envie d'épouser une inconnue.

— C'est peut-être préférable. Les inconnues nous font rarement souffrir, lui fit remarquer David, comme s'il avait deviné ses pensées.

Devonworth resta impassible, non sans difficulté. Il avait fait de son mieux pour se persuader que Sofia n'était en rien responsable de sa mélancolie. Quand l'idée lui était venue de prendre femme, c'était à elle qu'il avait tout naturellement pensé. Mais c'était avant qu'elle en épouse un autre...

— Tu as raison !

La fermeté de son ton le surprit. Il avait passé sa vie à éviter les pièges inhérents à son titre et voilà qu'il tombait dans le plus dangereux.

— Ce sera un mariage de raison, décréta-t-il. Et pour ce genre d'arrangement, quoi de mieux qu'une inconnue ?

— Absolument !

Mais Devonworth était loin d'avoir dévoilé toute sa pensée. Il n'avait aucune envie d'épouser une inconnue car il finirait forcément par apprendre à la connaître, et il serait susceptible de s'attacher à elle. C'était inévitable dans une relation aussi intime. Il avait jeté son dévolu sur Sofia et s'était complètement trompé sur son compte. Il ne voulait pas commettre cette erreur une nouvelle fois.

— J'aimerais que tu viennes avec moi, reprit-il.

— Tu veux que j'aille me jeter dans un nid de chasseuses d'aristocrates ?

Devonworth manqua s'étrangler de rire à l'idée de David assailli par une nuée de jeunes filles décidées à le traîner devant l'autel.

— Tu n'es pas obligé d'en épouser une. Tu viendras en soutien moral et tu veilleras à ce que je fasse le bon choix.

— Combien sont-elles ?

— Trois.

— C'est un nombre acceptable. Sur les trois, il y en aura bien une de convenable.

— Alors, tu vas venir ?

— Oui, je vais y aller avec toi. Tout ce qui nous reste à faire, c'est découvrir combien elles apportent. Les titres ne sont pas bon marché, par les temps qui courent. Nous avons tous tiré les leçons de l'échec de Churchill...

Lord Randolph Churchill avait épousé une héritière américaine quelques années plus tôt... et il était toujours couvert de dettes.

— Si elles sont suffisamment en fonds, approuva Devonworth, je pense épouser celle qui s'appelle Cora. Elle n'est pas une complète inconnue. Je l'ai déjà rencontrée une fois.

— C'est vrai ?

— J'ai des raisons de croire qu'elle était au dernier match de football.

Il raconta l'incident à David, qui avait participé à ce match dans son équipe.

— C'est surprenant. Je me souviens vaguement d'elle..., murmura son ami. Elle était jolie, dans le genre convenable.

— Exactement.

Bien entendu, le physique de la jeune femme n'avait pas la moindre importance...

— Strathmore souhaitera certainement venir, lui aussi.

— Ton frère aura envie de venir passer quelques jours à la campagne ?

— Non, mais il tiendra à vérifier que ta future épouse est une personne bien sous tous rapports. Tu sais qu'il te considère un peu comme son fils. Il ne voudrait à aucun prix te voir mal marié.

Devonworth l'ignorait. Strathmore était toujours indéchiffrable. C'était pour cette raison qu'il terrifiait tellement de gens au Parlement.

— Très bien. Dans ce cas, nous partirons ensemble à la fin de la semaine, conclut-il.

L'idée de passer une semaine entière là-bas lui donnait la chair de poule, mais il pourrait bien supporter une soirée.

4

Stonebridge Cottage était un charmant domaine situé au milieu des pittoresques collines de l'Oxfordshire. Toutefois, le qualifier de cottage n'était pas lui rendre justice.

À New York, Cora avait passé l'hiver à imaginer une chaleureuse maisonnette au toit de chaume dotée d'une grande cheminée. La demeure tenait plus du manoir, en fait, avec sa façade en pierre, son toit à pignons et ses trois étages, sans compter les sous-sols. Le seul point commun avec un cottage était le lierre qui cachait la plus grande partie de la pierre. La maison avait l'air sortie tout droit d'un conte. D'un conte de fées horrifique... Sa beauté et son calme avaient peut-être été les témoins secrets de toutes sortes d'événements regrettables... La réception ne pouvait bien entendu pas entrer dans cette catégorie, mais peut-être certaines des unions qui en résulteraient le pourraient-elles, après tout...

Le premier jour, Cora avait pris conscience qu'épouser un aristocrate n'était pas aussi simple qu'elle l'avait imaginé à l'origine. Le nombre de chevelures argentées et de calvities naissantes parmi les candidats l'avait frappée. Elle savait que la plupart de ces prétendants étaient plus âgés qu'elle, et elle en avait déjà aperçu un certain nombre en chair et en os au cours de la quinzaine écoulée. Mais les voir tous en même temps était quelque peu différent.

Le dernier soir arrivé, elle fut bien obligée de reconnaître qu'elle n'avait envie d'en épouser aucun.

Le plus paradoxal était qu'elle s'était préparée à un résultat anodin et certainement très éloigné de la conclusion des contes de fées. Elle savait qu'elle allait épouser un homme qu'elle connaissait à peine et n'attendait aucune romance, aucun sentiment affectueux. Tout cela était consigné noir sur blanc dans son journal. Elle avait à dessein utilisé de l'encre noire pour mieux traduire ses émotions sur le papier. Sa résolution était prise et elle n'en changerait pas. Or, quand elle avait pris cette décision, il s'agissait d'une idée abstraite. Elle ne se dressait pas devant elle comme la marque du destin dans une tragédie de Shakespeare.

Cette soirée était la dernière et Camille avait organisé une petite réception pour marquer la fin du séjour. Elle avait invité des familles des environs pour remplir la piste de danse. De la terrasse où Cora se trouvait en compagnie de sir Barnaby Twistleton lui parvenaient les notes d'un air entraînant. Elle aurait pu citer de mémoire toutes les informations dont elle disposait sur son compagnon. Il avait trente-huit ans et n'avait jamais été marié. Ses parents étaient décédés. Il avait une chevelure clairsemée et des dents gâtées à cause d'un regrettable tabagisme. Il était passionné de pêche et occupait ses journées à s'adonner à ce passe-temps, ce qui signifiait qu'il arpentait les îles Britanniques de lac en lac et de rivière en rivière à longueur d'année.

Il figurait en haut de sa liste parce qu'il s'absenterait certainement de longues périodes et qu'il semblait doté d'un heureux caractère. Que demander de plus à un époux ? Qu'il se soit arrangé pour la conduire sur la terrasse immédiatement après la fin de leur danse aurait dû l'enchanter. Qu'il la regarde de la façon dont

Eliza avait regardé le chat de gouttière qu'elles avaient recueilli dans leur enfance aurait dû la ravir. Hélas, quand il ouvrit la bouche – une demande en mariage allait venir, elle le sentait –, son estomac protesta si vigoureusement qu'elle eut peur d'être malade.

— Je sais bien que nous avons pour instruction de nous adresser à votre mère pour toute demande après ce séjour, mademoiselle, et je conviens volontiers que c'est la façon la plus convenable de procéder…

Mon Dieu, il allait vraiment lui demander sa main !

— Je ne voudrais à aucun prix vous offenser ou vous manquer de respect, seulement je ne peux tout simplement pas attendre. Je vous veux pour épouse, et je tenais à vous le dire en personne, bredouilla-t-il.

— Je…

Elle était incapable d'articuler autre chose.

— Mademoiselle ? Mon Dieu, je vous ai choquée ! s'excusa-t-il comme elle gardait le silence.

Cela faisait des mois que Cora avait dressé ses plans, et il était trop tard pour revenir en arrière. Elles ne pouvaient pas retourner à New York. Leur maison avait été vendue pour le terrain, et elle était probablement déjà démolie. M. Hathaway n'avait aucune envie de les voir revenir. Elles allaient perdre leur héritage. Le mariage constituait le seul moyen de sortir de ce guêpier.

Dis oui. Accepte tout de suite, qu'on en finisse…

Elle ouvrait la bouche pour le faire – peu importait quel soupirant elle choisissait, après tout ; elle n'aurait qu'à divorcer après un laps de temps raisonnable, ou vivre loin de lui – quand son regard s'arrêta sur la salive qui semblait éternellement perler au coin de sa bouche. Elle n'aurait besoin de la regarder que pendant deux ans, trois au maximum, de même que pour la légère odeur de sueur et de moisissure qui semblait l'accompagner où qu'il aille.

— Sir Barnaby…

Elle n'y arrivait pas. Tout à coup, l'air lui manquait, la tête lui tournait.

— Mademoiselle ?

Sa voix nasillarde, déjà naturellement aiguë, avait encore monté d'un ton lorsqu'il avait compris la panique qu'elle ressentait. Il tendit des mains hésitantes qui battirent inutilement l'air et chercha des yeux de l'aide à l'intérieur.

Cora suivit la direction de son regard. Une polka venait de commencer. Eliza dansait avec le vicomte Mainwaring. Âgé de vingt-huit ans, il était l'un des plus jeunes prétendants. Elles l'avaient observé un jour à Hyde Park et il leur avait paru un peu prétentieux. Malheureusement, elles n'étaient pas en position de se montrer trop difficiles. Elles l'avaient trouvé poli, un peu froid, mais sa préférence pour Eliza était évidente. Cora était certaine qu'il allait demander la main de sa sœur.

Sa décision était prise. Elle ne pouvait pas laisser la benjamine affronter seule son destin.

— Sir Barnaby, je...

Un mouvement dans la salle de bal l'interrompit. Toutes les têtes dans sa ligne de vision s'étaient tournées vers la porte d'entrée. Plusieurs couples se heurtèrent dans leur hâte de voir les nouveaux arrivants, ce qui attira l'attention de ceux qui n'avaient rien remarqué et qui, à leur tour, s'emmêlèrent dans leurs pas. Les musiciens, qui ne s'étaient pas arrêtés de jouer, terminèrent le morceau sur une note plaintive.

De son point de vue sur la terrasse, Cora ne pouvait pas voir les nouveaux venus. Elle avait l'impression qu'un membre de la famille royale honorait d'une visite leur petite fête.

— De qui s'agit-il ? s'enquit-elle.

Elle pensa immédiatement à lord Devonworth, et ses jambes flageolèrent sous elle. Ce ne pouvait pas être lui...

— Je ne sais pas, répondit sir Barnaby. Peut-être le duc... Il habite tout près, vous savez.

— Le duc ?

Aucun duc n'avait été invité mais, d'après ce qu'elle avait compris depuis son arrivée en Angleterre, les ducs pouvaient se permettre d'aller et venir à leur guise.

— Le duc de Strathmore, précisa-t-il comme si elle devait obligatoirement savoir de qui il parlait.

Elle passa mentalement en revue tous les noms dont elle se souvenait, et il lui fallut un moment pour trouver le lien avec celui-ci. Lord David Felding, qui avait été invité mais n'avait pas répondu, était le frère cadet et l'héritier présomptif de Sa Grâce le duc de Strathmore.

Avant qu'elle ait le temps de répondre, sir Barnaby l'entraîna à l'intérieur. À l'entrée se trouvaient trois hommes particulièrement élégants. L'un d'eux était lord Devonworth. La pluie et la sueur ne faisaient plus onduler ses cheveux, il ne portait plus un maillot humide collant à son torse, mais il était aussi beau et séduisant que sur le terrain de football. La coupe de sa redingote mettait en valeur ses larges épaules et la minceur de sa taille. Sa chevelure dorée, suffisamment longue pour boucler contre son col, lui donnait un air un peu canaille sans dépasser la limite des convenances. Bien que se tenant à l'autre bout de la pièce, elle pouvait distinguer la netteté de son profil de médaille, et son cœur s'emballa dans sa poitrine.

Du regard, il survola l'assemblée, allant d'un couple à l'autre jusqu'aux dames assises dans un coin de la salle. C'était elle qu'il cherchait, elle en était certaine, et son sang battit plus vite dans ses veines. Il finit par l'apercevoir à la porte de la terrasse. Leurs regards se croisèrent et le cœur de Cora cessa de battre.

Cet inconnu était-il celui qu'elle devait épouser ? Sinon, pourquoi prendrait-il la peine de venir, s'il ne comptait pas se marier ?

— C'est bien le duc, chuchota sir Barnaby. Il est venu !

— Le duc ?

Elle avait déjà oublié que lord Devonworth était arrivé avec d'autres personnes.

Sir Barnaby acquiesça d'un signe, ou du moins en eut-elle l'impression. Elle avait du mal à détacher ses yeux de lord Devonworth.

— Là-bas ! Celui qu'accueille Sa Grâce…

À côté de lord Devonworth se trouvait un grand et bel homme entre quarante et cinquante ans à la chevelure de jais striée d'argent. Ses yeux enfoncés dans leurs orbites parcouraient l'assistance comme si tous faisaient partie de ses sujets, et qu'il n'éprouvait pas une sympathie excessive à leur égard.

Camille était allée les accueillir avec M. Thorne, son fiancé, qui venait d'arriver de Paris dans la journée. Ils étaient apparemment les deux seules personnes que l'arrivée d'un duc laissait de marbre.

Tout à coup, le charme fut rompu. L'animation reprit, et les dames levèrent leur éventail pour chuchoter des commentaires. L'attente devint palpable. Sans réfléchir, Cora abandonna sir Barnaby et traversa la salle, sans prendre la peine de contourner la piste de danse. Personne n'y prit garde. Tout le monde était bien trop occupé à observer les nouveaux venus. Le regard plein d'admiration de lord Devonworth ne la quitta pas un seul instant jusqu'à ce qu'elle rejoigne leur groupe et que Camille se tourne vers elle.

Malheureusement, Fanny arrivait vers leur petit groupe. L'étiquette imposait que Camille donne la préséance à la mère de Cora. Le duc se tourna vers Fanny, qui tendit la main pour qu'il s'incline. Qu'il en ait eu initialement l'intention ou non, Sa Grâce n'avait d'autre choix que de la baiser.

— Bonsoir, madame. Je suis enchanté de faire votre connaissance.

Il avait les voyelles heurtées et l'accent distingué qu'elle avait déjà entendus à Londres. En province, l'aristocratie locale, et même M. Thorne, qui vivait pourtant dans la capitale, s'exprimaient d'une façon moins sophistiquée.

Fanny plongea dans une profonde révérence. Ses joues empourprées et son regard, qu'elle ne pouvait apparemment pas détacher du noble visiteur, disaient clairement à quel point elle était impressionnée.

— Moi aussi, je suis ravie de faire votre connaissance, milo... Votre Grâce. Je suis vraiment enchantée que vous soyez venu rencontrer mes filles.

Cette phrase fit rougir Cora jusqu'à la racine des cheveux. Sa mère avait imité à la perfection l'accent aristocratique de Strathmore, à tel point que l'intéressé faillit perdre un instant son impassibilité. Il se demandait visiblement si elle était demeurée ou si elle se moquait de lui.

Camille se mit à rire et Cora parvint à donner un discret coup de coude à sa mère. Chaque fois qu'elle se trouvait en présence d'une personne dotée d'un accent inhabituel, Fanny l'imitait aussitôt. Cora était persuadée qu'elle ne s'en rendait pas compte, mais cela avait toujours embarrassé ses filles. Peut-être était-ce son âme d'actrice...

— Bravo, Fanny, dit Camille en souriant. Mme Dove a un talent unique pour saisir les accents, voyez-vous. Hier, elle a soutenu toute une conversation avec un parfait accent écossais après à peine quelques mots échangés avec un Highlander pur sang.

— Vraiment ?

Le ton employé par le duc laissait la porte ouverte à toutes les interprétations, mais Cora douta qu'elles soient favorables.

Lord Devonworth, quant à lui, paraissait plutôt amusé. Encore une fois, Cora fut frappée par sa beauté, par sa chevelure d'or qui brillait sous la lumière, par ses traits fins mais virils qui semblaient l'œuvre d'un sculpteur, par sa bouche sensuelle aux lèvres parfaitement dessinées.

Il avait dû remarquer son intérêt car son regard soutint le sien. À la lumière des lustres, ses yeux paraissaient plus foncés, semblables à des émeraudes liquides. À nouveau, son cœur s'emballa.

— Strathmore, permettez-moi de vous présenter aux filles de Mme Dove. Voici Mlle Cora Dove, reprit Camille.

Malgré son trouble, Cora parvint à exécuter la révérence que Camille lui avait enseignée.

— Mlle Jenny Dove...

Jenny fit une révérence parfaite, accompagnée d'un sourire charmant tandis que ses jupes incarnates formaient une gracieuse corolle autour d'elle. Avec sa chevelure châtain, son teint de porcelaine et ses formes généreuses, elle était la vivante réplique de leur mère. Son visage n'aurait pas déparé dans la galerie de portraits d'un château ancien.

— Bonsoir, Votre Grâce.

Cora ne s'attendait pas à la venue de Devonworth, mais maintenant qu'il était là, l'idée lui vint qu'il pouvait parfaitement l'oublier au profit de Jenny. En général, c'était la cadette qui avait la préférence des messieurs.

— Et voici Mlle Eliza Dove.

Avec la fraîcheur de ses dix-neuf ans et ses grands yeux de biche, la benjamine exécuta une révérence pleine de grâce.

Après le duc, Camille passa aux autres présentations. À la gauche de Sa Grâce se trouvait son ami l'honorable Christopher Warwick. À sa droite, lord Devonworth et, un peu en arrière, le frère cadet de Strathmore, lord David, qui paraissait beaucoup plus jeune que son frère. Il ne devait pas avoir plus de trente ans. Il ressemblait à son aîné mais arborait un air blasé, pour ne pas dire cynique.

— Je suis pratiquement certain que nous nous sommes déjà rencontrés, mademoiselle Cora, avança lord Devonworth, une lueur malicieuse dans le regard.

— Vraiment ? On m'a présenté tant de gens depuis notre arrivée en Angleterre que je ne sais plus ! répondit-elle en souriant, heureuse qu'il la taquine un peu.

Lord David eut un rictus et lord Devonworth parut sur le point de l'imiter. Elle était certaine d'avoir vu ses lèvres frémir. Le regard dont il l'enveloppait était chaleureux.

— Je vous prie d'excuser mon retard, dit-il en se tournant vers Camille et M. Thorne. Je n'étais pas certain de pouvoir venir.

— Ne vous excusez pas, Devonworth. Je sais que le moment est mal choisi avec le Parlement en session, et je suis heureuse que vous ayez pu vous joindre à nous, répondit Camille d'un ton aimable.

— Venez, Strathmore, allons prendre un verre, suggéra M. Thorne en faisant signe à un valet portant un plateau chargé de coupes de champagne.

Les messieurs lui emboîtèrent le pas, à l'cxception de Devonworth.

— Merci, Thorne, mais je préfère aller danser. Voulez-vous m'accorder cette danse, mademoiselle ? proposa-t-il en offrant le bras à Cora.

Elle accepta d'un signe de tête, incapable tout à coup d'articuler le moindre mot. Elle s'était tellement attendue à ce que le comte de Devonworth porte ses attentions sur Jenny ! Du regard, elle interrogea sa sœur, qui l'encouragea d'un sourire, et elle se laissa conduire jusqu'à la piste de danse.

— Mademoiselle Jenny, vous êtes ensorcelante ! entendit-elle lord David déclarer.

La musique n'avait pas encore rcpris mais lorsqu'ils parvinrent au milieu de la piste, les premières mesures d'une valse s'élevèrent tandis que lord Devonworth lui tendait la main.

5

Devonworth prit dans ses bras celle qui allait devenir sa femme. Autour d'eux les couples se mettaient en place. L'étonnement se lisait sur leurs visages. Que faisait-il ici ? Devonworth prit bien soin de garder une expression neutre d'intérêt poli. Une fois qu'ils seraient officiellement fiancés, les commérages sur cette soirée se répandraient telle une traînée de poudre dans tout Londres, et il tenait à ce que la rumeur les présente comme un jeune couple heureux et plein d'affection l'un pour l'autre.

Il consacra donc toute son attention à Mlle Dove lorsqu'ils commencèrent à danser. À la lumière des torchères, sa chevelure tirait davantage sur le blond vénitien que sur le roux. Son teint était toujours aussi pâle que dans son souvenir, avec de légères taches de rousseur sur le nez et les pommettes. Elle avait de grands yeux gris-bleu, un nez droit un peu fort peut-être et une bouche aussi parfaite qu'un bouton de rose. En un mot comme en cent, elle était jolie, sinon belle. En faire son épouse n'aurait rien de pénible.

Cette observation le rassura. Depuis leur première rencontre, il n'avait cessé de se demander si elle était bien telle qu'il se la rappelait. Et elle l'était, la vivacité en plus. Ce fut à ce moment-là qu'il remarqua une certaine raideur chez elle. Ses mouvements étaient moins fluides. Sans perdre la cadence, il referma sur sa main les doigts de sa cavalière, qu'elle avait maintenus levés, tels de petits soldats au garde-à-vous.

— Vous n'avez pas l'habitude de danser, mademoiselle ?

— Non, en effet. Cela se voit-il tant que cela ?

— Si je vous ai posé la question, c'est que je vous sens tendue.

Pour un peu, il l'aurait entendue compter mentalement les pas.

— Pardonnez-moi. C'est peut-être que j'espère que vous ne me jetterez pas au sol, cette fois-ci.

— Vous vous souvenez donc bien de moi, remarqua-t-il en riant, s'attirant ainsi tous les regards autour d'eux.

— Je n'espérais plus que vous viendriez, répliqua-t-elle, le défiant malicieusement du regard.

Elle était donc contente de le voir...

— Je vous dois sans doute des excuses. Je vous ai surprise avant de vous enlever pour danser.

Elle garda le silence tandis qu'ils virevoltaient autour de la piste. Du coin de l'œil, il aperçut sa sœur Jenny qui les observait tandis que David faisait de vains efforts de conversation. C'était vraiment amusant. D'ordinaire, les dames et les jeunes filles se pressaient pour engager la conversation avec David. Cette fois-ci, selon toutes les apparences, que David soit le frère d'un duc n'impressionnait absolument pas la demoiselle. Et la demoiselle Dove que lui-même avait dans les bras ne semblait pas impressionnée par son titre, elle non plus.

Derrière son masque, son regard pétillait d'intelligence, ce qui lui plaisait, mais il y avait aussi quelque chose de farouche.

— Saviez-vous qui j'étais, le jour du match de football ? s'enquit-elle.

— Je m'en doutais, oui. Il n'y a pas tant d'Américaines qui arpentent la campagne anglaise, malgré ce que voudraient nous faire croire les journaux sur une invasion d'héritières.

Cette remarque la fit sourire. Parfait, il valait mieux laisser leurs observateurs penser qu'ils se plaisaient vraiment, que ce soit le cas ou non.

— Et je suppose que vous connaissiez également mon identité ?

— Pas au début, mais tout de suite après, oui. Camille avait jugé utile que nous voyions le plus possible d'entre vous avant notre rencontre officielle chez elle. Elle pensait que nous pourrions nous faire une meilleure idée de vos caractères.

— Ah, je vois. Une sorte d'expérience scientifique... Nous voir dans notre milieu naturel équivaut à nous voir tels que nous sommes réellement, c'est cela ?

— Quelque chose de ce genre, oui.

— Eh bien, je suis au regret de vous dire qu'un terrain de football ne constitue en rien mon habitat naturel.

— Ah bon ?

— Non. J'aime le football et j'y joue depuis que je suis à l'école. Cela ne suffit pas pour autant à définir qui je suis. Je devrais vous arranger une visite au Parlement, cela vous donnera une idée plus précise de mon caractère et de mes occupations habituelles, si c'est sur cela que vous souhaitez fonder votre décision.

Elle se raidit, pas assez pour qu'un autre le remarque, mais suffisamment pour qu'il comprenne qu'il venait de révéler son jeu.

— À quelle décision faites-vous allusion ?

— Celle que vous allez prendre, comme nous le savons tous, mademoiselle.

— À moins que je ne me trompe, il me semble qu'il y a une question à poser avant de pouvoir prendre une décision.

— La question ne constitue-t-elle pas déjà une conclusion ?

— Absolument pas ! Et si ce que vous avez vu ne vous plaisait pas ?

— Vous oubliez que je vous ai déjà rencontrée. Je ne serais pas ici si ce que j'avais vu ne me plaisait pas.

Elle rougit jusqu'à la racine des cheveux. Et il trouva cela plein de charme. L'honnêteté et la candeur que cela dénotait lui plaisaient.

— Mais vous ne connaissez pas les conditions, fit-elle remarquer.

— C'est exact. Je suppose simplement que vous ne seriez pas partie à la chasse à l'aristocrate si vous n'étiez pas en possession d'une contrepartie suffisante.

Il retint son souffle en attendant la réponse à la pique qu'il venait de lancer. Elle prit tout son temps pour répondre, et il se demanda ce qu'elle espérait découvrir en le dévisageant avec autant d'intensité.

— Vous avez raison, milord. Je pense que vous serez satisfait.

— Parfait !

Il s'appliqua à paraître aussi impassible qu'à l'ordinaire, mais il avait la gorge nouée et aurait été incapable d'articuler un mot de plus. Même s'il ne s'agissait pas précisément d'une demande en mariage, cela suffisait. Il sentait sous ses doigts, à travers la soie de la robe, la chaleur de son corps. Cette jeune fille allait devenir sa femme. Il pouvait se le répéter autant de fois qu'il le voulait, il avait du mal à s'y habituer. C'était incompréhensible, mais vrai.

À moins de complications imprévues...

— Pourrions-nous avoir un entretien, ce soir ? Un entretien en privé, pour discuter des modalités.

— Bien volontiers, répondit-elle avec une aisance qui le rassura.

— Après le bal, alors. Je demanderai à Sa Grâce de prévoir un endroit tranquille.

*

* *

Leur valse terminée, lord Devonworth eut la courtoisie de danser avec Jenny et avec Eliza. Cora dansa avec d'autres messieurs mais elle aurait été incapable de se rappeler lesquels. Elle flottait sur un petit nuage que l'on aurait pu qualifier d'euphorique sans se tromper. Quelques mois plus tôt, elle avait quitté la demeure des Hathaway légèrement déprimée et pleine de doutes sur ses capacités à réaliser son projet.

Leurs robes, ainsi que tous leurs vêtements, étaient démodées depuis des années. Les rares réceptions auxquelles elles avaient été invitées à New York étaient toutes dues à l'estime dont jouissait leur défunt beau-père, M. Dove. Ces soirées étaient donc organisées par des dames d'un certain âge elles-mêmes démodées depuis longtemps. Quand il était devenu de notoriété publique que l'intérêt de M. Hathaway pour leur mère s'était éteint, les invitations qu'elles auraient pu recevoir à cause de son influence avaient cessé. Recevoir la maîtresse d'un homme en vue équivalait à attirer les ragots, mais recevoir son ancienne maîtresse n'apportait que ricanements et mépris. Les trois sœurs savaient donc comment se comporter en société sans pour autant être prêtes pour une salle de bal de l'aristocratie anglaise.

Elles s'étaient acheté de nouveaux vêtements et avaient pris des billets de première classe grâce à la vente de leur petite maison derrière Bond Street, trop proche du Bowery pour être cotée. La plupart des familles de la bonne bourgeoisie avaient quitté le quartier depuis des années. Le toit menaçait de s'effondrer, ce qui les avait obligées à fermer le dernier étage quelques années plus tôt, quand le nombre de fuites avait dépassé leur capacité à payer les réparations. Les billets de première classe avaient constitué une dépense excessive, mais Cora avait fait valoir qu'elles ne pouvaient se permettre de susciter les racontars si elles avaient voyagé en deuxième ou en troisième classe. La moindre rumeur pouvait ruiner définitivement leurs chances de faire un beau mariage. Les sœurs Dove traînaient derrière elles un parfum de scandale suffisamment puissant, elles n'avaient pas besoin d'en rajouter.

La semaine passée avait compromis beaucoup des espoirs de Cora. Ensuite, le comtc était arrivé et tout était redevenu possible. Elle avait retrouvé un sourire sincère lorsqu'elle embrassa de nouveau du regard la salle de bal. Les femmes portaient d'éclatantes robes en soie ou en satin, les invités bavardaient gaiement, et leurs conversations portaient sur toutes sortes de sujets, de l'art à la famille en passant par la politique. À partir de maintenant, ce monde pouvait devenir le leur, celui dans lequel elles allaient vivre. À condition de franchir le dernier obstacle…

Le frou-frou d'une robe interrompit sa rêverie. Eliza venait de la rejoindre. Elle portait une robe de satin lilas ornée de dentelle noire, une des rares qu'elles avaient fait faire avant leur départ de New York. La coiffure élaborée de sa chevelure d'ébène rappela à Cora le peu d'occasions qu'elles avaient eues de s'habiller au cours des années passées. Sa tenue et sa coiffure la faisaient paraître plus sophistiquée et plus âgée que ses dix-neuf ans.

— Il est venu… Je n'arrive pas à y croire ! murmura Eliza, rayonnante, en s'abritant derrière son éventail.

— Moi non plus. Comme Camille n'avait pas reçu de réponse, j'ai pensé qu'il n'était pas intéressé.

— Il l'est, apparemment ! Je suis tellement contente ! Il est charmant, et c'est un très bon danseur.

Elle avait parlé avec une véhémence qui troubla Cora.

— Tu le voudrais pour toi ?

Cora avait été à l'origine de cette idée de mariage. Bien que sa mère et ses sœurs aient semblé y souscrire de bon cœur, elle se demandait maintenant si elle ne les avait pas engagées dans cette voie sans prendre suffisamment en considération leurs sentiments. Elle ne pouvait pas faire moins que donner à sa petite sœur la possibilité de faire son choix avant elle.

— Si tu le veux pour toi, je peux me retirer, proposa-t-elle.

— Non, je ne veux pas de lui. De toute façon, c'est pour toi qu'il est ici, c'est évident.

Le cœur de Cora bondit dans sa poitrine. Elle s'obligea à garder son calme.

— Je suis contente de cette solution que tu as trouvée, tu sais, mais je n'ai pas l'intention d'épouser un rustaud suffisamment âgé pour être mon père ! s'exclama Eliza.

— Ce ne sera pas le cas, je te le promets. J'ai l'impression que tu plais beaucoup au vicomte Mainwaring.

Ce dernier s'était visiblement rembruni lorsque Eliza avait dansé avec Devonworth.

— Oui, j'en ai l'impression, répondit la benjamine, qui ne paraissait pas particulièrement excitée par cette idée.

— Alors, on se partage les prétendants ? intervint Jenny, qui venait de quitter le bras de sir Barnaby, lequel semblait déçu de perdre sa compagnie.

Cora évita de croiser le regard plein d'interrogation de son soupirant. Il attendait visiblement une réponse à sa demande et elle préféra se tourner vers Jenny, qui pouvait facilement avoir n'importe lequel des hommes présents. L'éclatante beauté de son visage à l'ovale parfait et de sa chevelure châtaine lui valait des admirateurs partout où elle allait. Pour le moment, elle n'avait montré d'intérêt pour aucun des messieurs qu'on leur avait présentés. Cora espérait qu'elle n'allait pas choisir Devonworth…

— Pas maintenant, ordonna Cora, trouvant qu'elles n'étaient pas suffisamment isolées des autres invités.

— Enfin, ton footballeur est venu, au moins. Je regrette vraiment d'avoir manqué votre première rencontre. Cela dit, il est ici, et il est aussi bel homme qu'Eliza le disait.

Aux yeux de Cora, il était le plus bel homme qu'elle ait jamais vu.

— Comment s'appelle-t-il, déjà ? Je veux dire son vrai nom, pas Devonworth.

— Léopold Brendon, répondit machinalement Cora en le cherchant du regard dans la foule, où il bavardait avec un couple.

— Léopold ? répéta Jenny en grimaçant. Il a davantage l'air d'un Léonidas, tu ne trouves pas ? Un roi de la Grèce antique lui conviendrait mieux que... que... Il y a bien un Léopold célèbre, quelque part ?

Cora approuva en son for intérieur. Pour elle, il aurait pu être Apollon en personne descendu sur terre, mais elle préférait mourir plutôt que de l'avouer à haute voix. À ce moment-là, il leva les yeux et leurs regards se croisèrent. Elle rougit et s'empressa d'entraîner ses sœurs de l'autre côté d'un palmier en pot.

— Je crois qu'il m'a peut-être demandée en mariage, chuchota-t-elle.

— Comment ça, tu crois ? Tu ne sais pas ? s'étonna Jenny.

Cora ne savait plus trop où elle en était en racontant à ses sœurs ce qui s'était passé pendant qu'ils dansaient. Elle voyait à travers les feuilles du palmier qu'il se trouvait au centre d'une discussion. Les sourcils froncés, il écoutait son interlocuteur avec une profonde attention, approuvant de temps en temps d'un signe de tête avant de répondre. D'autres messieurs étaient venus se joindre au petit groupe et l'entouraient. Tous semblaient boire ses paroles et éprouvaient visiblement pour lui un profond respect.

Eliza pouffa à la fin du récit mais Jenny paraissait beaucoup moins amusée.

— Il ne faut jamais se fier aux hommes trop séduisants, décréta-t-elle. Il est bien trop beau pour faire un bon époux.

Ce n'était pas la première fois que Jenny faisait ce genre de mise en garde, et cela finissait par devenir fatigant.

— Pourquoi les hommes séduisants ne pourraient-ils pas faire de bons maris ?

— Tu ne vas pas passer toutes tes années de mariage à te demander où il est passé. C'est certainement un coureur de jupons !

Jenny énonçait simplement un fait, et le cœur de Cora s'arrêta de battre. Sa cadette n'avait aucune intention malveillante mais cela réveilla ses propres inquiétudes. Elle avait conscience de ne pas être d'une beauté extraordinaire, même si l'image que lui renvoyait son miroir lui plaisait.

— Cela n'a rien de certain, rétorqua-t-elle.

— Tu n'y es pour rien, la rassura Jenny. Regarde !

Discrètement, elle lui montra, à l'autre bout de la salle, un groupe de jeunes filles qui béaient visiblement d'admiration devant lui.

— Qu'il soit marié ou non ne les arrêtera pas, fit remarquer Jenny. Et la plupart des hommes dans cette position sont incapables d'y résister.

— Heureusement, je n'ai pas l'intention d'avoir de relations intimes avec lui, annonça Cora.

— Fais bien attention à ne pas l'oublier pour éviter de te laisser charmer et de devenir trop proche de lui, lui conseilla sa petite sœur.

— L'autre possibilité est sir Barnaby, poursuivit Cora, qui se demandait si elle n'était pas déjà trop intéressée par le comte.

— Il t'a demandé en mariage, lui aussi ? s'enquit Eliza.

— Quand nous étions sur la terrasse, avant l'arrivée de lord Devonworth.

— Entre les deux, la décision n'est pas difficile à prendre, chuchota Eliza. Au moins, tu n'auras pas de mal à consommer votre mariage si jamais tu changeais d'avis à propos de l'intimité !

Elles éclatèrent de rire, ce qui attira l'attention sur elles et entraîna l'arrivée de Fanny, une coupe de champagne à la main.

— Qu'y a-t-il de si drôle ?

— Rien, maman, pouffa Eliza. Nous passions simplement en revue la sélection... telle qu'elle est.

— Oui, moi aussi, j'espérais que ces messieurs seraient plus jeunes. Le dernier mari peut être guindé et ennuyeux, ce n'est pas grave, mais le premier doit être jeune et vigoureux. Comme le comte et le frère de Sa Grâce. Ces deux-là valent la peine d'être pris en considération.

Fanny assurait avoir été mariée et divorcée lorsqu'elle avait rencontré M. Dove, l'homme dont elles portaient le nom. Elle était alors une comédienne d'une quinzaine d'années et elle avait épousé à Chicago un jeune acteur séduisant. Leur union n'avait duré qu'une poignée de mois avant qu'il s'évapore dans la nature et qu'elle obtienne le divorce pour abandon. Cora s'était toujours demandé si c'était l'éducation que sa mère avait reçue à l'orphelinat ou son expérience de la scène qui lui avait donné des vues aussi peu conventionnelles sur le mariage. Quoi qu'il en soit, ces idées ne seraient certainement pas bienvenues dans la bonne société britannique.

— Maman ! Pas ici ! la reprit Cora.

— C'est bon, je vais continuer à jouer sagement mon rôle. Seulement je ne laisserai pas sacrifier mes petites chéries tels des agneaux à l'abattoir ! Il sera plus jeune que moi, ou tu ne l'épouseras pas ! assura-t-elle en tapotant la joue de Cora comme si elle avait cinq ans.

Là-dessus, la musique reprit et elle les laissa. Elle n'avait pas manqué une seule danse jusque-là et serait certainement la dernière à abandonner la piste. Une nouvelle fois, Cora se demanda d'où elle tirait tant d'énergie.

— Combien de temps pensez-vous qu'elle va pouvoir tenir le rôle de la mère de famille distinguée ?

La question d'Eliza raviva toutes les inquiétudes de Cora. Leur mère avait accepté de garder secrètes ses années de théâtre. Si jamais quelqu'un se mettait en tête de faire des recherches, tout ce qu'il trouverait serait de rares mentions de son nom de scène, Fanny Fairchild, mais aucune preuve ne l'y reliait. Les proches de M. Dove croyaient qu'elle était issue d'une bonne famille sudiste nommée Smith qui avait eu des difficultés et s'était vue ruinée bien avant la guerre civile. Les rares fois où les lointains parents de M. Dove étaient venus à New York, elle avait tenu son rôle à la perfection.

— Elle sait que nos avenirs sont en jeu. Je suis sûre qu'elle tiendra son rôle aussi longtemps qu'il le faudra, décréta Cora.

Elle était loin d'éprouver la belle assurance qu'elle affichait. Le passé de leur mère et leur naissance illégitime constituaient les maillons faibles de ce récit si soigneusement élaboré. Elle était en revanche certaine que sa collaboration avec une revue sur les droits des femmes aux idées très avancées ne serait jamais découverte, puisqu'elle avait pris soin d'utiliser un pseudonyme et de ne jamais signer de son nom.

6

Cora n'aurait jamais imaginé qu'elle aurait un jour un rendez-vous clandestin au milieu de la nuit, et voilà qu'elle descendait à pas de loup retrouver lord Devonworth bien après minuit. Parler d'un rendez-vous clandestin était peut-être exagéré. Le terme évoquait des images de baisers passionnés et de caresses torrides, ce qui n'était pas exactement le but de cette rencontre, même si elle sentait son cœur chavirer à la pensée des lèvres sensuelles du jeune homme. Elle ne trouverait probablement rien à redire à un baiser...

Les invités avaient commencé à battre en retraite quand l'horloge avait sonné les douze coups de minuit. Les horaires étaient ceux de la province, et la soirée ne se prolongerait pas aussi tard que celles de la capitale, avait expliqué Camille. Les gens du voisinage étaient parties tandis que les éventuels prétendants et ceux qui les accompagnaient s'étaient retirés dans leurs appartements. Par souci de décence, les messieurs logeaient dans l'ancienne maison du régisseur, une bâtisse à l'autre bout du parc qui faisait quasiment le double de la maison que Fanny et ses filles venaient de vendre à New York. Ils n'étaient donc pas à plaindre. Les convenances étaient ainsi respectées, puisque seules les dames passaient la nuit au manoir. Cora avait dans l'idée que la règle d'« aucun homme au manoir » ne s'appliquerait pas à M. Thorne, qui n'avait pratiquement pas quitté Camille de toute la soirée.

Elle s'arrêta pour s'assurer que l'étage était bien désert. La grande horloge égrenait les secondes dans le silence. Il était plus d'une heure et quart. Peut-être l'attendait-il déjà. Le cœur battant d'appréhension, elle se dirigea vers l'arrière de la demeure, où Camille lui avait conseillé de tenir son entretien. Ce petit salon était peu utilisé et il avait gardé un ameublement et une décoration quelque peu démodés qui, aux yeux de Cora, convenaient mieux à ce qu'elle imaginait d'un cottage, avec ses sièges croulant sous les coussins. Elles s'y étaient souvent réfugiées les jours précédant l'arrivée des invités pendant que Camille leur donnait des leçons sur les mœurs de l'aristocratie britannique, mais elles l'avaient un peu abandonné une fois les autres convives présents.

Un petit rire discret brisa le silence de la nuit lorsque Cora approcha de la pièce, suivi d'un rire plus grave et masculin tout aussi étouffé, puis du bruit inimitable de deux bouches se joignant. Par la porte entrouverte, Cora aperçut Camille assise sur les genoux de M. Thorne. Une vague d'envie la cloua sur place.

Que signifierait un mariage qui tiendrait plus de la relation d'affaires que d'une relation personnelle ? Un mariage où l'époux ne la regarderait jamais avec affection ? Et s'il ne parvenait même pas à l'apprécier ? Que se passerait-il s'il refusait de mettre fin à leur arrangement, sans qu'elle connaisse jamais la tendresse d'un homme qui l'aimerait vraiment ?

Là, dans ce couloir, elle se sentit plus seule qu'elle ne l'avait jamais été de toute sa vie, plus seule même que le jour où elle avait rendu visite à M. Hathaway sans se faire annoncer et sans y être invitée. Ce qui lui avait semblé une solution évidente et parfaitement réaliste s'écroulait maintenant sous ses pieds.

— Cora ! s'exclama Camille en s'arrachant à l'étreinte de M. Thorne, qui l'imita plus lentement, visiblement amusé. Toutes mes excuses !

— C'est ma faute, corrigea Thorne. Je suis venu la distraire.

— Ce serait à moi de m'excuser. Je ne voulais pas vous espionner. Je...

— Vous n'avez rien à vous reprocher. Nous vous attendions, la rassura Camille en arrangeant sa coiffure parfaitement en ordre et en jetant à M. Thorne un regard impérieux dans le miroir. Entrez, entrez !

Cora se força à sourire. Elle ne croyait pas à l'amour éternel. Faire un mariage de raison était bien plus judicieux. Elle n'avait donc aucune raison d'envier leur relation.

Elle avait pris avec elle la lettre de M. Hathaway, et elle fit de son mieux pour ne pas songer à l'importance que cette attestation revêtait pour l'issue de ses fiançailles. Si elle parvenait à oublier qu'elle représentait sa seule valeur aux yeux de lord Devonworth, elle aurait moins de regrets.

— Je ne sais comment vous dire à quel point je suis heureuse de la venue de Devonworth et de l'entretien privé qu'il vous a demandé, poursuivit Camille en la prenant par la main. Je suis certaine que c'est une bonne nouvelle. Il fera un mari parfait pour vous !

— Je l'espère. Il est très bel homme.

— Oui, mais surtout, il n'a rien d'un aristocrate ordinaire. Il s'est toujours engagé pour les droits des femmes et des plus pauvres. Vous irez très bien ensemble.

Avant que Cora ait eu le temps de répondre, un bruit de pas retentit dans le couloir et lord Devonworth fit son apparition. Il portait sa tenue de soirée et semblait arriver de la piste de danse. Ses cheveux plaqués en arrière mettaient en valeur la virilité aristocratique de ses traits. Il était tellement séduisant que Cora en eut le souffle coupé.

Le comte salua ses hôtes avant de se tourner vers elle.

— Mademoiselle.

— Milord.

Cora avait bien remarqué la façon dont il la détaillait avant de s'arrêter sur son visage. À son air chaleureux, on pouvait présumer que ce qu'il avait vu lui plaisait. Elle n'était certes pas une beauté éblouissante comme sa mère ou Jenny, mais elle avait un physique agréable.

— Nous allons vous laisser. Nous sommes à côté si vous avez besoin de nous, dit Camille.

Elle prit le bras de M. Thorne et l'entraîna vers la pièce voisine, une sorte de salle de jeu dotée de tables de bridge et de plateaux d'échecs. Après un sourire d'encouragement à Cora, elle laissa la porte légèrement entrebâillée. De cette façon, Devonworth et elle n'étaient pas seuls tous les deux, techniquement parlant.

Camille et son fiancé n'auraient pas dû se trouver seuls, eux non plus, mais ils devaient se marier dans le courant de l'été et Camille était veuve. Lui était propriétaire du Montague Club de Londres, un établissement à la réputation sulfureuse, mais il vivait pour le moment à Paris, où il ouvrait un nouvel établissement. Camille allait le rejoindre là-bas, accompagnée de sa mère, et Cora supposait qu'ils avaient besoin de moments seuls ensemble.

Après leur départ, un lourd silence tomba sur le salon. Lord Devonworth et elle se regardaient en chiens de faïence, sans savoir par quoi commencer. Ce fut finalement lui qui fit le premier pas.

— Vous ne voulez pas vous asseoir ?

Les jambes flageolantes, elle prit place à un bout du canapé. Elle s'attendait à ce qu'il vienne s'asseoir à côté d'elle, mais il choisit un autre siège. Elle ne put s'empêcher de remarquer la façon dont ses épaules occupaient toute la largeur de son dossier. Sa carrure athlétique ne donnait pas une impression de force brute et il restait mince et plein de grâce. Enfin, peut-être ferait-elle mieux de consacrer un peu moins d'attention à son physique et un peu plus à leurs négociations.

— Merci de m'accorder cet entretien, dit-il. Je suis désolé qu'il ait lieu à une heure aussi tardive, mais nous sommes attendus à Londres demain.

— Je comprends parfaitement.

Aucun des deux ne fit remarquer qu'une entrevue au milieu de la nuit avait l'avantage de passer inaperçue et que, de cette façon, personne ne saurait qu'ils s'étaient entretenus. Si les conditions ne lui plaisaient pas et qu'il changeait d'avis, cela ne donnerait lieu à aucun commérage.

— Nous allons peut-être attendre que votre mère nous rejoigne, suggéra-t-il.

— Elle ne viendra pas. Nous ne serons que tous les deux.

Il en fut visiblement surpris.

— Comment cela se fait-il ? s'enquit-il.

La question désarçonna Cora. Elle avait parlé de son projet avec sa mère un peu plus tôt, et il ne leur était pas venu à l'idée, ni à l'une ni à l'autre, que Fanny doive assister à cet entretien. C'était tout simplement ainsi que se passaient les choses chez elles. Cora se chargeait de toutes les questions pratiques, qu'il s'agisse de la vente de la maison ou de négocier avec le boucher, et Fanny s'occupait de... de ce qui l'intéressait au moment présent, que ce soit réussir un soufflé parfait ou aider une de ses amies comédiennes à préparer un rôle.

Une débutante digne de ce nom serait effectivement venue accompagnée de sa mère, et ce premier faux pas donna des sueurs froides à Cora.

— Elle a une migraine et avait besoin de s'allonger. Elle a peut-être bu un peu trop de champagne.

Cette dernière déclaration n'était que partiellement vraie. Fanny avait réellement bu trop de champagne, mais lorsque Cora l'avait laissée, elle dansait dans sa chambre avec Eliza en chantant une chanson égrillarde sur un jeune homme tout émoustillé à l'idée de se marier.

Il avait l'air sincèrement ennuyé. Discuter en tête à tête avec elle le mettait visiblement mal à l'aise.

— Nous devrions peut-être reporter notre entretien, dans ce cas, proposa-t-il. Le mariage est une affaire importante, et cette conversation peut affecter nos vies futures. Votre mère devrait y assister.

Il ne voulait sans doute pas qu'elle soit lésée et Cora, dont le cœur s'était serré d'inquiétude lorsqu'il avait suggéré de remettre leur entrevue à plus tard, fut touchée par cette sollicitude. Elle en avait cependant assez des hommes – le visage de M. Hathaway lui revint en mémoire – qui croyaient toujours savoir mieux qu'elle ce qu'il lui fallait.

— Je suis de votre avis, milord. Le mariage est une affaire très importante. Quand votre mère doit-elle arriver ?

Le comte écarquilla les yeux, stupéfait, avant que ses lèvres frémissent d'amusement.

— Je voulais simplement dire que les jeunes femmes de ma connaissance ne viendraient jamais seules à ce genre d'entrevue.

— Est-ce que les jeunes femmes de votre connaissance assisteraient à ce genre d'entrevue ?

— Touché ! admit-il en la dévisageant comme si elle constituait une énigme difficile à résoudre.

Il était visiblement mal à l'aise, et elle ne voulait pas lui laisser le temps de reprendre l'avantage. Elle commençait à se rendre compte qu'elle avait beaucoup à perdre dans ce mariage, mais elle risquait de perdre encore davantage si cet entretien n'avait pas lieu.

— Je conçois que cela vous paraisse étonnant, et certainement inédit, dit-elle. Vous devez avoir beaucoup de questions à me poser.

— Effectivement. Je ne veux pas débuter notre relation par des cachotteries. Je dois donc vous avouer qu'avant cette réunion j'ai eu recours aux services d'un détective privé.

Le sang de Cora se figea dans ses veines. Un détective pouvait avoir découvert tant de choses qu'elle préférait lui cacher, à lui et à toute la bonne société ! Sa petite famille ne survivait que grâce à un monceau de secrets…

— Qu'avez-vous découvert ?

Elle préférait ne pas affronter son regard, et elle prit tout son temps pour sortir de son enveloppe l'attestation de Hathaway et la lisser soigneusement. Il garda le silence si longtemps qu'elle pouvait sentir la brûlure de son regard désapprobateur.

— J'ai découvert que votre père avait possédé plusieurs théâtres à travers l'Amérique et qu'il est mort quand vos sœurs et vous étiez encore très jeunes. Son associé, Charles Hathaway, a joué le rôle d'une sorte de protecteur de votre famille. Maintenant, que pouvez-vous me dire au sujet de l'accord que vous me proposez ?

Elle avait l'impression de subir un interrogatoire de police. Elle prit son courage à deux mains et répéta ce qu'elle avait seriné toute sa vie.

— M. Hathaway et M. Dove étaient de proches amis. Après le décès de ce dernier, M. Hathaway s'est occupé de nous et des revenus de ma mère. Maintenant que nous sommes adultes, il a décidé d'aider notre mère à arranger nos mariages. En fait, trouver des époux convenables est une condition indispensable pour que nous touchions notre héritage. Il a des critères très contraignants sur ce qu'il considère comme des époux convenables, conclut-elle en lui tendant l'attestation.

Il prit le papier et le lut attentivement, visiblement surpris de ce qu'il y trouvait.

— J'espère que le montant est suffisant, ajouta-t-elle lorsqu'il eut terminé.

— Tout à fait suffisant…

C'était ce qu'elle avait présumé, sans toutefois avoir la moindre idée de la fortune dont pouvait avoir besoin un comte.

— Parfait ! s'exclama-t-elle, soulagée.

— Ce M. Hathaway viendra-t-il à Londres pour…

Elle comprenait à quel point cette situation était délicate pour lui.

L'existence de l'argent dont il avait besoin pour redresser ses domaines était attestée dans la lettre, mais ce n'étaient que des mots tant qu'il n'était pas sur son compte en banque.

— … pour valider le transfert de fonds ? termina-t-il.

— Oui, et il assistera aux cérémonies de mariage.

Elle lui enverrait un télégramme dès le lendemain matin pour s'en assurer, si toutefois cette conversation avec le comte trouvait une issue heureuse.

— Parlez-moi de votre famille maternelle, mademoiselle Dove. Qu'ai-je besoin de savoir à son propos ?

Cora n'avait aucune envie de lui mentir, mais elle ne savait comment lui expliquer la situation. Que sa mère ait été comédienne ne pouvait tout simplement pas être accepté dans l'aristocratie britannique, sans parler du fait qu'elle n'avait pas la moindre idée de qui était sa famille.

— Ma mère est née en Caroline du Sud. Sa famille étant morte du choléra quand elle était toute petite, elle a été élevée à Chicago par de lointains cousins. C'est là qu'elle a rencontré mon père.

La vérité était que Fanny ne savait pas qui était sa famille. Sa mère, probablement une jeune femme célibataire, l'avait déposée quand elle était bébé sur les marches d'un orphelinat de Chicago, où elle avait grandi jusqu'à sa fugue à l'âge de quatorze ans pour se lancer dans une carrière théâtrale. À quinze ans, elle avait épousé un jeune et bel acteur dont elle avait divorcé presque aussi rapidement. Puis, quelques années plus tard, elle avait rencontré Charles Hathaway, venu à

Chicago pour affaires. M. Dove, qui connaissait Fanny par ses activités dans le milieu théâtral et qui était en affaires avec Hathaway, les avait présentés. Elle était rapidement devenue la maîtresse de Hathaway, qui l'avait emmenée à New York.

Quelques mois après son arrivée là-bas, Fanny avait donné naissance à Cora, puis très rapidement à Jenny et à Eliza. Fanny parlait toujours de ces années avec beaucoup de tendresse, comme s'ils avaient vécu une véritable histoire d'amour. Cora voulait bien croire que cette liaison ait été romantique, puisque Fanny s'était trouvée enceinte si souvent. Sa mère disait qu'il avait été question de mariage à condition que la famille Hathaway l'accepte, ce qui n'avait jamais été le cas. Il en avait donc épousé une autre, et Fanny et leurs trois filles étaient peu à peu devenues des fardeaux pour lui.

Leur idylle s'était donc terminée de façon malheureuse. À l'image de la plupart des idylles, pensait Cora. Un jour ou l'autre, le charme était rompu et la réalité reprenait le dessus. L'amour romantique n'était pas fait pour ce bas monde. Quand il était devenu évident que M. Hathaway ne l'épouserait pas, Fanny avait insisté pour qu'il prenne des engagements envers elle et leurs enfants. Eliza n'était encore qu'un bébé lorsqu'elles avaient emménagé dans leur maison. M. Dove avait fait un mari très commode. Cora ignorait quelle sorte d'accord M. Dove et M. Hathaway avaient conclu pour que Jeremiah Dove s'occupe de leur petite famille. Peu importait, puisqu'il était mort un ou deux ans plus tard. Pour être tout à fait honnête, Cora n'était absolument pas certaine que Fanny ait vraiment épousé M. Dove. Il pouvait très bien s'agir d'un enjolivement de sa part.

Bien entendu, elle ne pouvait pas raconter tout cela à lord Devonworth...

Il l'observait non sans un certain étonnement et, l'espace de quelques secondes tendues à l'extrême, elle eut la conviction qu'il allait lui dire que son enquêteur avait découvert la scandaleuse vérité à leur propos.

— Vous m'avez expliqué ce que vous apportiez à cet arrangement et, comme il est de règle dans toute négociation, il convient que j'abatte mes cartes à mon tour. Ma lignée remonte au XVIe siècle, lorsque Henry VIII a accordé à mon ancêtre…

— Oh, je suis certaine que vous avez toutes les qualités nécessaires, milord, sinon Camille ne vous aurait pas invité. Tous les prétendants présents possèdent les qualités nécessaires.

Son murmure d'approbation était inintelligible mais si grave et mystérieux qu'il la fit frissonner de la tête aux pieds. Elle s'appliqua à ne pas y penser. L'attirance physique qu'elle éprouvait pour lui ne devait pas entrer en ligne de compte.

— J'ai donc des rivaux, dans ce cas… Avez-vous reçu d'autres propositions ?

— Oui, bien que nous ayons demandé à tous les candidats d'attendre la fin de ce séjour.

Cette information parut le troubler profondément. Il se leva brusquement et marcha jusqu'à la cheminée. Il s'était imaginé être le seul sur les rangs, comprit-elle. Ou du moins le seul qu'elle soit encline à accepter. Il ne s'était pas attendu à avoir des rivaux, et c'était sans doute une bonne chose. Il serait peut-être disposé à des concessions qu'il aurait refusées un peu plus tôt. Des concessions comme une séparation, par exemple. Voire un divorce…

— Vous ne me connaissez pas, mademoiselle, lança-t-il en se retournant brusquement vers elle. Vous ne connaissez aucun d'entre nous, d'ailleurs. Cependant je peux vous promettre que je vous traiterai toujours avec honneur et respect. Je ferai de mon mieux pour prendre en considération vos souhaits dans tous les domaines. Je ne vous connais pas, et je dois donc présumer qu'un titre est de la plus haute importance à vos yeux et à ceux de votre protecteur. Si tel est bien le cas, j'en possède deux, et notre fils portera le second dès sa naissance. Je ne pense pas qu'aucun des messieurs ici présents soit en mesure de vous offrir des conditions équivalentes. Les autres enfants que nous pourrions avoir seront assurés de recevoir une excellente éducation, d'avoir un père attentif et...

— Lord Devonworth ! l'interrompit-elle, incapable de l'écouter plus longtemps plaider sa cause.

Camille et M. Thorne étaient dans la pièce d'à côté, et elle ne voulait pas qu'ils entendent ce qu'elle avait à lui dire.

— Je vous en prie, avant de vous laisser continuer, il faut que je vous explique quelque chose. Je souhaiterais, quel que soit le mariage que je contracte, qu'il s'agisse d'un mariage blanc. Je ne pense donc pas que parler d'enfants soit de rigueur.

— Un mariage blanc ?

— Oui. J'espérais convenir d'une séparation après un an ou deux, et peut-être... d'un divorce. Une fois que ma dot aurait été payée, se hâta-t-elle de préciser.

Voilà, le mot avait été prononcé.

— Vous voudriez divorcer ? s'étonna-t-il, complètement désorienté.

— Vous devez me prendre pour une folle...

— Mais non, pas du tout, répliqua-t-il si hâtivement qu'elle comprit que c'était bien le cas.

— Je sais qu'un divorce est une chose compliquée, toutefois cela n'a rien d'impossible. J'ai entendu dire que l'on en comptait environ deux cents par an.

— D'où tirez-vous ce chiffre ?

— Je l'ai lu dans un journal. Je ne connais évidemment pas la législation anglaise ni ses éventuelles complications. Il me semble que cela doit passer devant le Parlement, ce qui ne devrait pas être trop compliqué pour vous. Chez moi, on dit toujours : « Marie-toi à New York et divorce à Newport. » La législation du

Rhode Island prévoit le divorce en cas d'abandon et d'incompatibilité, précisa-t-elle devant sa perplexité.

— Un divorce n'est pas aussi facile ici. Pas dans la noblesse, en tout cas.

— Je m'en doutais. Un divorce nous permettrait de vivre nos vies chacun de notre côté sans difficulté. Je sais que ce n'est pas toujours bien vu dans votre monde, ni dans le mien, mais cela n'a rien d'inimaginable. Des gens divorcent tous les jours... J'avais espéré que nous pourrions arriver à un arrangement concernant ma dot. Vous pourriez bien entendu en garder une part significative. Suffisamment pour faire vivre votre famille, entretenir vos domaines et subvenir à vos besoins, quels qu'ils soient.

Parler d'argent de façon aussi directe le mettait visiblement mal à l'aise, mais comment faire autrement ?

— Et vous ? Que garderiez-vous ? s'enquit-il.

— Je vous demanderais d'en investir une partie pour moi, suffisamment pour me procurer un revenu annuel confortable. Vous transférerez cet argent à mon nom au moment du divorce et je me retirerai de la vie publique pour aller vivre loin de Londres. Je n'ai aucune envie d'occuper une place significative dans la haute société londonienne, croyez-moi. Je me rendrai quelque part en province ou en Amérique, je ne sais pas encore.

— Vous ne retourneriez pas à New York, d'où vous venez ?

— Non, je n'irai pas là-bas, assura-t-elle, non sans une ombre de tristesse. Je veux pouvoir aider ma mère et mes sœurs en cas de besoin, et non dépenser mes revenus avec un train de vie dispendieux. Un endroit calme et tranquille, en province ou à la campagne, nous conviendra parfaitement.

Ce qu'elle voulait, c'était lancer une revue sur les droits des femmes, une revue où l'on évoquerait tous les obstacles qui se dressent devant les femmes et toutes les lois injustes qui les pénalisent, comme celle pour laquelle elle avait déjà écrit des articles à New York.

— Et c'est pour cette raison que vous souhaiteriez divorcer ?

— Idéalement, oui. Une séparation fera l'affaire si un divorce n'est vraiment pas possible. Je connais cependant les règles de la primogéniture et je comprends son importance pour vous. C'est pour cette raison que je pense qu'un divorce constituerait la meilleure solution, pour vous comme pour moi. De cette façon, vous pourriez vous remarier et avoir un héritier.

Il la considérait avec toute l'attention d'un homme songeant à son avenir, ce qui lui donna à réfléchir. S'il refusait, que ferait-elle ? Elle devrait accepter ses conditions ou se contenter de sir Barnaby.

— Vous me mettez dans une situation difficile, mademoiselle. Je me dois d'assurer ma descendance et d'engendrer le prochain comte de Devonworth. Si je ne remplis pas mon devoir, le titre tombera entre les mains de mon frère Harry, qui ne possède aucune des qualités nécessaires à cette charge.

— J'en suis désolée, milord. J'ose cependant espérer que vous trouverez que la bonne santé financière de vos domaines vaut la peine de prendre ce risque.

— Je peux vous promettre d'envisager un divorce, mais cela peut s'avérer difficile à obtenir, d'autant que j'ai ma carrière politique à considérer...

Le cœur de Cora bondit dans sa poitrine devant cette petite concession.

— Je consentirai à une séparation, mais uniquement après deux années de vie commune où nous aurons présenté aux yeux du monde l'image d'un couple ordinaire, poursuivit-il. Je pense que deux ans devraient suffire.

— Oui, cela me paraît raisonnable, approuva-t-elle, prête à lui accorder pratiquement n'importe quoi.

— Si un divorce se révèle impossible, il me faudra un héritier.

— Je le comprends, répondit-elle, en faisant fermement abstraction de la petite flamme que cette perspective faisait naître en elle.

— Cinq ans, mademoiselle, c'est tout ce que je peux vous accorder.

— C'est entendu. Si un divorce n'est pas possible, dans cinq ans, j'accepterai de vous donner un héritier.

Après un temps d'hésitation, il prit la main qu'elle lui tendait. Il avait de longs doigts vigoureux, mais elle préféra ignorer la douceur de sa paume dans la sienne. Elle allait probablement devoir ignorer beaucoup de choses au cours des deux prochaines années.

— Dois-je comprendre que vous acceptez de devenir ma femme, mademoiselle ?

— Oui, je vous épouserai, milord.

— Parfait. Nous nous marierons donc immédiatement après la publication des bans, ce qui nous amène peu de temps après Pâques. D'ici là, il faut que vous fassiez la connaissance de ma mère et de mon frère. Je vais organiser un dîner.

Pour la première fois depuis le début de la soirée, toute la tension qui avait habité Cora s'évanouit. Pour le moment, elle était incapable d'articuler un mot.

Dans trois semaines, elle serait comtesse de Devonworth...

7

Quelques semaines plus tard, la veille du mariage, les Dove firent la connaissance de la famille de Devonworth. Hathaway et Mainwaring étaient également de la partie. Il était évident pour tous les invités que le vicomte allait demander le soir même la main d'Eliza, la plus jeune des trois sœurs. Il avait en effet sollicité un entretien avec Devonworth et Hathaway après le dîner. Tout ce qu'il leur fallait, c'était survivre à ce repas.

Au fur et à mesure que la soirée avançait, Devonworth commençait à douter de cette possibilité. Tout d'abord, sa mère devenait plus livide et plus glaciale à chaque plat. Au dessert, il était convaincu qu'elle risquait de mourir de déception en plein milieu de la salle à manger. Elle avait montré un profond soulagement lorsqu'il lui avait proposé ce dîner en lui annonçant son mariage et ses implications financières. Il était prêt à parier jusqu'au dernier sou que cette union allait lui procurer que ce repas était l'ultime dîner de ce genre qu'ils partageaient sous son toit.

Tout d'abord, sa mère et Mme Dove étaient aussi différentes que le jour de la nuit. Sa mère, incarnation vivante de l'aristocratie britannique, était comtesse jusqu'au bout des ongles. Elle portait une élégante robe noir et gris perle au col montant et aux manches discrètes. Sa chevelure de jais parsemée de fils d'argent était coiffée en bandeaux parfaitement ordonnés convenant à une dame ayant atteint la cinquantaine. Mme Dove, au contraire, arborait une robe bordeaux bordée de velours plus foncé qui, avec ses épaules nues et son décolleté suffisant sans être indécent, aurait mieux convenu à une salle de bal qu'à un dîner de famille. Sa chevelure, vierge de tout fil blanc, retombait en boucles sur une de ses épaules, et il appartenait à tout un chacun de décider s'il s'agissait – elle avait une petite quarantaine d'années – de la clémence de la nature ou d'une teinture. Il avait suffi à Devonworth de croiser le regard de sa mère lorsqu'elles avaient été présentées pour deviner à laquelle de ces deux possibilités s'était ralliée lady Devonworth.

Et à partir de ce moment, les choses n'avaient fait qu'empirer. Tout au long du repas, Mme Dove avait employé pas moins de six accents différents, la plupart consciemment, croyait-il, mais vers la fin du repas, après avoir bu une bouteille de vin à elle seule, deux autres avaient paru la surprendre elle-même. Devonworth la trouvait divertissante. Ce qui n'était visiblement pas le cas de sa mère, il y aurait mis sa main au feu.

La différence entre les deux familles ne s'arrêtait pas là. Les trois sœurs et leur mère étaient tout simplement bien plus animées et enthousiastes que le reste des convives. Des années d'éducation avaient appris à sa famille et à tous ceux de leur monde à dîner avec la plus grande économie de gestes possible, et il en allait également de leur conversation. Il ne l'avait pas remarqué jusqu'à cette soirée, mais voir les sœurs Dove rejeter la tête en arrière pour rire aux éclats ou s'exclamer devant une nouveauté les rendait plus vivantes, comme si elles faisaient partie du monde réel. En comparaison, sa famille et ses amis paraissaient simplement exister tandis que l'univers allait son train autour d'eux. Jamais ils ne s'abandonnaient complètement à l'allégresse, ni à une quelconque émotion. Ils manifestaient leur amusement par des rires discrets et des sourires qui altéraient à peine leurs visages. On ne devait jamais s'amuser et encore moins manifester le moindre excès de joie ou de gaieté.

Harry paraissait avoir remarqué ces différences, lui aussi. Il avait beau affecter des airs blasés et vouloir paraître plus âgé que ses vingt et un ans, la fascination avec laquelle il considérait la famille Dove ne pouvait échapper à quiconque voulait bien se donner la peine de l'observer. Ce qui ramenait constamment son regard vers la plus jeune des demoiselles Dove était peut-être plus que de la fascination... Devonworth nota mentalement d'offrir à son cadet le Grand Tour d'Europe qu'il lui réclamait depuis des mois et l'écarter ainsi jusqu'à ce que les trois sœurs aient dûment convolé.

— Milord ?

Le valet qui lui proposait des chocolats le ramena à la réalité. Il déclina d'un signe de tête tandis que sa fiancée les acceptait, les yeux brillants.

— Vous aimez le chocolat ? demanda-t-il à voix basse pour ne pas déranger Hathaway qui racontait une nouvelle anecdote à propos d'un de ses voyages.

Ils devaient se marier le lendemain et il ne savait pratiquement rien d'elle. Beaucoup de mariages de la bonne société étaient arrangés, mais les familles se connaissaient depuis des dizaines d'années, pour ne pas dire depuis des siècles, et les fiancés s'étaient généralement fréquentés depuis l'enfance. Son accord avec Mlle Dove avait quelque chose de médiéval et, en parfait chevalier, il se sentait tenu de la protéger.

— C'est ce que je préfère, répondit-elle avec un grand sourire avant de se détourner pour écouter Hathaway.

Devonworth l'observa à la dérobée. Elle portait une robe du soir en soie vert bouteille qui mettait en valeur les reflets cuivrés de sa chevelure. Même s'ils ne correspondaient pas aux canons de la mode, ses cheveux auburn étaient sans doute ce qu'elle avait de plus fascinant. Plus d'une fois il s'était demandé à quoi ils ressembleraient une fois dénoués...

Après sa chevelure, sa bouche était la partie de son corps la plus attirante. Elle était étonnamment sensuelle au milieu de ce visage qu'on pouvait qualifier d'agréable plutôt que de beau. Quand ses lèvres pleines et roses se refermèrent sur le chocolat, une émotion indéniable s'éveilla dans son entrejambe. Il s'éclaircit la gorge, ce qui attira l'attention de Cora. Leurs regards se croisèrent et il rougit de son manque de courtoisie, avant de reporter son attention sur Hathaway qui leur racontait maintenant une partie de chasse au lion.

— Vous pourriez peut-être envisager de m'accompagner la prochaine fois, milord. On m'a dit que vous étiez également chasseur !

— Je chasse pour la nourriture, pas pour le plaisir, et je n'envisage pas de manger du lion, répondit Devonworth.

— Mais il n'y a rien de plus excitant que le gros gibier et...

— Charles, pour l'amour du ciel, personne n'a envie d'entendre vos aventures en Afrique ! Si nous sommes ici, c'est pour fêter leur mariage. Et si nous nous occupions plutôt d'eux, et un peu moins de vous ? intervint Mme Dove en levant son verre pour porter un toast avant de boire une gorgée.

Son toupet plaisait bien à Devonworth. Cora s'était raidie, visiblement inquiète, tandis que Jenny dissimulait un sourire et qu'Eliza restait bouche bée.

— Je ne savais pas que certains sujets faisaient l'objet d'une interdiction, chère madame, rétorqua Hathaway, en insistant sur le « madame » comme s'il refusait catégoriquement d'utiliser son prénom.

Les rapports de ces deux-là semblaient empreints d'une certaine acrimonie, nota Devonworth, et il se demanda s'ils n'avaient pas été amants à une époque. Quoi qu'il en soit, la réponse à cette énigme attendrait.

— Merci, madame, dit-il en faisant signe au valet de pied de servir le champagne avant de lever sa coupe. J'aimerais profiter de cette occasion pour vous proposer de boire à la santé de ma fiancée. Vous n'êtes pas du tout ce que j'attendais, mademoiselle. En réalité, vous êtes beaucoup plus que tout ce que j'aurais pu imaginer, poursuivit-il une fois tout le monde servi. Vous êtes charmante, aimable et intelligente. Je ne pouvais demander mieux comme épouse.

— Vous êtes un homme bon, milord, et je n'aurais préféré nul autre époux.

— J'attends avec impatience de vivre notre avenir ensemble.

Il disait vrai, s'aperçut-il. Il aimait la lueur malicieuse de son regard, et cette intelligence qu'elle ne cherchait pas à dissimuler. Quelque chose chez elle l'attirait et il n'arrivait pas à savoir quoi, mais c'était un fait indéniable.

— Moi aussi, milord.

Il aimait jusqu'à sa façon un peu timide de le dire. En souriant, elle but une gorgée de champagne et il l'imita, sous l'approbation de tous, même de M. Hathaway et de la comtesse douairière.

— Si nous passions au salon ? suggéra-t-il.

Plus tôt la soirée se terminerait, mieux ce serait…

Il offrit le bras à Mlle Dove, M. Hathaway prit celui de lady Devonworth et Mme Dove celui de Harry, laissant ainsi le vicomte escorter les deux sœurs. À dessein, Devonworth ralentit le pas pour se retrouver seul avec Cora.

— Comment vous sentez-vous ?

— Je n'ai pas l'impression que votre mère apprécie beaucoup ma famille, répondit-elle timidement.

Il eut un petit rire. C'était vrai, mais sa mère savait qu'ils n'avaient pas le choix.

— J'aime beaucoup ma mère, mais elle peut faire preuve d'un certain snobisme.

— Cela risque certainement de se reproduire, j'en ai peur.

— Vous pensez à demain ?

— Je suis inquiète pour le banquet.

La cérémonie devait avoir lieu dans l'intimité à St. James avec la famille et les amis les plus proches uniquement, tandis que le banquet devait réunir un grand nombre d'invités. Toute la bonne société et les membres les plus éminents du Parlement viendraient faire connaissance avec la mariée.

— Ce n'est pas la peine de vous inquiéter, lui assura-t-il. On ne vous demandera pas de tenir grande conversation. Tout ce que nous aurons à faire, ce sera d'accueillir aimablement ceux qui défileront pour nous présenter leurs félicitations.

— Sans oublier ceux qui viendront pour cancaner !

— Il y en aura toujours. Et je ne doute pas que le lendemain, les journaux publieront un compte rendu détaillé de nos cadeaux de mariage.

— Cela ne me rassure pas du tout, déclara-t-elle en jouant nerveusement avec sa ceinture, une habitude qui lui venait souvent en sa présence.

Il lui prit la main, et ne s'en rendit compte qu'en la sentant se raidir. Il aimait cette main, ferme et chaude dans la sienne, avec juste ce qu'il fallait de douceur.

— Nous n'avons qu'à décider dès maintenant que nous ne laisserons rien de ce qu'ils écriront, ni rien de ce qui vient de l'extérieur, entacher nos rapports. Ce qui compte, c'est ce que nous bâtirons ensemble.

— Justement, que bâtirons-nous, milord ?

Ce soir, ses yeux étaient beaucoup plus bleus que gris, et l'appréhension qu'il y lisait l'emplissait d'émotion et de tendresse.

— Une amitié, j'espère.

— Cela me plairait bien, murmura-t-elle.

Elle lui sourit et quelque chose frémit en lui tandis que tout ce qui les entourait s'évanouissait.

— Tant mieux.

Il préféra détourner le regard avant de se perdre un peu plus dans l'azur de ses yeux. Il serra brièvement sa main et la conduisit au salon. À partir du lendemain, ce serait ensemble qu'ils affronteraient le monde. Il la connaissait à peine, ils étaient encore étrangers l'un à l'autre, mais il était prêt à la défendre envers et contre tout, si besoin était. Elle leur offrait un avenir, à son frère et à lui, alors c'était bien le moins qu'il puisse faire.

8

Devonworth s'était maintenant pratiquement persuadé que le mariage n'avait rien de si terrible. Une fois les arrangements pris avec Mlle Dove, il avait vécu sa vie comme il l'avait toujours fait. Ses journées s'étaient écoulées entre son bureau à la Chambre des lords et les séances parlementaires et, à part quelques dîners en ville où la politique servait toujours de plat principal, il avait passé ses soirées à travailler chez lui. En dehors du repas de la veille et des instructions données à sa gouvernante pour préparer les appartements de son épouse, il n'avait pas eu beaucoup de préparatifs à faire.

L'illusion que sa vie n'allait pas beaucoup changer avait duré jusqu'à ce que Mlle Dove le rejoigne devant l'autel. Parler d'une cérémonie intime était de rigueur. Seuls la famille et les proches, David, Strathmore et quelques autres, étaient présents à l'église. Ils avaient échangé leurs vœux, le pasteur les avait déclarés mari et femme et ils avaient reçu les félicitations de l'assistance.

Maintenant qu'il se trouvait seul avec elle dans sa calèche qui se frayait un chemin dans les rues encombrées de Mayfair, il ne pouvait plus ignorer qu'elle partageait désormais son existence. Elle allait la partager pendant toutes les années à venir. Enfin, pendant deux ans au moins…

Ils étaient mari et femme.

Elle était sa femme.

Assise en face de lui, les mains serrées sur les genoux, elle regardait par la portière. Un subtil parfum de lavande, qu'il associait maintenant toujours à elle, flottait dans la voiture. Son teint de porcelaine lui paraissait encore plus pâle qu'à l'ordinaire et ses taches de rousseur parsemaient son nez et ses pommettes comme des poussières dorées.

Elle appréhendait probablement toujours le banquet. Ils n'avaient pas échangé un seul mot depuis qu'ils avaient prononcé leurs vœux, et il devait certainement dire quelque chose pour la mettre à l'aise. Que pouvait-on raconter à sa nouvelle épouse ?

— La cérémonie vous a-t-elle plu ?

Même à ses oreilles, cette question sonnait faux.

— Oui, c'était une très belle cérémonie.

Il avait l'impression qu'au moindre cahot, elle risquait de se briser en mille morceaux.

— C'est vrai...

Décidément, cette tentative de conversation ne menait à rien. Elle lui adressa l'ombre d'un sourire avant de se tourner de nouveau vers la portière.

Du plus loin qu'il remonte dans ses souvenirs, il ne se souvenait pas de s'être jamais senti aussi mal à l'aise en compagnie d'une dame. Il chercha désespérément quoi dire pour la détendre... Sans succès. Rien ne lui vint à l'esprit. Lui assurer qu'elle n'avait rien à craindre de lui semblerait immédiatement suspect. En général, ceux qui juraient leurs grands dieux de ne jamais vous faire de mal étaient justement ceux qui comptaient vous en faire.

Un compliment ferait peut-être l'affaire ? N'importe quelle mariée tenait à être en beauté le jour de ses noces.

— Vous êtes ravissante.

Elle portait une robe en satin blanc toute simple avec un voile de tulle rejeté en arrière. Le blanc rehaussait le cuivre de sa chevelure qui semblait flamboyer dans la lumière matinale. Elle était effectivement ravissante et pleine de dignité, telle une rose en bouton qui ne demandait qu'à s'ouvrir. Elle avait une beauté discrète, sans rien de tapageur. Pas comme Sofia...

Il ne voulait pas penser à cette femme le jour de son mariage, et encore moins la comparer à son épouse. Mlle Dove méritait mieux. Bien que leur union tienne plus de la transaction commerciale, il lui devait ce minimum de courtoisie.

— Merci, murmura-t-elle avec un signe de tête, comme si le compliment constituait une politesse de circonstance et non l'expression sincère de son opinion.

L'un et l'autre étaient vrais, en réalité.

— Vous êtes très élégant, vous aussi, ajouta-t-elle avant de se retourner vers la vitre.

Tant pis pour la conversation. Sa mère, qui suivait dans sa calèche avec Mme Dove et les deux sœurs de Cora, avait certainement moins de mal. Il était prêt à parier qu'elle éprouvait des difficultés inverses. La famille Dove était plutôt bavarde et avait tendance à l'exagération – et Mme Dove n'avait pas manqué d'exprimer bruyamment son bonheur – tandis que sa mère était d'un naturel plutôt taciturne.

Puisque toute conversation semblait exclue, peut-être pouvaient-ils essayer d'échanger des informations pratiques. Quand il se trouvait dans une situation inattendue, il pensait toujours à des détails très terre à terre et se sentait immédiatement plus à l'aise, comme si avec une multitude de petites pierres il pouvait parvenir à bâtir quelque chose de solide.

— Hathaway et moi avons eu une discussion avec Mainwaring hier soir, après le dîner. On dirait qu'il a l'intention de demander la main d'Eliza...

— Oui, il nous a écrit.

Seul un devin aurait pu dire si elle était contente ou non.

— J'ai pensé que nous pourrions partir pour ma... pour notre maison de ville immédiatement après le banquet, pour que vous puissiez emménager. Nous irons à Timberscombe Park une fois que vous serez bien installée à Londres. Cela vous permettra de connaître le domaine, et à moi de me rendre compte de l'avancement des travaux.

— Quels travaux ?

C'est vrai, il ne lui avait pas totalement expliqué pourquoi il avait besoin de ce mariage. Quand ils avaient négocié, elle l'avait informé de son souhait d'un mariage blanc, et il avait ensuite négligé de lui donner d'autres détails sur sa situation. Une fois de plus, il se rendit compte à quel point elle était vulnérable. Elle n'avait eu personne pour défendre ses intérêts ni pour demander certaines informations cruciales. Hathaway avait signé les papiers nécessaires chez son homme de loi londonien, mais il n'avait pas posé les questions qu'aurait posées Devonworth s'il s'était agi de sa fille ou de sa pupille, les questions nécessaires pour s'assurer que le futur époux avait à cœur le sort de sa fiancée.

Il expliqua brièvement à Cora les orages qui avaient endommagé le toit de son château, ce qui l'avait décidé à se marier.

— Je sais que ce n'est pas un voyage de noces très attrayant, mais nous pourrons toujours en prévoir un où il vous plaira, cet été.

— C'est très bien ainsi. Je n'ai pas besoin de voyage de noces.

Cette affirmation le laissa sans voix. Certes, un tel voyage permettait aux époux de mieux faire connaissance mais, plus important, c'était une convention sociale qui se devait d'être respectée. S'ils ne s'y conformaient pas, cette bizarrerie ne manquerait pas d'être remarquée et cela ferait jaser. Sa carrière politique ne lui permettait pas de prêter le flanc aux commérages, surtout après les potins qu'allait susciter son mariage. Son siège avait beau être héréditaire, pour gagner des soutiens lors des votes, il lui fallait une réputation sans tache.

Mais comment le lui expliquer ?

— Il faut que nous allions quelque part, dit-il. Si l'on voit que nous nous conduisons comme un couple ordinaire, cela facilitera les choses.

— Je n'y avais pas pensé. Vous avez raison. Cela doit être d'autant plus important pour vous, compte tenu du travail que vous effectuez à la Chambre des lords. Je ne voudrais surtout pas faire quoi que ce soit qui risque de le compromettre.

— J'en suis heureux. Notre mariage va suffisamment alimenter le moulin à commérages comme cela. La plupart des unions sont des mariages arrangés. Le nôtre sera plutôt considéré comme un mariage d'intérêt, si vous voyez ce que je veux dire. Nous n'avons pas besoin de faire semblant d'être fous amoureux. Toutefois, il nous faut montrer au moins un semblant d'affection et de tendresse l'un pour l'autre.

— Bien sûr. Je suis une personne assez peu intéressante, aussi je pense que les commérages s'éteindront d'eux-mêmes assez rapidement.

Elle avait peut-être un tempérament discret, mais ce n'était pas le cas de sa mère, ce qui entraînait une autre question.

— Votre mère va-t-elle rester à Londres ? s'enquit-il.

— Oui. Camille lui a proposé, à elle et à mes sœurs, de passer l'été en ville en sa compagnie, même si elle rendra souvent visite à M. Thorne à Paris.

Tant mieux. L'idée que Mme Dove puisse venir s'installer chez eux à l'automne suffisait à lui donner des frissons, mais chaque chose en son temps. D'ici là, peut-être les sœurs de Cora seraient-elles mariées, et alors leur mère pourrait emménager chez l'une d'elles…

— À propos de votre mère, quel est son nom de jeune fille ? Mon détective ne l'a pas trouvé car son certificat de mariage a brûlé.

Elle se figea. Ce fut pratiquement imperceptible mais, l'espace d'un instant, elle parut affolée, avant de se reprendre. Dès le début, il avait soupçonné qu'elle ne lui avait pas tout dit pendant leurs négociations. Maintenant, il en était certain. Il y avait quelque chose de trouble dans le passé de cette femme...

— Pourquoi voulez-vous le connaître ?

— Pour le consigner dans notre registre de famille.

C'était effectivement une raison mais l'autre, bien plus importante, était qu'il n'aimait pas les surprises. Il comptait donc bien découvrir ce qu'elle lui cachait avant que quelqu'un le lui révèle au moment le plus inopportun.

— Smith...

Comme c'était commode !

— Merci, mademoiselle.

— Vous ne devriez sans doute plus m'appeler ainsi, maintenant que nous sommes mariés...

— Vous avez raison. J'ai failli l'oublier, Cora.

L'appeler par son prénom lui semblait bien familier, mais que choisir d'autre ?

— Et moi, comment dois-je vous appeler ?

— Tout le monde m'appelle Devonworth.

— Par votre titre ? Cela paraît bien cérémonieux ! Comment votre mère vous appelle-t-elle ?

— Devonworth.

Sa femme n'avait pas encore assimilé le formalisme en usage dans l'aristocratie. Cela devait lui paraître étrange, compte tenu de la décontraction qui régnait dans sa famille.

— Votre mère vous appelle par votre titre ?

— Il y a des années que mon père est mort, j'étais donc un enfant lorsque j'en ai hérité. Je suis Devonworth depuis l'enfance.

— C'est tellement... impersonnel ! Verriez-vous un inconvénient à ce que je vous appelle par votre prénom ? Vous ne pensez pas que cette familiarité rendrait plus crédible cette affection dont vous parliez ?

Elle venait de marquer un point.

— Ma foi, c'est vrai. Appelez-moi par mon prénom.

Cela lui rendit son sourire, et il était si éclatant qu'il en eut le souffle coupé. Il se fit la remarque d'essayer de la faire sourire le plus souvent possible.

— Très bien, Léonidas !

— Vous risquez de faire sensation, j'en ai peur, bien plus qu'en m'appelant Devonworth ! répliqua-t-il en éclatant de rire.

— Oh, pardon, Léopold ! s'exclama-t-elle en s'empourprant après un instant d'incompréhension. Vous vous appelez Léopold, pas Léonidas ! Mais c'est encore pire que Léonidas !

Rouge de honte, elle se couvrit la bouche de ses mains, tandis qu'il éclatait de nouveau de rire.

— Je suis désolée ! Ce n'est pas ce que je voulais dire. C'est un très joli nom.

— Non, vous avez raison. C'est un prénom en usage depuis plusieurs générations dans ma famille, ce qui le rend encore plus prétentieux. Je ne l'ai jamais aimé, pour tout vous dire. Léonidas sonne comme un prénom royal !

Il ne pouvait apparemment pas s'arrêter de rire et, au bout d'un moment, elle se mit à l'imiter d'un petit rire cristallin qui sonna tellement harmonieusement à ses oreilles qu'il se promit de la faire rire encore, et le plus rapidement possible.

— Peut-être Léo, alors ? suggéra-t-elle.

Personne ne l'avait jamais appelé ainsi. Pour le prix qu'elle avait payé ce mariage, elle pouvait bien se permettre de l'appeler comme elle voulait, mais s'il acquiesça, c'était parce que cette conversation l'avait vraiment amusé et qu'il tenait à la mettre à l'aise. Aussi étrange que cela paraisse, sa femme lui plaisait.

On pouvait donc raisonnablement espérer qu'avec un peu de temps, ils trouveraient une manière de cohabiter. Le mariage ne constituait pas obligatoirement une malédiction. Ils n'eurent cependant pas le temps de poursuivre leur conversation. La voiture venait de s'arrêter devant Sterling House, la résidence de ville de son ami le duc de Rothschild. Le duc et la duchesse, une héritière américaine qu'il avait épousée quelques années plus tôt, avaient proposé de donner chez eux le banquet de mariage et manifester ainsi leur soutien à cette union. Devonworth avait l'impression qu'Augusta et sa sœur Violet, qui avait épousé le comte de Leigh la même année, entendaient prendre sous leur aile les sœurs Dove et les aider à s'intégrer dans la bonne société londonienne. Il souhaitait de tout son cœur qu'elles y parviennent, sans quoi les vautours de l'aristocratie risquaient de dévorer Cora toute crue.

Sa femme était de nouveau tendue lorsqu'il l'aida à descendre de la calèche. La voiture de sa mère venait de s'arrêter derrière la leur et, dès que la portière s'ouvrit, un brouhaha s'en échappa avant que la comtesse douairière puis la famille Dove en sortent. Les deux sœurs de Cora se ruèrent sur elle, suivies plus lentement de Mme Dove, qui observait avec attention l'élégance du voisinage. Ici, les maisons étaient plus grandes que dans le reste de Mayfair, et elles abritaient des gens importants. Le Premier ministre en personne habitait au bout de la rue.

— Quel endroit charmant ! s'exclama-t-elle en s'approchant. À New York, on privilégie le neuf. Je n'aurais jamais pensé que la patine du temps pouvait apporter tant de beauté !

Elle portait une tenue plus appropriée aux circonstances, une robe à col montant curieusement assortie à celle de la comtesse douairière. Toutes deux étaient bleu clair, ornées de boutons et d'une bordure plus foncés.

— Et de caractère ! ajouta la comtesse douairière d'un air entendu. L'âge apporte du caractère...

Devonworth allait offrir le bras à sa femme lorsqu'il se rendit compte que ses sœurs l'avaient déjà entraînée avec elles.

— J'ai besoin d'un moment pour me rafraîchir avant l'arrivée des invités, expliqua Cora timidement.

Avant qu'il ait le temps de lui répondre, Harry, qui avait suivi dans une autre voiture avec David – son frère et lui avaient été ses témoins pour la cérémonie –, Strathmore et Warwick l'avaient rejoint. Avec sa chevelure et ses yeux bruns, Harry ressemblait à leur père. Il avait également hérité de son nez, bien trop volumineux pour le reste de son visage, qu'il arborait cependant avec une insolence qui plaisait à beaucoup de femmes. Mme Dove était du nombre.

— Lord Harry, mon cher, voulez-vous me donner le bras ? s'écria-t-elle avec une pointe d'accent aristocratique.

Avant qu'il puisse répondre, elle s'était accrochée à lui et l'avait entraîné vers les marches du perron, ce qui ne parut pas choquer le moins du monde le jeune homme, qui entreprit de lui expliquer les caractéristiques des façades géorgiennes.

— Quel genre de femme nous amenez-vous, Devonworth ? chuchota à son oreille sa mère, sans qu'il sache si cette remarque visait l'impair de Mme Dove qui avait donné à Harry un titre qu'il ne possédait pas, la conversation qu'elles avaient eue dans la voiture ou plus généralement les excentricités de Mme Dove.

— Vous êtes très en beauté aujourd'hui, mère, dit-il, ne sachant trop quoi lui répondre.

C'était exact. La comtesse douairière était toujours considérée comme une des beautés de l'aristocratie londonienne et, fort heureusement pour lui, il avait hérité du même visage aux hautes pommettes.

Sa mère, qui avait parfaitement compris son intention, lui prit le bras malgré son regard plein de réprobation.

— Je suis certain que vous apprécierez Cora, ajouta-t-il. Elle est intelligente et pleine de prévenance. Ne faites pas rejaillir sur elle votre ressentiment envers Mme Dove.

— J'espère que vous ne vous trompez pas. Quoi qu'il en soit, elle n'est pas la femme que je souhaitais pour vous. Si seulement votre père…

Elle s'interrompit, les yeux soudain embués. Ressasser le passé ne servait à rien. Si seulement son père n'était pas mort si jeune, si seulement il avait fait la moitié des investissements qu'on lui avait conseillés, si seulement il avait entrepris des travaux de modernisation, ils ne se trouveraient pas dans cette situation. Ce serait Sofia qu'il aurait épousée ce matin. Malgré la façon dont ils s'étaient quittés, il ne pouvait s'empêcher de l'imaginer à ses côtés devant l'autel, et il avait beau faire son possible pour chasser cette image, il en ressentait une profonde amertume.

— Pardonnez-moi, reprit sa mère en se tamponnant les yeux. Ce n'est vraiment pas ce dont j'avais rêvé pour vous.

— Je le sais bien, mais nous n'avons pas le choix. Nous devons tout faire pour que Cora se sente à l'aise parmi nous. Rien de ce qui arrive n'est sa faute et, sans elle, nous serions dans une situation encore plus difficile. M'y aiderez-vous ?

Il n'avait pas eu le cœur de parler à sa mère des dettes de Harry.

— Je ne ferai rien qui la fasse se sentir mal accueillie. C'est tout ce que je peux vous promettre.

Eh bien, il devrait s'en contenter.

9

— Je me suis trompée de prénom ! se lamenta Cora une fois seule avec ses sœurs dans la pièce que l'on avait mise à sa disposition pour se rafraîchir avant le banquet.

— Qu'est-ce que tu as fait ? se récria Eliza, horrifiée, tandis que Jenny étouffait un rire.

— Je ne sais pas ce qui m'a pris.

À un autre moment, elle aurait admiré la luxueuse décoration de la pièce, ses moulures ivoire, le magnifique tapis d'Orient, les tentures écarlates et la cheminée si vaste qu'elle aurait pu y tenir debout, mais elle était bien trop occupée à regretter sa stupidité.

— Que s'est-il passé exactement ? s'enquit Jenny en posant une main compatissante sur son épaule, une lueur malicieuse dans les yeux.

— Il m'avait appelée « mademoiselle », et nous nous sommes rendu compte que c'était ridicule maintenant que nous sommes mariés. Alors, il m'a appelée Cora. Et moi... je ne sais pas pourquoi, je l'ai appelé Léonidas !

Cette fois-ci, Jenny ne put retenir son fou rire. Eliza tapota la main de son aînée, mais elle aussi souriait.

— C'est ta faute ! C'est toi qui m'as mis ce nom dans la tête ! s'exclama Cora en se tournant vers Jenny, ce qui ne fit qu'augmenter l'hilarité de la cadette.

— Je suis désolée ! Je ne pouvais pas deviner que tu l'appellerais comme ça, tout de même.

La colère de Cora s'envola aussi vite qu'elle était venue. Ce n'était pas la faute de Jenny. C'était elle qui s'était trompée. Elle était tellement perturbée par ce mariage qu'elle ne distinguait plus la gauche de la droite.

— Il va se dire qu'il a épousé une idiote !

— Mais non ! la consola Eliza. Il va mettre ça sur le compte de la nervosité. Et puis, il te trouve belle, n'est-ce pas ? Nous l'avons bien observé pendant la cérémonie, il avait l'air absolument subjugué.

— C'est vrai, renchérit Jenny en prenant la main de Cora. Je suis certaine qu'il ne te prend pas pour une idiote. Ce sont des choses qui arrivent. Vous vous connaissez à peine, après tout.

Pour la millième fois de la journée, Cora se demanda si elle n'avait pas fait une erreur. Elle avait épousé un homme qu'elle ne connaissait absolument pas. Il allait l'emmener chez lui où il pourrait lui faire tout ce qu'il voudrait, sans que qui que ce soit veuille ou puisse intervenir. À quoi servait de se poser toutes ces questions, maintenant ? Le mal était fait.

Ses pensées avaient dû se lire sur son visage, comprit-elle devant la mine soucieuse de ses sœurs. Elle n'avait pas le droit de leur causer ne serait-ce qu'une minute de souci. C'était son idée, après tout.

— Enfin, cela nous aura fait rire, toutes les trois ! Je ne pense pas qu'il soit subjugué par moi. Il s'agit d'une transaction financière, c'est tout. Mais c'est gentil de votre part de vouloir me consoler.

— C'est peut-être une transaction financière mais cela ne l'empêche pas de te trouver belle dans cette robe ! Tu es éblouissante, assura Jenny en arrangeant correctement son voile qui avait glissé.

Cora adressa à sa sœur un sourire plein de reconnaissance. Elle aussi s'était trouvée à son avantage, ce matin chez Camille. Cela n'avait d'ailleurs pas grande importance, puisque leur mariage était un mariage blanc, pourtant l'idée qu'elle pouvait plaire à Devonworth lui mettait du baume au cœur. Elle avait été bien trop nerveuse pour remarquer quoi que ce soit à l'église, mais se dire qu'il l'avait regardée avec admiration lui causait un plaisir étourdissant.

— Viens, il faut arranger ce voile si tu ne veux pas passer la journée à le replacer, lui conseilla Jenny en l'entraînant vers la coiffeuse.

— À propos d'hommes séduisants et de leur intérêt, avez-vous remarqué que lord David ne quittait pas Jenny des yeux ? s'enquit Eliza d'un ton taquin.

Les deux sœurs avaient été les témoins de Cora, tandis que lord David et le frère de Devonworth avaient été ceux du marié.

— Oui, je l'ai aussi remarqué, répondit Cora, ravie de changer de sujet.

Elle n'était pas habituée à se trouver au centre de l'attention. Il y avait toujours sa mère ou une de ses sœurs pour s'en charger. Dans le miroir, elle vit Jenny lever les yeux au ciel.

— Lord David ne m'intéresse pas et ne m'intéresserait pas même s'il venait demander ma main, ce qu'il a peu de chances de faire. Camille a dit qu'il n'avait pas envie de se marier, fit-elle remarquer.

— Pourquoi n'en voudrais-tu pas ? s'étonna Eliza.

— Parce que tout ce qu'il veut, c'est coucher avec moi ! Même s'il me demandait en mariage pour y arriver, il courrait dans le lit d'une autre femme avant la fin de la semaine.

— Et cela t'ennuierait ?

Cora n'avait pas envisagé la question, mais elle ne pouvait pas nier que penser à Devonworth – elle n'arrivait toujours pas à l'appeler Léo, la honte était encore trop vive – en compagnie d'une autre femme la glaçait. Elle n'avait aucun droit sur lui, puisque leur mariage n'était qu'une façade ; cela n'avait donc aucun sens et ce n'était pas juste envers lui. Il avait peut-être déjà une maîtresse, après tout...

Mon Dieu, faites qu'il n'ait pas de maîtresse !

— Oui. Je ne crois pas que je puisse me contenter d'un mariage d'intérêt. J'y ai beaucoup réfléchi, et j'ai besoin d'autre chose. J'ai envie d'un véritable mariage, quoi que cela signifie, expliqua timidement Jenny.

Elles n'avaient pratiquement pas d'exemple auquel se référer. Leur mère ne s'était jamais remariée après M. Dove, et ce dernier était mort depuis tellement longtemps que Cora ne savait plus si le peu de souvenirs qu'elle gardait de lui étaient bien réels ou s'ils lui étaient inspirés par le petit daguerréotype qu'avait gardé sa mère. Elle n'en était pas certaine, mais elle soupçonnait que leur union avait également été un mariage d'intérêt. Quant aux relations de Fanny, il s'agissait surtout de gens de théâtre ou de spirites qui apparaissaient et disparaissaient au gré de leurs passages en ville. Certains étaient mariés, bien entendu, cependant elle n'avait jamais vu le quotidien de ces unions. Quand leur quartier avait commencé à s'appauvrir, leur mère les avait le plus possible gardées à la maison, et la plupart des familles qu'elles avaient connues enfants avaient déménagé. Les veuves qui n'avaient pas eu les moyens de changer de voisinage parlaient affectueusement de leurs défunts maris, ce qui, pour elle, ne pouvait constituer un modèle pour un mariage.

— Mais cela te ferait perdre ton héritage ! lui fit remarquer Eliza.

— C'est vrai ! renchérit Cora. M. Hathaway s'est montré très clair, il ne veut plus nous voir à New York. Et il n'approuvera pas le premier venu !

— J'ai des doutes sur le mariage en général, de toute façon, reprit Jenny en enfonçant avec un peu trop d'énergie une épingle dans les cheveux de Cora, qui fit la grimace sans que sa sœur le remarque. Ce que je veux, c'est chanter, et aucun mari ne me le permettra ! Peut-être que je ne me marierai pas avant plusieurs années...

Elles gardèrent le silence tandis que Jenny épinglait le voile de Cora sous les boucles qu'elle venait de refaire. Elle prit dans sa coiffure quelques fleurs d'oranger et les ajouta à celles de sa sœur.

— Tu pourrais te marier et divorcer ensuite, suggéra Cora.

— C'est ce que tu vas faire ? Vous vous êtes mis d'accord sur un divorce ? s'enquit Jenny.

— J'ai mentionné cette possibilité, et Devonworth y réfléchit.

— Enfin, tu n'y penses pas ! se récria Jenny, surprise ou choquée, Cora n'aurait su le dire.

— Et pourquoi pas ? Si M. Hathaway a posé des conditions, c'est par intérêt. Le sien, pas le nôtre ! S'il s'était soucié de nous, il pouvait nous transférer notre héritage immédiatement, ou en tout cas le jour de notre mariage avec l'homme de notre choix, comme sa mère l'avait décidé, j'en suis certaine. Il voulait se débarrasser de nous, et il s'est dit qu'ici, en Angleterre, nous ne serions plus sur son chemin. Si un divorce fait de moi une paria de la société, je m'en moque ! Je n'ai jamais aimé les mondanités, de toute façon.

De cette manière, elle aurait le contrôle de ses finances, ce qui signifiait le contrôle de sa vie.

Un lourd silence s'installa entre elles, finalement brisé par un début de tumulte dans la rue.

— Il est temps de descendre, les invités commencent à arriver, dit Eliza.

Une file de voitures s'alignait dans la rue en attendant de pouvoir faire descendre leurs occupants. Tous étaient des parents ou amis de Devonworth. Aucune des connaissances des Dove n'aurait pu s'offrir la traversée de l'Atlantique ni prétendre être reçue dans l'aristocratie. Cora n'imaginait pas les Kowalski, qui tenaient la boucherie près de chez elles, s'arrêter pour lui présenter leurs vœux de bonheur, même si Mme Kowalski l'avait plusieurs fois invitée chez elle pour bavarder. En dehors de sa mère et de ses sœurs, elle était bien seule ici.

On frappa discrètement à la porte.

— Êtes-vous prêtes ? demanda Camille. Les invités arrivent.

Elle n'était peut-être pas si seule, finalement. Camille lui avait témoigné beaucoup de gentillesse, et les sœurs Crenshaw aussi. Son existence était en train de changer, tout simplement, et il lui fallait un peu de temps pour s'habituer à ce nouvel épisode de sa vie.

— Je suis prête.

Toutes trois lui emboîtèrent le pas. Devonworth les attendait au pied de l'escalier et, en le voyant, Cora eut le souffle coupé. Il lui prit la main et cela la réconforta. Il ne lui avait donné aucune raison de se méfier de lui et, en dépit de sa gêne et de ses craintes passées, elle avait envie de lui faire confiance.

Il détailla sa coiffure et son visage et, à présent moins nerveuse, Cora se dit que ses sœurs avaient raison. C'était bien de l'admiration qu'elle lisait dans ses yeux.

— Allons retrouver nos invités.

Sa voix chaude et grave suffit à faire chavirer son cœur. Il allait rester à ses côtés et lui donner de l'assurance.

Et c'est ce qu'il fit. Il la conduisit au salon, où attendaient déjà quelques invités. Il les lui présenta un à un. Au troisième, elle avait retrouvé sa voix et pouvait parler avec suffisamment de clarté pour que son interlocuteur n'ait pas besoin de se pencher vers elle. Son époux l'emmena ensuite sur le seuil, où ils allaient se tenir tout le reste de la journée pour accueillir leurs hôtes.

Une foule ininterrompue vint faire sa connaissance et la féliciter avant de rejoindre le buffet. Des valets circulaient au milieu de l'assistance avec des plateaux chargés de coupes de champagne. L'épreuve se révélait moins pénible que Cora ne l'avait craint, et elle retrouva le sourire. La réception lui parut plus guindée que les mariages de la bonne société américaine dont elle avait lu le récit, et qui étaient généralement suivis de grands bals. Ici, les choses étaient plus sérieuses, empreintes de dignité, comme n'importe quelle autre mondanité, à part quelques discrètes remarques coquines à son mari. Les invités ne goûtèrent même pas au gâteau et emportèrent leur part dans des boîtes blanches entourées d'un ruban bleu.

Quelques heures plus tard, Devonworth lui fit visiter sa nouvelle maison à Mayfair. Il s'agissait d'une belle bâtisse géorgienne à la façade en brique protégée d'une grille en fer forgé. L'ensemble était tout en majesté et en élégance, et l'intérieur n'était pas différent.

L'entrée au sol de marbre était ornée de boiseries en bois de rose. Tandis qu'ils parcouraient l'étage noble, Cora constata qu'un soin méticuleux avait été apporté à la décoration.

— C'est votre mère qui a choisi la décoration ?

— En partie, mais la plupart des meubles et des bibelots ont été ajoutés au fil des années.

Cela se voyait. Des antiquités achetées pendant des dizaines d'années emplissaient toutes les pièces, et peu d'objets semblaient récents. L'ensemble, sans être chaleureux, n'avait rien d'austère. Il était beau mais elle se surprit à regretter le confort plus modeste et accueillant de Stonebridge Cottage.

— Permettez-moi de vous montrer vos appartements, suggéra Devonworth, avec une politesse un peu raide.

Ce formalisme était sans doute sa planche de salut lorsqu'il se sentait mal à l'aise. En dehors du majordome, un homme entre deux âges nommé Edgecomb, elle n'avait vu aucun domestique. Sans doute avaient-ils reçu la consigne de ne pas se montrer pour qu'ils lui soient présentés un peu plus tard. L'endroit était tout aussi calme qu'une église. Ses appartements donnaient sur un petit jardin derrière la maison. Ils étaient décorés dans les teintes corail et vert pin, meublés avec parcimonie mais avec goût d'un lit à baldaquin flanqué de tables de chevet, d'une armoire et d'un secrétaire. Cela ne correspondait pas précisément à ses préférences, mais peu lui importait.

— Vous êtes libre d'en faire ce que vous voudrez, assura son mari, comme s'il avait lu dans ses pensées. J'ai des comptes dans plusieurs boutiques, si vous voulez effectuer des changements.

— Cela ira très bien, j'en suis certaine.

— Je tiens à ce que vous vous sentiez à votre aise, Cora. Cette pièce n'a pas été occupée depuis des années. Ma mère a déménagé dans la résidence des douairières dès qu'elle l'a pu, et elle a emporté la plupart de ses meubles. Tout ceci vient d'autres pièces.

— Si vous insistez…

— J'insiste ! Notre mariage n'est peut-être pas ce dont vous aviez rêvé, mais je veux vous voir heureuse. Je vous en prie, faites de cette maison la vôtre.

Il souriait en la regardant. Ses lèvres étaient tellement pleines et paraissaient tellement douces que c'en était indécent. Elle se demanda quelle pouvait être leur saveur… et refoula immédiatement cette pensée. Elle devait s'interdire ce genre de réflexions, surtout dans sa chambre à coucher, qui était bien le dernier endroit où elle pourrait y goûter.

Incapable de faire le tri parmi ses émotions, elle se contenta d'opiner.

— Ah, voilà, elle est là ! dit-il en prenant une feuille de papier sur le bureau. J'ai ouvert un compte à votre nom à ma banque et j'y ai fait virer votre part des fonds. Il sera votre entière propriété… par la suite.

À la fin de leur mariage, voulait-il dire. Cette idée l'attrista, mais elle ne s'attarda pas à examiner trop attentivement ce sentiment.

Le papier détaillait les coordonnées du compte et le montant déposé. Tout était exactement comme ce qui avait été convenu. Simplement, le nom du comte y figurait également puisque, en tant que femme mariée, elle n'avait pas le droit de posséder d'argent en son nom propre. Elle lut et relut chaque mot plusieurs fois. Elle avait peine à croire que ce qui n'était au départ qu'une idée en l'air était finalement devenu réalité. Elle était mariée à un aristocrate et en bonne voie vers l'indépendance financière.

Avec cet argent, elle pourrait entretenir ses sœurs et sa mère en cas de besoin. Elles ne seraient plus jamais à la merci du bon vouloir d'un homme. Enfin, sauf de Devonworth qui, techniquement, était le titulaire du compte.

— Je vous remercie, murmura-t-elle, comme si ces paroles avaient trop d'importance pour être prononcées à voix haute.

Pour un peu, elle aurait embrassé le papier, lorsqu'ils furent interrompus par un coup frappé à la porte.

— Voici Polly, expliqua-t-il, aussi détaché que s'il ne lui avait pas offert quelques secondes plus tôt les clés de son avenir et de la liberté.

La jeune fille, qui ne devait pas avoir plus de seize ans, plongea dans une profonde révérence. Elle portait une robe noire quelconque et les deux tresses de sa chevelure étaient relevées au-dessus de sa tête.

— Elle est femme de service mais a gentiment accepté de vous servir de femme de chambre personnelle jusqu'à ce que nous engagions quelqu'un. N'est-ce pas, Polly ?

— Oui, milord.

Elle n'osait pas regarder le comte en face, et pourtant Cora ne vit aucune trace de peur sur son visage. Tout juste avait-elle légèrement rougi, ce qui lui donna à penser que l'adolescente n'était peut-être pas insensible au charme de Devonworth.

— J'ai déjà rencontré quelques candidates et j'en ai engagé une cette semaine, annonça Cora. Camille et les sœurs Crenshaw s'occupent d'une organisation de charité, le Foyer londonien de jeunes femmes, expliqua-t-elle.

— Ah, oui, ce foyer pour mères célibataires…

— Elles m'ont envoyé quelques jeunes femmes intéressées par le poste.

Son air d'approbation enchanta Cora. Elle avait craint qu'il ne désapprouve la venue à son service d'une femme au passé jugé inconvenant et c'était pour cette raison qu'elle l'avait engagée avant d'emménager dans cette maison.

Il n'y avait pas que des mères célibataires au Foyer. Beaucoup de femmes et de jeunes filles s'y rendaient pour échapper à de grandes difficultés. Elles y trouvaient un abri et de l'aide pour obtenir une formation à un métier.

— Eugénie Monroe commence demain, conclut-elle.

— Parfait. Je vais prévenir Edgecomb. Ma chambre est là, poursuivit-il en désignant une porte. De l'autre côté de notre salle de bains commune. Je vais vous laisser vous changer et prendre un peu de repos, à moins que vous n'ayez besoin d'autre chose.

— J'ai déjà défait les bagages de milady et j'ai fait monter les malles au grenier, indiqua Polly.

— Merci beaucoup, Polly.

Incapable d'articuler un mot, Cora indiqua du geste qu'elle n'avait besoin de rien. Quelqu'un venait de l'appeler « milady ». Aussi bizarre que cela paraisse, elle était maintenant une « lady ». Elle était comtesse…

— Nous nous retrouverons pour dîner, lança son époux avant de s'éclipser.

Polly murmura quelques mots inintelligibles et sortit de l'armoire la robe de chambre rose de sa nouvelle maîtresse. Sans réfléchir, Cora se précipita sur la porte de communication pour la fermer à clé, ce qui ne parut pas troubler le moins du monde la soubrette.

— Voulez-vous que je vous aide à vous changer, milady ?

— Oui, s'il vous plaît.

Polly entreprit de délacer la robe de Cora, qui commençait à reprendre ses esprits.

Elle avait l'impression de s'être réveillée le matin en étant une personne, et d'en être maintenant devenue une autre. C'était sans doute le cas. Elle était lady Devonworth, à présent.

Si seulement elle avait su ce que cela signifiait...

Deuxième partie

Exister en tant que femme constitue la grande affaire de sa vie.
Exister en tant qu'épouse et mère n'est que secondaire.

Elizabeth CADY STANTON

10

Au fil des semaines, leur mariage s'installa dans une agréable et très prévisible routine. Cora passait ses journées dans les magasins à compléter sa maigre garde-robe ou à choisir des papiers peints ou des meubles pour sa chambre. Devonworth occupait le plus clair de son temps à la Chambre des lords, où elle était allée le voir une fois. C'était lui qui avait suggéré cette visite pour l'aider à s'installer dans sa nouvelle vie, mais elle suspectait qu'il entendait ainsi également montrer aux yeux de tous qu'ils formaient un véritable couple. Elle avait fait la connaissance de son secrétaire, un homme d'une trentaine d'années, Beckham, et tous trois avaient pris le thé ensemble.

Il devint rapidement évident que son époux était véritablement obsédé par son rôle dans les affaires du pays. C'était pratiquement son unique activité, en dehors de quelques parties de football plusieurs fois par semaine. Même quand il était à la maison, on le trouvait généralement dans son bureau. Elle le voyait quelques minutes par jour – quand elle le voyait. Elle trouvait cependant toujours un chocolat sur le plateau du petit déjeuner que la gouvernante, Mme Anderson, lui préparait chaque matin, et elle se demandait si c'était de son fait, ce qui signifierait qu'il pensait à elle de temps en temps. Elle comprenait maintenant pourquoi il avait envisagé le mariage pour des raisons purement financières. Il n'avait tout simplement pas un instant pour son épouse.

Cela convenait parfaitement à Cora – ou du moins cela aurait dû lui convenir – puisqu'elle n'avait pas particulièrement envie d'un mari, elle non plus. Mais dîner seule tous les soirs à la vaste table de la salle à manger devint rapidement monotone, et elle sentit le poids de la solitude. Il ne s'était joint à elle que les deux premiers soirs, et elle ne pouvait s'empêcher de penser qu'elle ne verrait aucun inconvénient à le voir plus souvent. Elle n'était pas habituée à être seule. Sa mère et ses sœurs étaient allées à Paris voir Mme Wilson, l'amie de Fanny qui avait hébergé Jenny à ses débuts à l'Opéra.

Mme Wilson était cantatrice quand elle était devenue l'amie de Fanny alors que les filles n'étaient encore que des enfants. Elle avait ensuite épousé un riche diplomate américain qui vivait à Paris, mais elles étaient restées en contact. Lorsque Jenny avait commencé à montrer des dispositions pour la musique, Mme Wilson, devenue veuve entretemps, l'avait invitée à venir étudier le chant à Paris.

Sa famille partie, Cora n'avait plus personne à ses côtés pendant les premiers jours de sa vie conjugale. La comtesse douairière s'était faite discrète et était allée rendre visite à des amis à la campagne. Cora aurait apprécié cette réserve s'il s'était agi d'un véritable mariage, mais elle s'était retrouvée complètement isolée. La seule personne qu'elle voyait régulièrement était Harry, qui sortait au moins une fois par jour.

En l'occurrence, elle pouvait l'entendre en ce moment. Elle repoussa sa chaise, surprenant le valet de pied qui venait de lui servir du potage. Sans prendre la peine de marquer la page du livre qu'elle avait apporté pour s'occuper, elle se rua pour ouvrir la porte. Harry s'arrêta net, l'air mal réveillé et passablement surpris.

Elle n'aurait su dire s'il rentrait ou s'il sortait. Ses vêtements étaient toujours légèrement en désordre et des cernes bleuâtres soulignaient ses yeux, dus à l'abus d'alcool, soupçonnait-elle. Il avait terminé l'université au printemps dernier et n'avait pas encore trouvé sa voie, à ce que disait son mari.

— Venez donc dîner avec moi ! s'écria-t-elle.

À l'expression de son regard, on aurait pu penser soit qu'il avait oublié la langue anglaise, soit qu'il s'interrogeait sur la santé mentale de sa belle-sœur.

— Je vous en prie ! insista-t-elle en s'effaçant pour ouvrir plus grand la porte. J'aimerais vous connaître un peu mieux. Nous sommes frère et sœur maintenant, après tout.

— Bien. Je peux vous consacrer un moment, concéda-t-il après un instant d'hésitation.

Cora eut l'impression d'avoir remporté une grande victoire. Elle ne bougea pas d'un pouce avant qu'il soit entré et se hâta de refermer la porte derrière lui, de peur qu'il ne lui file entre les doigts.

— Oliver, ajoutez un couvert pour M. Brendon, s'il vous plaît.

Tandis que son beau-frère s'installait en face d'elle, elle l'observa discrètement. Il était plus proche d'elle en âge que son mari. Il ne devait avoir qu'un an ou deux de moins qu'elle ; toutefois, quelque chose dans sa façon de rester détaché face à ce qui l'entourait le faisait paraître plus jeune ou du moins plus immature. Il errait dans la vie à la manière d'un enfant qui ne s'intéresserait pas aux jouets qu'on lui donnait. C'était en tout cas l'impression qu'il lui faisait depuis le peu de temps qu'elle le connaissait.

Il ne ressemblait pas à Devonworth. Elle avait cherché, et cherchait encore, à cet instant précis, des traits communs qu'elle ne trouvait pas. Ils étaient pratiquement de la même taille et ils auraient pu avoir la même stature. Cependant, Harry était plus frêle, presque maigre.

— Avez-vous prévu quelque chose pour ce soir ? demanda-t-elle avant de goûter sa soupe de tortue.

Quant à elle, elle n'avait rien. Personne ne savait quoi faire d'elle. Avec un peu de chance, cela changerait une fois qu'elle aurait été présentée dans les règles au bal de lord et lady Leigh, la semaine suivante. Ce serait sa première apparition en société. Maintenant que Pâques était passé, la saison battait son plein.

— J'ai rendez-vous avec quelques amis au Montague Club, répondit-il.

Ce club appartenait à M. Thorne et à son demi-frère, le comte de Leigh.

— Oh ! Vous aimez cet endroit ?

— Ça va... On m'a dit qu'ils admettaient les femmes. Vous devriez y aller, un de ces jours.

— C'est vrai ? Oui, ce ne serait sans doute pas une mauvaise idée.

Le nombre d'endroits où hommes et femmes pouvaient se rencontrer était en effet scandaleusement bas à Londres. Comme en Amérique, du reste.

— Nous allons préparer notre voyage, précisa-t-il.

— Quel voyage ?

— Nous partons la semaine prochaine.

— Et où allez-vous ?

C'était la première fois qu'elle entendait parler de ses projets de voyage.

— Sur le Continent. Nous allons commencer par la Grèce avant de remonter. Nous serons partis jusqu'à la fin de l'été. Mainwaring va nous accompagner.

— Le vicomte Mainwaring ?

— Oui, en personne.

— Mais il est fiancé à ma sœur !

Bien que les conditions aient été pratiquement décidées, aucun contrat n'avait encore été signé, à sa connaissance. La fin de l'été était une échéance lointaine. Elle aurait pensé que le mariage aurait lieu bien plus tôt...

— C'est vrai. Ce voyage sera une bonne façon d'enterrer sa vie de garçon avant qu'il se mette la corde au cou, vous ne trouvez pas ?

N'ayant aucune envie de se disputer avec son beau-frère, elle acquiesça, mais elle était ennuyée. C'était sans doute le côté trivial des mariages arrangés. Elle avait toujours pensé que lorsque ses sœurs se marieraient, leurs époux seraient des frères pour elle, et qu'ils auraient de joyeuses réunions tous ensemble. C'était avant que M. Hathaway mette en place cette condition ridicule pour qu'elles entrent en possession de leur héritage. Encore une fois, les réalités d'un mariage de convenance étaient plus sévères que ce qu'elle avait imaginé. Elle aurait souhaité quelque chose de mieux pour Eliza.

— Je dois vous quitter, maintenant. J'ai été heureux de bavarder avec vous.

— Vous n'avez mangé qu'un potage !

Il restait encore plusieurs plats, et elle n'avait pas eu le temps d'aborder le sujet de son mystérieux époux. Si Harry pouvait constituer une mine d'informations, encore fallait-il les lui arracher.

— Ne vous inquiétez pas, je vous reverrai avant mon départ, dit-il. J'assisterai au bal et je danserai avec vous.

— Je ne vous verrai pas avant le bal ? Vous ne voulez pas dîner avec moi, un soir ? Nous avons besoin de mieux nous connaître, insista-t-elle, désireuse qu'au moins un membre de cette famille ne lui soit pas totalement étranger. Vous avez besoin de manger, et moi aussi. C'est de la logique...

— C'est bon ! Je viendrai pour le potage, répondit-il en riant.

Il lui faudrait s'en contenter.

— Faisons ainsi. Il faut sans doute que je veille à ce que votre frère ait de quoi se restaurer dans son bureau, lui aussi.

— Il n'y est pas.

— Pardon ?

Avant le dîner, elle l'avait entendu dans leur salle de bains commune. Quand il ne s'était pas montré pour le repas, elle en avait conclu qu'il travaillait.

— Je suis allé le voir pour discuter des subsides pour mon voyage ; il n'était pas là et son bureau était rangé, ce qui signifie qu'il n'a pas travaillé ici ce soir.

— Alors à demain soir, dans ce cas, dit-elle, souriant pour cacher sa perplexité.

Il se retourna sur le pas de la porte. Peut-être était-ce le fruit de son imagination, mais elle crut lire un sentiment de solitude sur son visage.

— Ne passez pas tout votre temps à errer dans cette vieille maison, vous en deviendrez folle, lui conseilla-t-il avant de disparaître sans qu'elle ait le temps de répondre quoi que ce soit.

Il avait probablement raison. Toute faim envolée, elle expédia le reste du repas et se retira dans ses appartements. Une fois déshabillée avec l'aide de Monroe, sa nouvelle femme de chambre, elle s'installa au lit avec un livre, mais elle fut incapable de se concentrer. Elle finit par vagabonder dans la maison plongée dans la pénombre et se retrouva devant le bureau de son mari. La porte était ouverte, et comme il ne lui avait jamais demandé de ne pas y pénétrer en son absence – il ne lui avait pas dit grand-chose sur quoi que ce soit depuis leur mariage, en réalité –, elle entra. Un léger arôme de santal, son parfum, flottait dans la pièce. Une chaleur maintenant familière et très agréable, somme toute, gagna son corps.

Elle alluma la lampe du bureau. Avec deux de ses murs, dont celui de la cheminée, recouverts d'étagères, la pièce ressemblait à une bibliothèque. Les fenêtres donnaient sur le côté de la maison, et de lourds rideaux les masquaient. Harry avait dit vrai. Le bureau était vierge de tout papier ou classeur, qui étaient rangés sur un petit meuble bas.

Elle fit le tour de la pièce, sortant un livre ici, examinant une statuette là, et ouvrit un coffret en métal contenant des cigares. Elle n'avait encore jamais senti l'odeur du tabac sur lui et elle se demanda s'il fumait souvent. Elle referma le coffret et se dirigea vers la pile de papiers derrière le bureau.

Elle avait été très occupée au cours des semaines précédant son mariage, mais elle avait pris le temps de lire tous les journaux qu'elle avait trouvés pour mieux comprendre le rôle de son mari au Parlement. Son nom n'était pas souvent cité mais quand il l'était, c'était en rapport avec une loi sur la santé publique. Les articles qu'elle avait consultés n'entraient pas dans les détails, mais le titre en haut de la pile de papiers attira son attention : « Pour une loi sur la santé publique ».

Sans réfléchir, elle s'assit pour lire l'intégralité des dix pages du document. Il s'agissait apparemment du texte d'un discours ou d'un article qui semblait lui poser quelques difficultés. Certains mots et même des passages entiers étaient soulignés ou annotés d'illisibles commentaires dans la marge. Le document lui-même était très sec. Il mettait en lumière les besoins en eau potable dans la plupart des logements d'Angleterre. Pendant des décennies, des villages et des bourgs entiers s'étaient vus décimés par le choléra et d'autres maladies infectieuses. Il détaillait longuement comment permettre à toutes les habitations d'accéder à une eau saine pour garantir une bonne hygiène dans les nouveaux lotissements, ainsi que les moyens techniques, les matériaux nécessaires et le coût d'un tel effort d'équipement. Toutefois, il ne parlait pas du coût humain si de telles mesures n'étaient pas prises. Il donnait les chiffres du nombre de malades et de morts et il expliquait de quelle façon ils avaient affecté la production des usines des environs, sans toutefois mentionner nulle part les expériences vécues par ceux qui avaient perdu la vie ou leurs proches à cause de ces carences.

Cora avait toujours eu de bonnes notes en rédaction pendant le bref séjour que ses sœurs et elle avaient effectué dans une petite pension de l'État de New York. Deux ans plus tôt, elle avait écrit au directeur de la publication d'une revue qui s'engageait en faveur du droit de vote des femmes. Dans sa lettre, elle critiquait un article qui avait complètement passé sous silence les conséquences de la politique mise en œuvre par les dirigeants locaux – des hommes, bien entendu – à l'égard des femmes du Bowery. Sa lettre avait été publiée et le journal lui avait demandé d'exposer son point de vue dans un article. Utilisant un pseudonyme, elle avait expliqué comment certaines femmes qui avaient hérité une affaire de leurs défunts maris se trouvaient sous la menace constante de la perdre parce que leur droit de propriété n'était pas entièrement garanti. Si un parent mâle du défunt en réclamait la jouissance, ces femmes avaient peu de recours sans une longue et coûteuse bataille juridique. Bien souvent, celles qui avaient travaillé aux côtés de leurs maris pour créer et développer l'affaire risquaient d'en être évincées. Cet article avait été suivi de plusieurs autres, tous signés du pseudonyme de Lavender Starling mais, après ce qui s'était passé avec M. Hathaway, Cora avait consacré toute son énergie à emmener sa famille en Angleterre et n'avait plus rien publié. Son vœu le plus cher était de recommencer à écrire un jour et d'attirer l'attention sur des questions cruciales.

Elle mourait d'envie d'amender le texte de Devonworth. Les chiffres qu'il donnait étaient importants, ainsi que les mesures nécessaires pour résoudre ce problème. Il manquait simplement la réalité humaine.

Son stylo à plume était sur le bureau. Il s'agissait d'un très beau stylo, en argent apparemment, au capuchon orné d'un aigle gravé. La plume semblait plus robuste que celles auxquelles elle était habituée. Elle le prit, en soupesa le poids, et elle avait écrit une page entière de notes lorsqu'elle se rendit compte de ce qu'elle était en train de faire. Il lui en voudrait certainement d'être venue fouiner dans son bureau, et encore plus dans ses papiers personnels. La plume resta suspendue au-dessus de la page et laissa une grosse tache d'encre. Non, elle n'avait pas à s'immiscer dans ses affaires. Elle ne connaissait rien au fonctionnement du Parlement, de toute façon.

Elle remit le stylo à sa place, froissa le papier et le jeta dans la corbeille. Elle quittait le bureau lorsqu'elle entendit des pas au rez-de-chaussée.

Il venait de rentrer.

11

Les rues de Whitechapel étaient sombres et sales, et elles empestaient l'urine. Les becs de gaz qui éclairaient les rues de Mayfair étaient inconnus ici, remplacés par des feux de bois dans les ruelles et des lampes à huile qui rendaient encore plus putride l'air déjà vicié. Devonworth avait milité pour la création d'un éclairage urbain mais il n'avait pas été surpris outre mesure d'être en minorité. Certains politiciens votaient selon leurs intérêts et non pour défendre ceux qu'ils étaient censés représenter, et l'argent qui coulait à flots dans les fumeries d'opium et les bordels clandestins permettait amplement de les acheter. Certaines activités s'accommodaient mieux de l'obscurité.

Cet endroit lui déplaisait profondément et, s'il était là, c'était pour une seule et unique raison. James Brody régnait en maître sur Whitechapel. Jadis, ce territoire était partagé entre plusieurs gangs mais les dernières années avaient vu la montée en puissance de Brody par le sang et la force la plus brutale. Maintenant, les bandes criminelles de moindre importance qui étaient toujours actives lui payaient un tribut. Or, c'était auprès de cette brute que Harry avait eu la sottise de s'endetter.

Devonworth remonta jusqu'aux oreilles le col de son pardessus et tâta le revolver contre sa hanche, sans le sortir. Il avait avant tout besoin de sentir sa présence rassurante. La raison de sa venue en ce lieu insolite se trouvait dans sa poche intérieure. Cette liasse de billets allait solder les dettes de son frère et ensuite, il allait s'employer à chasser Brody de la capitale.

— Le Coq rouge est là-bas, tout près. Si Brody n'y est pas, la nouvelle que nous le cherchons lui parviendra rapidement, expliqua Cavell.

Le régisseur du Montague Club avait insisté pour l'accompagner et Devonworth était heureux de l'avoir à ses côtés. Cet homme était né et avait grandi dans ces ruelles, et il les connaissait mieux que personne.

Cavell lui avait suggéré d'engager Dunn et Sanford, deux vigiles du Montague Club qui les suivaient, flanqués de deux hommes que Devonworth employait quelquefois quand il avait besoin de gardes du corps. En tant que membre de la Chambre des lords, on n'était jamais trop prudent. Un certain nombre d'ignobles crétins seraient aux anges s'ils apprenaient sa mort. Ils étaient donc six en tout. Cela lui avait semblé largement assez quand il avait organisé cette expédition, mais cela lui paraissait maintenant de plus en plus insuffisant au fur et à mesure qu'ils s'enfonçaient dans les profondeurs de Whitechapel.

On les remarquait comme le nez au milieu de la figure, c'était une évidence. Devant eux, la rue se vidait à leur approche. Des hommes se glissaient furtivement dans les ruelles adjacentes, des passants se rencognaient dans les embrasures de porte, craignant des ennuis.

— Regarde, Dottie, v'là le West End[1] qu'a rendez-vous avec toi ! cria une femme à son amie lorsqu'ils passèrent devant elle.

Un peu plus loin devant, l'enseigne de bois d'un coq au rouge délavé surplombait une façade lépreuse. Une

1. Les quartiers ouest de Londres, qui font partie des plus aisés de la capitale.

autre femme était appuyée sur le pas de la porte, au pied de l'escalier menant au premier étage.

De toute évidence, l'estaminet possédait des chambres où ces femmes pouvaient exercer leur douteux commerce.

— Qu'est-ce t'en dis, mon chat ? T'aurais pas envie d'tremper ta mouillette dans mon coquetier ? demanda la femme à la bouche écarlate et au visage d'un blanc de céruse.

— Non, je vous remercie, rétorqua Devonworth alors qu'elle lui barrait le chemin.

— Eh ben, en v'là un qu'a des manières, au moins, pas vrai, Mabel ? Et pas vilain garçon, avec ça !

Un mouvement dans l'ombre derrière la prostituée lui rappela à quel point cette équipée pouvait s'avérer dangereuse. Sanford avait déjà fait un pas pour contrer la menace venue de l'ombre mais Devonworth l'arrêta. La silhouette qui s'avançait dans la lumière était celle d'une autre prostituée. Elle était plus jeune, bien que ses yeux cernés soient déjà entourés de petites rides.

— Viens avec Janie, mon rat ! Elle a pas eu un seul client de la soirée !

La plus âgée lui jeta la plus jeune dans les bras. Elle empestait l'alcool et le parfum bon marché.

— C'est Brody que nous cherchons, expliqua Devonworth en lui tendant une pièce.

— Rentre chez toi ! ordonna la fille en reculant comme s'il l'avait piquée, toute tentative de séduction oubliée.

— Il est à l'intérieur ?

— Va pas fricoter avec lui ! T'es trop joli garçon, répliqua-t-elle, oubliant même de prendre la pièce.

Le regard de la fille allait de son amie à lui. Il lui lança la pièce, qu'elle attrapa au vol et enfouit prestement dans une poche de sa jupe.

Brody avait probablement déjà été averti de leur présence. Un de ses affidés les avait certainement remarqués dès qu'ils s'étaient engagés dans Commercial Street. On ne pouvait pas contrôler un territoire aussi important que celui-ci sans avoir de sentinelles.

— Merci ! lança-t-il tandis que la femme s'évanouissait dans la pénombre.

Ils avaient déjà discuté de la marche à suivre. Les deux hommes qu'il avait engagés se postèrent devant l'entrée de l'estaminet pour donner l'alerte si des renforts arrivaient, tandis que ceux de Cavell les suivaient à l'intérieur. L'établissement se composait de deux salles réunies par un bar rectangulaire. Dans la première salle, des hommes étaient attablés à de longues tables communes entre lesquelles circulaient des serveuses chargées de pintes de bière et d'assiettes de nourriture, des saucisses à en juger par l'odeur. Dans la seconde pièce, où la clientèle était plus bruyante, quelqu'un jouait une chanson paillarde sur un piano mécanique. La plupart des têtes se tournèrent dans leur direction à leur entrée. Le barman s'éclipsa immédiatement par une porte donnant sur une autre pièce. Quand Devonworth et Cavell firent mine de le suivre, deux autres hommes leur barrèrent le chemin.

— Où c'est qu'vous allez ? cracha l'un d'eux, aussi sale et malodorant qu'une barrique de vieille bière rance.

— Nous sommes venus voir Brody, répondit Devonworth.

— Qui qu' c'est ? rétorqua l'homme en ricanant, révélant des dents tellement abîmées par le tabac que, dans l'éclairage parcimonieux de l'estaminet, elles en paraissaient complètement noires.

— Laisse tomber ! Tout le monde sait qui c'est, intervint Cavell, retrouvant son vieil accent des faubourgs.

— Ben, rappelle-le-moi. P'têt que j'suis pas ben malin…

— C'est l'effet que tu me fais, c'est vrai, répondit Cavell.

Ulcéré, l'homme s'apprêtait à les attaquer lorsqu'un sifflement retentit à l'autre bout de la salle. Le barman était revenu et leur faisait signe.

— Laisse-les passer, Jim ! ordonna-t-il comme l'homme ne bougeait pas.

Jim s'effaça lentement, non sans avoir préalablement craché un jet de salive noirâtre à leurs pieds.

Tous quatre rejoignirent le barman à la porte et il les conduisit par un étroit couloir en pente. Ils laissèrent Dunn à l'entrée au cas où il prendrait à un des clients la fantaisie de les suivre. Ils tournèrent deux fois, toujours en descendant, ce qui leur donna à penser qu'ils se trouvaient maintenant sous le niveau de la rue, et ils parvinrent à une porte voûtée. Il avait dû s'agir dans le passé d'une cave ou d'un entrepôt, mais Brody en avait fait une espèce de bureau d'où il dirigeait discrètement ses affaires. Ce n'était certainement pas son seul repaire. Il ne les aurait jamais laissés découvrir son quartier général.

Cavell et Devonworth entrèrent tandis que Sanford restait devant la porte avec le barman. Brody se prélassait derrière une table, accompagné d'un gros homme chauve aux yeux comme des têtes d'épingle. Avec son costume et sa chevelure sombre soigneusement peignée en arrière, Brody avait un peu plus d'allure. Il leur sourit sans desserrer les dents pour ne pas lâcher son cigare. Devant lui étaient alignées des liasses de billets et des petits sachets de cuir que Devonworth devina remplis d'opium.

— Bienvenue, milord ! Cavell...

Son amabilité avait faibli quand il avait reconnu son ancien condisciple. Devonworth ignorait ce qu'il y avait entre eux, mais il devinait que leurs relations présentes n'étaient pas des plus cordiales.

— Vous avez mis plus de temps que je ne pensais. Les rues sont pratiquement désertes.

Il parlait avec le même accent que tout le monde dans ce quartier, mais son langage était plus recherché, comme s'il voulait montrer qu'il était au-dessus de tous les autres.

Devonworth s'était bien douté que les hommes de Brody avaient observé leur avancée. En avoir la preuve l'agaça.

— Je suis venu payer les dettes de mon frère.

— Je sais... Hadley, donne-moi le registre ! ordonna le malfrat avec un sourire tellement suffisant que Devonworth eut du mal à le supporter.

L'homme attrapa un gros registre au cuir fatigué et le déposa sur la table. Sur des pages et des pages, des pattes de mouche pratiquement illisibles détaillaient des gains mal acquis. Devonworth s'en voulait d'être là. Surtout, il avait honte que son argent serve à financer d'autres forfaits. Dans ces ruelles mal famées, des hommes et des femmes détruisaient leur vie avec le poison que Brody leur fournissait. Des enfants se voyaient abandonnés à eux-mêmes, obligés pour subsister de devenir à leur tour délinquants ou coursiers ou voleurs pour ces vauriens. Tout l'argent qui arrivait à Whitechapel finissait par grossir les trafics de Brody. Il mourait d'envie de redire à Harry sa façon de penser.

Brody parcourut théâtralement les pages, colonne par colonne.

— Dix mille livres ! lança Devonworth pour interrompre cet agaçant manège.

— Onze, corrigea Brody en jetant son cigare.

— Non, dix mille.

— C'était dix mille et aujourd'hui, c'est onze. Ne vous énervez pas, milord, vous pouvez vous permettre de payer les intérêts, maintenant que vous avez épousé votre petite héritière.

Que Brody ait entendu parler de son mariage n'avait rien d'étonnant. Tout le monde en avait entendu parler. Ses noces avaient été annoncées et commentées dans tous les journaux et dans la presse à scandale, généralement assorties d'observations acerbes, mais voir Cora associée, même indirectement, à l'univers de Brody lui déplaisait souverainement.

— Dites-moi, quel effet ça fait de sauter une héritière américaine ? Il y en a une flopée dans Londres, et à mon grand regret, je n'ai pas encore eu la chance de...

— Tenez.

Devonworth avait pratiquement arraché les billets de sa poche pour les jeter sur la table.

En ricanant, Brody fit signe à son sous-fifre, qui déchira le papier soigneusement enveloppé autour des billets et entreprit de les compter. Devonworth s'était attendu à un mauvais tour. Brody était un criminel, pas un homme d'honneur, et il n'aurait eu aucun scrupule à changer les règles du jeu à sa convenance. Il sortit une autre liasse qu'il jeta sur la première. L'idée de Cora devenant la proie de Brody lui donnait la chair de poule. Il n'avait peut-être pas souhaité ce mariage, mais elle ne méritait pas d'attirer l'attention d'une crapule comme Brody.

— Onze mille ! s'exclama le chauve.

— Merci de votre visite, milord, dit Brody avec un sourire.

— Tenez-vous loin de ma femme et de mon frère ! gronda Devonworth, vibrant de colère.

— Je ne me risquerai pas à faire ce genre de promesses, milord. C'est votre frère qui est venu à moi. Personne ne l'a obligé à jouer à un jeu où il ne pouvait pas gagner. Empêchez les enfants de jouer à des jeux qu'ils ne comprennent pas.

— Si vous vous approchez encore une fois de mon frère, je vous le ferai regretter, Brody !

Instinctivement, Devonworth avait fait un pas en avant, immédiatement arrêté par Cavell. Quant à Brody, il n'essayait même plus de cacher son amusement.

— Allez, emmène-le, Cavell, avant qu'il lui arrive malheur...

— Venez, Dev. Nous n'avons plus rien à faire ici.

Son ami avait raison, Devonworth le savait, mais une colère irrépressible le clouait sur place. Il fallut que Cavell s'interpose entre lui et Brody pour qu'il retrouve ses esprits et accepte de se diriger vers la porte. Ils devaient s'en aller. Il pouvait bien se battre avec Brody mais, même s'il gagnait, ils ne sortiraient pas vivants de ce labyrinthe.

Leur groupe se reforma et ils quittèrent tous les six l'estaminet en se sentant plus forts. Il ignorait si Brody méditait un mauvais coup contre lui. Cela dit, mieux valait quitter les lieux le plus rapidement possible. À peine avaient-ils dépassé la première ruelle qu'un homme sortit de l'ombre et se rua sur eux. Devonworth bondit en arrière tandis que Jim lui sautait à la gorge, visiblement plein de rancune après leur altercation. Il lui offrait l'exutoire dont Devonworth avait besoin. Son poing écrasa les chicots noirâtres du malandrin, qui s'abattit sur le sol. Il resta cloué sur le pavé en gémissant et en se massant la mâchoire, sans aucun doute affaibli par tout ce qu'il avait bu au Coq rouge.

Une femme se précipita sur eux en hurlant.

— Vous l'avez tué ! dit-elle en se baissant sur Jim.

— Non, il n'est pas mort ! Il va être couvert de bleus, mais il est vivant, la rassura Devonworth, qui venait de reconnaître la jeune femme qui les avait abordés un peu plus tôt.

En se relevant, elle porta la main à son ventre, visiblement désorientée, et Devonworth remarqua alors qu'elle était enceinte. Il ignorait si Jim était son mari ou son maquereau, ou peut-être les deux. Il fouilla dans sa poche et lui tendit une carte. Elle eut un mouvement de recul ; sans doute craignait-elle qu'il ne sorte un couteau.

— Prenez, dit-il en lui laissant le temps de voir qu'il n'avait aucune intention belliqueuse. Vous pourrez trouver de l'aide là-bas.

Elle considéra le bristol avec tant de perplexité qu'il se demanda si elle savait lire.

— Il y a un plan de l'autre côté qui indique le chemin jusqu'au Foyer londonien pour jeunes femmes. Ils aident les mères célibataires dans le besoin, expliqua-t-il en montrant le dessin des rues caractérisées par des repères évidents et une grosse étoile indiquant la destination.

— J'suis pas célibataire, murmura-t-elle avec un regard vers Jim, qui s'était mis à ronfler sur le pavé.

— Cela n'a pas d'importance. Ils vous aideront...

Les lèvres serrées, elle le toisa, l'air mauvais, mais elle ne jeta pas la carte qui rejoignit dans sa poche la pièce de monnaie qu'il lui avait jetée quelques instants auparavant.

— Allons, fichons le camp ! intervint Cavell.

On commençait effectivement à s'agiter dans l'ombre. Devonworth ignorait s'il s'agissait des condisciples de Jim ou des acolytes de Brody, et il n'avait aucune envie de le découvrir. Les six hommes s'éloignèrent en hâte, et Devonworth ne put respirer librement que lorsqu'il franchit le seuil de sa maison.

Edgecomb l'accueillit dans le hall et le débarrassa de son manteau, de son chapeau et de ses gants.

— Votre Seigneurie souhaite-t-elle dîner ?

— Non, merci, j'ai déjà dîné. Comment va madame la comtesse ?

— Très bien, Votre Seigneurie. M. Brendon a brièvement dîné avec elle avant de sortir.

Un profond sentiment de culpabilité saisit Devonworth. Il avait été tellement occupé toute la semaine à solder ses dettes avec ses hommes de loi et ses comptables, à prendre toutes les dispositions pour faire réparer et remeubler Timberscombe Park et à investir l'argent restant, qu'il avait à peine vu Cora. Elle devait penser qu'il était le pire des maris, mais ce n'était pas sa faute. Il souhaita une bonne nuit à Edgecomb et s'engagea dans l'escalier. Sur le palier, devant la porte de son bureau, il manqua de se heurter à Cora en robe de chambre rose, ses cheveux nattés ramenés sur l'épaule. Jamais encore il ne l'avait vue aussi naturelle. Elle ne portait pas de corset et devait être nue sous ses vêtements de nuit. Elle lui semblait plus douce et encore plus vulnérable ainsi. Le subtil parfum de lavande qui la caractérisait l'enveloppa. Elle était fraîche et rose et si jolie qu'il mourait d'envie de la prendre dans ses bras... Tout à coup, il trouvait un baume inattendu après la laideur rencontrée au cours de son équipée, et son besoin de la serrer contre lui l'étonna.

— Bonsoir, milord, le salua-t-elle en resserrant le col de son peignoir.

— Toutes mes excuses ! Je ne pensais pas que vous seriez réveillée.

— Je n'avais pas sommeil, dit-elle, rougissant légèrement.

La porte de son bureau était ouverte et il eut la certitude qu'elle en sortait. Qu'était-elle allée y faire ?

— Avez-vous passé une bonne soirée ? s'enquit-elle en remarquant le désordre de sa tenue.

Son vêtement s'était probablement déchiré au niveau de la manche quand il avait boxé l'homme devant le Coq rouge et depuis, les revers de son veston refusaient de s'aplatir proprement. Il n'avait pas pensé à mettre un peu d'ordre dans sa coiffure et il s'aperçut que le parfum bon marché de la jeune prostituée avait imprégné ses vêtements au moment précis où l'odeur parvenait aux narines de Cora. Il comprit à son expression qu'elle s'imaginait qu'il était allé voir une prostituée. Il aurait dû la détromper, mais elle risquait alors de lui demander ce qu'il avait fait. Mieux valait le lui laisser croire plutôt que lui confier la vérité. Il avait trop honte d'avoir passé un marché avec un gredin comme Brody pour le lui avouer. Et s'il avait une maîtresse, que lui importait après tout ? Ils n'étaient mari et femme que de nom…

Pas par choix en ce qui le concernait. Il avait accepté ses conditions sans vraiment réfléchir à leurs implications et, à la voir ainsi en tenue légère, il le regrettait vraiment. Il n'aurait aucune répugnance à lui faire l'amour. Tout son corps vibrait en sa présence.

— Oui, très bonne, je vous remercie.

— Eh bien, bonne nuit, dans ce cas.

— Bonne nuit.

Elle reprit le chemin de sa chambre sans se retourner. La lumière d'un flambeau révéla les courbes de sa silhouette sous son peignoir lorsqu'elle passa dessous, et il ne quitta pas des yeux le galbe de ses hanches jusqu'à ce qu'elle disparaisse dans ses appartements.

Il allait se diriger vers sa chambre lorsqu'il se ravisa et entra dans son bureau. Il inspecta la pièce. Rien n'était dérangé, tout était à sa place. Peut-être était-elle allée regarder les livres, après tout, mais aucun ne manquait. Il allait s'en aller lorsqu'il remarqua une unique boule de papier dans la corbeille. Il la défroissa et déchiffra les notes qu'elle avait méthodiquement écrites.

Elle avait donc lu le texte de son discours en faveur de la loi sur la santé publique. Il ne devait le prononcer que dans le courant de l'été, juste avant les vacances du Parlement. Personne ne savait ce qu'il avait écrit, pas même Beckham. Qu'elle en ait pris connaissance lui déplut. Il s'assit et relut attentivement les notes de Cora en les confrontant à son projet. Ses critiques étaient pleines de bon sens, et elle avait raison en suggérant qu'il y insère des témoignages des habitants. Elle avait en outre un style naturel et décontracté, ni froid ni acerbe. Elle avait raison, des récits personnels donneraient aux chiffres toute leur signification.

Elle montrait beaucoup de verve, et plusieurs fois il se surprit à rire. Peut-être lui demanderait-il plus souvent son opinion, décida-t-il en rangeant dans un tiroir le papier froissé. Depuis la manifestation en février devant le Parlement où Camille et ses camarades suffragettes avaient été attaquées par des criminels payés par l'héritier du défunt duc, des groupes commençaient à se former au Parlement. Beaucoup soutenaient Hereford, malgré des preuves indiscutables de sa culpabilité, tandis que d'autres se rangeaient derrière Devonworth et ses amis. Il craignait que tout ce désordre ne compromette le vote de la loi sur la santé. Et Dieu sait qu'il avait besoin de toute l'aide possible pour faire passer cette loi...

12

Le bal qui allait marquer les débuts dans le monde de Cora et de sa famille avait lieu à Belgravia, chez le comte et la comtesse de Leigh. La saison londonienne avait officiellement commencé et une longue file de voitures s'étirait dans Upper Belgrave Street. Leurs occupants devraient patienter avant de faire enfin la connaissance de la nouvelle comtesse de Devonworth. Cora n'avait cessé de se répéter encore et encore que ce ne serait pas pire que le banquet de mariage, et elle continua de se le marteler pendant tout le trajet.

— Tout va bien ? s'inquiéta Devonworth.

— Très bien.

Comment s'était-elle trahie ? Peut-être en tortillant frénétiquement un pan de sa jupe comme si sa vie en dépendait. Elle lâcha la soie délicate pour la lisser doucement.

Sa famille était revenue de Paris la veille, et sa mère lui avait fait la surprise de lui rapporter une robe de chez Worth[1]. C'était au-dessus de leurs moyens, bien entendu, et Cora s'était interrogée sur sa provenance.

— Je ne peux pas la porter.

---

1. Charles Frederick Worth (1825-1895) : célèbre couturier français d'origine britannique, considéré comme le père de la haute couture.

— Mais bien sûr que si, ma chérie ! Regarde-la ! Elle te va à la perfection, avait assuré Fanny en sortant délicatement la robe de sa boîte pour la brandir devant sa fille.

Et c'était vrai. Le bleu lavande avait toujours été la couleur préférée de Cora, et c'était pour cette raison qu'elle avait choisi Lavender[1] comme pseudonyme. La robe était coupée dans la plus belle soie qu'elle ait jamais vue. De discrets fils d'or, délicatement tissés dans l'étoffe, constituaient sa seule décoration. Les robes de Worth étaient célèbres pour l'extravagance de leurs ornements, bijoux, perles de cristal ou pampilles, et pour la splendeur de leurs tissus, ce qui rendait celle-ci unique par sa simplicité. La jupe drapée au-dessus des reins épousait sa silhouette et permettait de faire l'économie d'une tournure[2]. Elle lui avait plu au premier regard, et son admiration n'avait fait que grandir lorsque Fanny l'avait tenue devant elle et l'avait obligée à se regarder dans le miroir.

— Tu vois ? Elle convient parfaitement à ton teint et à tes cheveux. C'est ce que je me suis tout de suite dit quand je l'ai vue chez Worth. Cora, tu n'imagines pas cet endroit ! On t'apporte du champagne pendant que des jeunes filles défilent devant toi pour te montrer toutes ces robes extraordinaires !

La voix de sa mère s'était perdue dans le lointain tandis que Cora, fascinée, contemplait son reflet. Jamais elle n'avait possédé quoi que ce soit d'aussi luxueux.

— C'est la plus belle robe que j'aie jamais vue, murmura-t-elle, émerveillée par son reflet.

La teinte mettait en valeur sa couleur de cheveux, qu'elle détestait en temps ordinaire et qui lui paraissait plus belle maintenant. Et même désirable...

1. « Lavande » en anglais.
2. Rembourrage sous la jupe, au bas des reins, qui a remplacé la crinoline.

— Oh, tant mieux ! Je suis contente qu'elle te plaise.

— Comment as-tu fait pour la faire confectionner aussi vite ?

Cora ne pouvait s'empêcher de la toucher et d'imaginer à quoi elle ressemblerait sur elle, avec son corsage ajusté à partir des épaules et sa jupe évasée terminée par une petite traîne où miroitaient les fils d'or pareils à de discrets rayons de solcil.

— Tu ne me croiras jamais ! Je leur ai donné tes mesures et elles correspondaient presque exactement à leur modèle. Ils n'ont eu que quelques petites retouches à faire à l'ourlet. Avec quelques ajustements de ta femme de chambre, elle sera prête pour demain soir.

— Oh, ce n'est pas possible. C'est très au-dessus de nos moyens.

Pourtant, cette robe lui faisait envie plus que tout. La seule idée de la refuser lui donnait la nausée, et elle se détourna du miroir pour résister à la tentation.

— Plus maintenant, ma chérie ! Tu es comtesse, tu te souviens ? Comment cela se passe-t-il, d'ailleurs ? Tu es contente de tes premières journées de femme mariée ?

— S'il te plaît, ne change pas de sujet, maman ! Tout va très bien. Parlons plutôt de cette robe. Veux-tu que je te la rembourse ? J'en ai les moyens, bien entendu, même si je ne crois pas que ce soit la meilleure façon de dépenser notre argent.

Cora gardait constamment à l'esprit qu'elle devait économiser en prévision de son divorce d'avec Devonworth.

— Bien sûr que non ! Tu n'as pas besoin de rembourser qui que ce soit. C'est un cadeau !

Quelque chose dans le ton de sa mère ne fit que réveiller ses soupçons. Fanny était une excellente actrice, mais une piètre menteuse. Sa voix avait tendance à monter dans les aigus lorsqu'elle ne disait pas la vérité.

— Qui l'a payée ?

— Qu'est-ce que cela peut faire ?

— Qui ?

— M. Hathaway, si tu tiens à le savoir. Ne fais pas d'histoires, Cora, s'il te plaît ! Il te le doit bien. Il est également invité à ce bal, et je lui ai simplement rappelé quel embarras ce serait pour lui si sa filleule (c'était le terme qu'ils avaient décidé d'employer pour qualifier leur lien) assistait à ce bal dans une robe quelconque. On ne manquerait pas de jaser. Cela n'a pas grande importance de toute façon, puisque Jenny et Eliza ont toutes les deux accepté les leurs. De quoi aurais-tu l'air si tu n'étais pas aussi bien habillée ?

Les robes de chez Worth étaient les plus recherchées dans la bonne société américaine. En posséder une, ou plusieurs, constituait un témoignage indubitable de réussite. Les nouveaux riches cherchaient continuellement le moyen de faire étalage de leur richesse et, de l'avis général, cette prodigalité en valait la peine. La qualité et le style de la maison Worth étaient tellement remarquables que même les dames des familles new-yorkaises les plus huppées s'en étaient entichées. Cora ne savait pas si leur renommée s'était étendue à la bonne société londonienne, mais elle avait entendu les sœurs Crenshaw mentionner le nom de Worth. Peut-être s'habillaient-elles chez ce couturier.

Le moindre luxe était hors de sa portée depuis si longtemps qu'elle n'avait jamais imaginé posséder une telle robe et, en ce qui la concernait, accepter quoi que ce soit de M. Hathaway tenait du pacte avec le diable. Cela dit, elle l'avait déjà fait une fois. Elle aurait aimé lui tourner le dos mais il faisait partie de leur vie jusqu'à ce qu'Eliza et Jenny soient mariées, à moins qu'elles ne renoncent à leur héritage. Si le ménager l'aidait à obtenir ce qu'elle désirait, qu'il en soit ainsi. Elle avait donc gardé la robe.

— Je n'ai pas besoin de vous dire que vous êtes très en beauté. Alors ne vous inquiétez pas, murmura Devonworth.

Se l'entendre dire ne lui ferait pas de mal, mais elle n'allait tout de même pas pleurer pour qu'on lui adresse des compliments. Quand il l'avait retrouvée au pied de l'escalier, elle aurait juré qu'il la dévorait des yeux. Quand il lui avait tendu la main, elle avait pensé qu'il allait lui faire un compliment, mais l'arrivée de ses sœurs était venue les déranger. La main de son mari était retombée, et ce qu'il s'apprêtait à dire s'était perdu aux oubliettes. Sa mère et ses sœurs les avaient suivis jusqu'à la voiture, où ils avaient retrouvé Harry qui devait servir de cavalier à sa mère.

— Vous ne m'avez pas dit si vous aimiez ma robe.

Peut-être ne dédaignait-elle pas les compliments, finalement...

— Elle est magnifique, comme vous.

Il avait retrouvé son impassibilité habituelle, et ses paroles n'étaient que simple courtoisie. Elle ne pouvait donc pas savoir s'il était sincère ou non. Quel dommage qu'ils aient été interrompus au pied de l'escalier !

— Je vous remercie. Je n'ai pas besoin de vous dire que vous êtes à votre avantage ce soir, vous aussi, dit-elle en lui souriant.

C'était la vérité, comme toujours. Le noir de son habit de soirée mettait en valeur son teint hâlé et sa chevelure d'or... et les contours virils de son visage.

— J'espère que rencontrer tout le monde ce soir ne vous angoisse pas. Vous êtes ravissante, la bataille est déjà à moitié gagnée.

— En quoi consiste l'autre moitié ?

C'était exactement ce qui la tracassait.

— Avoir l'air doux et docile. Néanmoins, si vous décidiez de ne pas vous conformer à cet impératif, ce n'est pas moi qui vous le reprocherais.

— Se montrer douce et docile, mais pour quoi faire ?

— Vous l'avez sans doute remarqué, le monde demande aux jeunes femmes d'être jolies et aimables.

Notre société apprécie celles qui s'en tiennent à cette ligne de conduite.

— Pas vous, apparemment. Qu'est-ce qui vous rend différent du reste de la bonne société ?

— Je préfère me consacrer à d'autres occupations, des occupations susceptibles d'améliorer la marche du monde.

— Alors, vous pensez que les femmes devraient…

Elle s'arrêta, le cœur battant, n'osant pas imaginer qu'il croyait en l'égalité des femmes et des hommes. D'après ce qu'elle savait de lui, il semblait se battre pour la justice et l'égalité pour tous, mais beaucoup de messieurs professaient la même chose sans jamais avoir suffisamment de fermeté pour assumer leurs convictions.

— Je pense que les femmes ont le droit d'avoir leur mot à dire, répondit-il. Si les hommes sont sur terre, c'est bien parce qu'il existe des femmes.

Elle aurait aimé poursuivre cette conversation mais leur voiture avançait. Quand elle s'arrêta, un valet de pied leur ouvrit immédiatement la portière. Devonworth sortit le premier et l'aida à descendre. Sa mère et ses sœurs les rejoignaient déjà mais toute son anxiété revenait.

— Tout ce que vous avez à faire, c'est murmurer une amabilité chaque fois que l'on vous présentera quelqu'un, chuchota-t-il à son oreille, ce qui la fit frissonner. Personne ne vous en demande davantage. Nous danserons ensemble deux fois, pas plus, et nous partirons dans deux heures. Ce sera fini en moins de temps qu'il n'en faut pour le dire…

La soirée ressemblait fort à celle des Rothschild le jour de leurs noces, mais les enjeux étaient bien différents pour eux deux cette fois-ci. Elle était sa femme maintenant, et elle devait se faire accepter par ses pairs. Le Premier ministre en personne serait là, ce qui signifiait qu'elle devait se montrer à son avantage pour la carrière de son mari. Elle avait la bouche trop sèche pour pouvoir déglutir. Elle afficha donc un sourire aimable en espérant survivre à l'épreuve sans le mettre dans l'embarras.

L'entrée de la salle de bal était un peu encombrée mais on les annonça rapidement, ainsi que Fanny, Jenny et Eliza. On lui avait dit qu'il n'y aurait pas plus de quelques centaines d'invités, et la plupart devaient être déjà arrivés. Certains les remarquèrent mais la plupart poursuivirent leur conversation, ce qui la soulagea un peu. Leigh et Violet vinrent les saluer, bientôt rejoints par M. Thorne et Camille. Ces visages la rassurèrent, jusqu'à ce qu'elle aperçoive le haut front et le visage sévère de Benjamin Disraeli[1].

— Milord, je vous présente Mlle Dove, euh... ma femme, annonça Devonworth.

Seule une légère contraction de la mâchoire indiqua sa gêne lorsqu'il s'aperçut de sa bévue. Quant à Cora, elle ne put se retenir de pouffer. Le Premier ministre sourit, visiblement amusé.

— Inutile de vous montrer si cérémonieux, Devonworth, dit-il.

— Bonsoir, Votre Seigneurie, murmura-t-elle. C'est un honneur de faire votre connaissance.

Ne sachant plus si elle devait ou non faire la révérence – il venait tout juste d'être nommé pair mais il était Premier ministre –, elle choisit un compromis et s'inclina à moitié, ce dont il parut se contenter.

Devonworth lui présenta rapidement sa belle-famille et Disraeli passa son chemin.

— C'était adorable, fit remarquer Cora en souriant.

La bévue de son mari avait eu raison de sa nervosité.

— Que voulez-vous dire ?

1. Premier ministre britannique en 1868 et de 1876 à 1880.

— Vous le savez bien, Léo, le taquina-t-elle en lui rappelant la conversation qu'ils avaient eue le jour de leur mariage.

C'était la première fois qu'elle avait l'occasion de l'appeler par son prénom.

— Je suis désolé, je n'en ai pas la moindre idée.

— Vous avez oublié que vous m'avez présentée en tant que Mlle Dove ?

— Oh, cela aurait constitué un impair impardonnable, intolérable même, si tel avait été le cas.

— Ah, c'est ainsi ? Vous faites comme si les choses déplaisantes n'avaient pas eu lieu ?

— Cela s'est toujours révélé efficace, depuis des générations. Pourquoi voudriez-vous que cela change ?

Il lui sourit et elle éclata de rire. Leurs regards se croisèrent brièvement et elle eut soudain l'impression qu'ils se trouvaient uniquement tous les deux, seuls contre tous. Il lui pressa brièvement la main avant de la pousser gentiment en avant pour rencontrer un autre lord. À un moment donné, ils perdirent sa mère et ses sœurs, et elle resta seule au bras de son mari pour affronter les présentations, ce qu'elle ne trouva pas désagréable. Il avait de l'humour quand il le voulait bien, et il était charmant. Sa présence à ses côtés était rassurante.

— J'ai moins de regrets de vous avoir appelé Léonidas, maintenant, murmura-t-elle pendant une brève pause dans les présentations.

— Je n'en ai aucun souvenir, mademoiselle.

Ils n'eurent plus d'autres occasions d'échanger un mot avant la première danse, la *Méphisto-Valse n° 1*, de Liszt. Elle était très en vogue dans la salle de danse qu'aimait fréquenter Fanny, mais Cora ne l'avait encore jamais entendue jouée par tout un orchestre.

Toute son anxiété lui revint lorsqu'ils prirent position au milieu des autres couples. Elle connaissait les pas et elle avait déjà dansé avec lui mais ce soir, les enjeux lui semblaient plus importants. Tous ceux qui pouvaient avoir une influence significative sur sa vie dans les années à venir se trouvaient ici et l'observaient sans bienveillance excessive, elle le savait.

— Respirez, Cora.

Son mari ne la quittait pas des yeux, gardait un visage impassible et parlait à voix assez basse pour ne pas être entendu des autres, mais suffisamment haute pour qu'elle distingue ses paroles.

Elle n'avait pas eu conscience de sa nervosité. Elle prit donc une profonde inspiration et se détendit, suivant son rythme tout autour de la piste.

— On nous regarde ? murmura-t-elle.

— Qui donc ?

— Tout le monde.

— Personne ne fait attention à nous.

— Ce n'est pas vrai.

— Bien sûr que si. Ceux qui ne dansent pas sont occupés à boire ou à jouer aux cartes dans le salon du bas.

Effectivement, elle se souvenait vaguement de joyeuses rumeurs en provenance d'un salon au rez-de-chaussée quand ils étaient arrivés.

— Vous voulez dire que les messieurs ne nous regardent pas ?

— Je voulais dire que personne ne nous regarde. Pourquoi cette question ?

— Vous ne vous en êtes peut-être pas aperçu, mais beaucoup de femmes et de jeunes filles ne vous quittent pas des yeux, expliqua-t-elle, soudain consciente qu'il ne l'avait effectivement pas remarqué.

— Oh, elles y ont renoncé depuis longtemps ! Au début de chaque saison, les matrones leur expliquent sur qui elles peuvent et doivent jeter leur dévolu, et je n'ai jamais figuré sur cette liste, du fait de ma piètre situation financière.

Elle percevait dans son explication une amertume nouvelle. Être un aristocrate désargenté était donc si difficile ? Il avait un certain pouvoir et de l'influence, mais pas la richesse qui les accompagnait généralement.

— C'est sans doute vrai, concéda-t-elle. Cela ne signifie pas pour autant qu'elles ne vous regardent pas en se désolant que vous n'y figuriez pas. Un certain nombre de mères seraient sans doute heureuses de vous accepter pour vous-même. Vous devriez vous rendre compte que vous êtes séduisant, ajouta-t-elle devant son air ironique.

Dit sur le ton de la plaisanterie, cela devenait un fait qui pouvait l'aider à surmonter la fascination qu'elle éprouvait pour son physique.

— Je n'attache pas beaucoup d'importance à ces questions superficielles, mademoiselle. Des livres de comptes, de l'eau claire, un toit en bon état, voilà ce qui m'intéresse.

Il n'éprouvait peut-être que de l'indifférence pour l'effet qu'il produisait sur la gent féminine, mais il n'en allait pas de même pour la sexualité. Qu'il ait une maîtresse et qu'elle l'ait pratiquement pris sur le fait agaçait Cora depuis cette fameuse nuit. Elle se demandait vraiment pourquoi… Après tout, il avait bien le droit de chercher son plaisir où il voulait puisque leur relation était platonique, mais cela ne l'empêcha pas de se demander pendant toute la soirée si cette femme se trouvait au bal. Peut-être était-ce l'épouse d'un de ses collègues ? Ou une veuve ? Elle ne pouvait bien entendu pas lui poser la question.

— Et l'amour ? Cela, au moins, ce n'est pas superficiel.

— L'amour ? C'est une émotion aussi stupide qu'éphémère, répliqua-t-il.

Il était donc cynique ? Qu'importait, après tout, même si cela la troublait profondément ? Quant à elle,

elle s'était déjà fait cette réflexion à plusieurs reprises. L'amour romantique n'était qu'un sentiment passager qui ne durait jamais. Elle n'imaginait pas tomber amoureuse de lui. Ce qui ne l'empêchait pas d'être déçue.

— C'est un sentiment éphémère, vraiment ?

— Oui, je le mets sur le même plan que n'importe quelle toquade ou obsession sexuelle, tout aussi égoïste et temporaire.

— Et l'amour familial ?

— Ce n'est pas l'amour familial qui inspire ces jeunes femmes, n'est-ce pas, mademoiselle ?

— Non, sans doute pas, Devonworth.

Ce n'étaient pas les jeunes femmes qui l'inquiétaient. Un homme de principes aussi noble que Devonworth n'irait pas chercher sa maîtresse chez les débutantes. Ce ne pouvait être qu'une femme plus âgée. Peut-être les observait-elle en ce moment même, d'ailleurs...

— Oh, avant que j'oublie..., reprit-il. À propos de mon discours... J'ai lu vos remarques.

Elle se serait figée s'il n'avait continué à la guider sur la piste. Était-il fâché ? Elle ne l'avait jamais vu en colère. Il était probablement le genre d'homme à bouillir intérieurement tout en gardant un visage tout au plus légèrement ennuyé.

— Et ? parvint-elle à demander.

— Et vous avez vu juste à beaucoup d'égards.

— C'est vrai ?

Elle s'était attendue à tout, sauf à cette réponse.

— J'aimerais que nous en discutions un peu plus tard.

Elle acquiesça. Comme la musique s'arrêtait, elle réussit à dissimuler sa perplexité et répondit à son salut par une révérence. Harry surgit tout à coup de nulle part pour lui demander la prochaine danse.

— Vous voulez bien m'accorder cette danse, sœurette ?

Sa mise était plus propre qu'à l'ordinaire, ses cheveux à peu près peignés en arrière et sa cravate soigneusement nouée.

— Bien volontiers, Harry.

Devonworth les salua et se fondit dans la foule. Qu'il en soit conscient ou non, beaucoup de regards féminins le suivirent. La plupart de ces dames et demoiselles désiraient probablement partager une simple danse avec lui, mais il quitta la piste. Elle savait qu'elle n'allait pas le revoir avant un moment, puisque pratiquement toutes ses danses lui avaient été poliment demandées. Ils devaient se retrouver sur un quadrille un peu plus tard, peu de temps avant leur départ.

La musique reprit et elle reporta son attention sur Harry, même si la conversation qu'elle devait avoir plus tard avec Devonworth la préoccupait.

13

Devonworth laissa sa femme en train de danser avec Harry et gagna un petit salon où il savait que ses amis l'attendaient avec un bon verre de whisky. La plupart des bals l'ennuyaient car ils l'empêchaient de se consacrer à ce qu'il considérait être sa véritable tâche. Il y assistait le moins souvent possible mais il était bien obligé de reconnaître que sa présence à celui-ci était indispensable. Il n'y avait pas de meilleur moyen d'introduire sa femme dans le monde. Dans la lettre qu'elle lui avait adressée depuis la Cornouailles où elle séjournait dans la somptueuse propriété de ses amis, sa mère avait insisté sur cette nécessité. Elle ne s'était toutefois pas donné la peine de revenir pour y assister, ce qui n'avait pas échappé à Devonworth. À l'exception de Harry qui sortait apparemment tous les soirs pour dépenser un argent qu'ils n'avaient pas, leur famille n'était pas connue pour son goût des mondanités.

Même ce soir, son esprit était occupé par les réunions qu'il avait prévues dans la semaine et les travaux de remise en état de Timberscombe Park. L'architecte avait trouvé d'autres dommages et il ne s'agissait plus uniquement de refaire le toit, ce qui n'était de toute façon jamais simple lorsqu'on voulait préserver l'architecture d'un bâtiment vieux de plusieurs siècles. Il n'avait trouvé de répit qu'en bavardant avec Cora.

Pourtant, quelque chose dans leur échange le troublait. En s'arrêtant pour saluer un collègue, il se surprit à la chercher du regard. Elle avait pris ses compliments pour une simple politesse, mais elle était vraiment ravissante ce soir. Sa robe était magnifique et lui allait à la perfection. À leur mariage et le soir du dîner, elle avait, comme à son habitude, porté des tenues discrètes. Cette robe mettait en valeur son teint de porcelaine, sa chevelure flamboyante et sa poitrine voluptueuse qu'il n'avait pas remarquée jusqu'à ce soir. Elle était tout simplement éblouissante.

Il se rappela son émotion lorsqu'il était tombé sur elle sur le terrain de football et sourit à ce souvenir. Il avait senti ses seins contre son torse et sous sa main lorsqu'il avait voulu l'aider à se nettoyer, puis il l'avait pratiquement oubliée. C'était cette femme qu'il avait retrouvée tout à l'heure au cours de leur valse. Il avait craint d'être victime de son imagination lorsqu'il avait remarqué sa vivacité d'esprit, mais ce soir elle s'était révélée au grand jour.

La danse exigeait que l'on change de partenaire, et Harry la fit pivoter dans les bras accueillants d'un autre danseur, ce qui la déroba à sa vue. Devonworth souriait encore lorsqu'il rejoignit ses amis.

— Admirez son air béat ! le taquina David.

— Je vous avais bien dit qu'il lui fallait une femme ! renchérit le prince Edward Singh, un camarade de pension, en lui tendant un verre rempli pratiquement à ras bord. Il me semblait que tu avais besoin d'un verre mais quelque chose me dit que le mariage te convient mieux.

— C'est supportable, répliqua-t-il en prenant le verre, tout en cherchant des yeux la robe lavande. Cela n'a pas changé grand-chose pour moi, à vrai dire.

— Il n'a toujours pas baisé, précisa David à l'intention d'Edward. Il vit encore comme un moine, pas vrai, Dev ?

— Va te faire voir !

— Qu'est-ce que tu en sais ? s'étonna le prince.

— Les potins, c'est ce que je préfère dans les bals, proclama David.

— Tu veux dire que l'on colporte déjà des ragots à propos de mon mariage ?

— Je veux dire qu'il y a déjà des commérages à propos de ton mariage dans les rubriques mondaines des journaux.

— Pardon ?

— Les domestiques, mon bon... Il ne faut jamais se fier à eux. Ils sont toujours prêts à vendre un bon ragot à la première feuille de chou venue pour peu qu'elle y mette le prix.

— On prend même des paris pour savoir quand tu consommeras ton mariage, intervint un autre. On raconte que ce n'est toujours pas fait.

— Et en quoi savoir si mon mariage est consommé ou non peut intéresser qui que ce soit ?

— Tu ne l'as peut-être pas remarqué parce que personne n'a encore écrit de traité à ce sujet et ne te l'a donné à lire, mais ton mariage met en émoi toute la gent féminine de notre belle ville et compromet le délicat équilibre de ses sentiments, fit remarquer David en soupirant.

— Qu'est-ce que cela signifie ? s'enquit Devonworth.

— Cela signifie que les jeunes filles sont vertes de jalousie à l'idée qu'une dame partage ton lit, et les femmes mariées se demandent toutes combien de temps il te faudra pour la tromper et leur donner une chance. Bien entendu, si tu n'as pas encore consommé ton union, les journaux à scandale en feront leurs choux gras. Il faut bien donner aux lecteurs ce qu'ils aiment !

Le pays n'avait donc rien de mieux à faire que se demander ce qui se passait dans son lit ? Cora avait-elle raison en disant que toutes les dames l'observaient ? Il jeta un coup d'œil à la foule et il ne lui fallut pas longtemps pour croiser les regards d'un groupe de jeunes femmes qui avaient certainement fait leur entrée dans le monde un ou deux ans plus tôt. Aussitôt, elles se mirent à chuchoter entre elles en pouffant.

— Quel milieu ridicule que le nôtre ! s'exclama-t-il.

— C'est le sexe qui fait marcher le monde, commenta Edward.

— Justement, il faut que j'aille m'occuper d'une des sœurs Dove ! s'écria David.

— David, je ne peux pas te laisser faire. C'est ma belle-sœur, elle doit rester hors d'atteinte, s'insurgea Devonworth en retenant son ami qui allait certainement se mettre en quête de Jenny, qu'il poursuivait sans grande discrétion.

— Laisse-le, intervint Edward. Tout ce qu'il peut obtenir dans cette foule, c'est une danse.

Le prince avait raison. Dans cette salle de bal surpeuplée, Jenny n'avait rien à craindre des attentions de David. La robe de Cora accrocha la lumière, et il reporta sur elle toute son attention. Le corsage ajusté lui donnait envie de soupeser ses seins. Toute cette conversation sur la non-consommation de leur mariage avait orienté ses pensées sur ce sujet, et il n'arrivait pas à les chasser. Edward parlait toujours, des droits miniers dans le Northumberland apparemment, mais Devonworth ne fit qu'acquiescer distraitement en suivant sa femme des yeux.

Il commençait à se dire que ce qui lui avait tout d'abord paru une clause parfaitement raisonnable de leur accord allait s'avérer une corvée des plus pénibles.

Il désirait sa femme...

*
* *

Après Harry, Cora avait dansé avec lord Leigh, puis avec son demi-frère, M. Thorne. La jeune femme se sentit ensuite beaucoup plus à l'aise, rassurée par ces visages familiers, et elle vit à peine passer le reste de la soirée. Au bout d'un moment, elle ressentit le besoin d'un peu de repos.

La dernière fois qu'elle avait vu ses sœurs, elles bavardaient avec le vicomte Mainwaring, mais cela faisait déjà un moment et elle fit le tour de la salle dans l'espoir de les trouver. Beaucoup de gens la saluèrent, sans pour autant avoir envie de bavarder avec elle. Plusieurs l'observèrent avec des regards entendus, mais elle ignorait ce qui pouvait les motiver. Ne trouvant pas ses sœurs, elle se dirigea vers une porte-fenêtre ouverte pour respirer un peu d'air frais. Il faisait une chaleur de four, dans cette salle de bal…

— Ce n'est pas possible, c'est une plaisanterie ! s'écria soudain une voix féminine haut perchée, probablement à cause du champagne, tandis que ses compagnons éclataient de rire.

Les voix venaient apparemment de l'autre côté du palmier en pot près de la porte-fenêtre.

Cora se pencha un peu et, pendant un instant, elle ne pensa plus qu'à l'air frais qui lui fouettait le visage.

— Vous l'avez vue ? reprit la voix suraiguë.

— Non seulement nous l'avons vue, mais nous lui avons été présentés, répondit un homme, d'un certain âge d'après sa voix.

— Elle a un accent particulier, intervint une seconde femme, probablement son épouse.

Cora ignorait s'ils parlaient d'elle, de Fanny ou d'une de ses sœurs, mais elle ne doutait pas qu'il s'agissait de l'une d'elles. Elle formula une prière silencieuse pour que sa mère ne se soit pas fait remarquer et qu'il ne lui ait pas pris la fantaisie d'adopter un de ces accents bizarres qu'elle affectionnait.

— À quoi ressemble-t-elle ?

— Comment dire ? C'est une petite chose insignifiante.

Il ne s'agissait donc pas de Fanny…

— Insignifiante ? Je lui trouve tout de même un certain charme, commenta l'homme avec suffisance.

Tous trois pouffèrent. Cora était maintenant certaine qu'ils parlaient d'elle et elle fit un effort pour identifier leurs voix. Elle était bien trop tendue pour murmurer autre chose que les plus élémentaires politesses d'usage quand Devonworth l'avait présentée. Ce couple pouvait être n'importe lequel de ceux qu'elle avait rencontrés au cours de la soirée.

— J'ai été étonnée, reprit la première femme. J'aurais plutôt imaginé Devonworth avec une femme dans le genre de lady Sofia.

— Avez-vous vu la cadette ? demanda la seconde dame à voix plus basse. Celle-ci pourrait sans difficulté rivaliser avec lady Sofia.

L'autre femme approuva et Cora eut à peine le temps de digérer la pique que le monsieur ajoutait déjà :

— Voyons, mesdames, c'est un arrangement purement financier. Une dot contre un titre !

Tous trois éclatèrent de rire comme s'il s'agissait d'un trait d'esprit particulièrement bien trouvé. L'expression avait été lancée par la presse pour désigner les unions entre les héritières américaines et l'aristocratie anglaise, et elle était devenue d'un usage courant. Il s'agissait d'un cas typique de préjugé social, même si cela pouvait s'appliquer à certaines familles qui brûlaient d'envie de s'élever dans le monde. Ce n'était pas ce qui l'avait amenée à se marier, cependant. Elle avait simplement cherché à entrer en possession de ce qui lui revenait.

— Une dot contre un titre ! répéta sa femme avant de soupirer. J'imagine que cette famille sera présente à tous les bals, n'est-ce pas ?

— J'en ai bien l'impression, mais on raconte que le mariage n'a pas été consommé, reprit la première dame. Il y a des chances pour qu'il soit annulé bientôt.

— Où l'avez-vous entendu dire ?

— Tout le monde raconte que Devonworth ne s'est même pas donné la peine de coucher avec elle.

On discutait donc ce qui se passait dans leur lit conjugal ? Mais qu'est-ce que cela pouvait bien leur faire ?

C'était plus qu'elle n'en pouvait supporter. Elle ne pouvait absolument pas rester tranquillement à les écouter discuter de sa vie intime. Elle se redressa et, la tête un peu plus haute que nécessaire, contourna le palmier et regarda le petit groupe bien en face. Le couple lui avait été présenté un peu plus tôt dans la soirée. Ils s'appelaient Bolingrave. Elle avait oublié leur rang. Lui était un petit homme au visage en lame de couteau et au regard dur, qui siégeait avec Devonworth à la Chambre des lords. L'échange entre les deux hommes avait été plutôt froid, ce qui lui donnait à penser qu'ils n'étaient pas vraiment amis.

— Lord et lady Bolingrave, salua-t-elle.

La femme changea de couleur mais l'homme lui rendit son salut sans perdre son visage impassible. Cora adressa à la troisième personne un signe de tête avant de se fondre dans la foule, tandis que leurs commérages reprenaient de plus belle.

Elle se moquait éperdument de ces gens et de leurs pitoyables ragots mais elle voulait absolument savoir qui était cette lady Sofia. Était-ce la mystérieuse maîtresse de son mari ? S'agissait-il d'une femme qu'il avait aimée et qu'il aimait peut-être encore ? Elle devait rapidement le savoir. Mais à qui poser la question ? Heureusement, elle trouva ses sœurs en grande discussion avec un groupe de jeunes femmes. Elle se joignit à elles, parvint à sourire et à prendre part quelques instants à la conversation, puis dès qu'elle en eut l'occasion elle les entraîna à l'écart.

— Allons un moment dans le salon de repos. J'ai à vous parler.

— Tu ne t'amuses pas ? Tu ne trouves pas que c'est un bal merveilleux ? s'exclama Eliza avec enthousiasme.

Cora acquiesça et fit quelques remarques anodines sur le bal jusqu'à ce qu'elles arrivent dans le petit salon. Des sièges étaient séparés par des paravents pour permettre de s'isoler et de bavarder tranquillement. Quelques dames s'y détendaient en causant. Cora les salua avant de s'installer dans un coin à l'écart avec ses sœurs.

— Est-ce que l'une de vous a rencontré une certaine lady Sofia ?

— Non, je ne pense pas. Pourquoi ? s'étonna Jenny.

Eliza regarda autour d'elle comme si la dame en question pouvait avoir eu la courtoisie de les suivre dans le salon. Cora leur raconta ce qu'elle avait entendu, en passant sous silence les côtés les plus déplaisants.

— J'aimerais bien savoir si cette personne est quelqu'un d'important pour lui.

— Tu veux dire aussi importante qu'une amie d'enfance, ou plus ? demanda Jenny.

— Je n'en sais rien. Quelque chose de plus, je suppose.

— Qu'est-ce que cela peut te faire ? Tu ne nous as pas dit qu'il s'agissait d'un mariage blanc ?

— Cela m'est égal mais je suis tout simplement curieuse. Devonworth m'intrigue, et j'ai envie d'en savoir plus sur lui.

À en juger par sa mine, Jenny était loin d'être convaincue.

— Tu crois qu'il a une maîtresse ? chuchota Eliza.

Cora se demanda quoi leur dire exactement et décida finalement qu'elle pouvait tout leur dévoiler.

Elles savaient bien qu'elle n'avait pas fait un mariage d'amour.

— Cela ne m'étonnerait pas. Il est rentré tard il y a quelques jours, ses vêtements étaient en désordre et il sentait le parfum. Je pense qu'il est allé voir une femme et maintenant, je me demande s'il ne s'agit pas de cette lady Sofia.

— Et cela t'est égal qu'il ait une maîtresse ? reprit Jenny, toujours aussi sceptique.

— Que veux-tu que cela me fasse ? Nous n'avons jamais prétendu être amoureux l'un de l'autre. C'est à toi que l'infidélité pose problème. Je t'ai déjà dit qu'aussi séduisant soit-il cela m'était indifférent, puisque nous n'aurons jamais de relations conjugales. Je ne suis pas amoureuse de lui.

Pourquoi elle montrait autant de véhémence, elle se le demandait. Peut-être parce qu'elle s'intéressait à lui plus qu'elle ne voulait bien se l'avouer. Toutefois elle ne tenait pas à entrer dans ce genre de considérations avec ses sœurs. Sa relation avec Devonworth se révélait déjà bien plus compliquée qu'elle ne l'avait pensé.

— Mais tu considères tout de même son adultère comme une trahison ? s'inquiéta Eliza.

Cela n'aurait pas dû être le cas... et pourtant cela l'atteignait plus qu'elle n'était prête à l'admettre.

— Oui ! Cela veut dire que vous avez consommé le mariage ! s'écria Jenny, à qui son hésitation n'avait pas échappé.

Elle avait parlé beaucoup plus fort, ce qui attira l'attention d'autres dames. Eliza et Cora lui firent immédiatement signe de baisser la voix.

— Non, ce n'est pas vrai ! chuchota Cora.

— Alors la presse à scandale disait vrai ? murmura Jenny, qui eut le toupet de paraître déçue.

— On en parle dans les journaux ? Vous l'avez lu ?

Entendre des gens discuter de son intimité était déjà suffisamment déplaisant, mais le savoir imprimé noir sur blanc était bien pire. L'air vaguement coupable de ses sœurs valait toutes les réponses.

Peu importait. Ce qui se passait ou ne se passait pas dans leur chambre ne regardait que Devonworth et elle. Quand ils se sépareraient ou divorceraient, le scandale serait bien plus grand. Autant s'y habituer dès à présent.

— Revenons à cette soirée. Si l'une de vous rencontre cette lady Sofia, vous viendrez tout de suite me le dire ?

Toutes deux le lui promirent solennellement et elles regagnèrent la salle de bal. Cora avait beau se répéter que cela lui était indifférent, elle ne put s'empêcher de chercher tout le reste de la soirée une femme prénommée Sofia.

14

Cora ne trouva aucune lady Sofia et en conclut qu'elle n'assistait pas au bal. Tout naturellement, elle chassa immédiatement de son esprit cette femme mirage. Ce n'était pas bien difficile, elle ne s'y intéressait que par pure curiosité intellectuelle. Elle aimait mieux connaître l'énigme que constituait son époux, et quel meilleur moyen d'y parvenir que de trouver la seule femme apparemment capable d'éveiller son intérêt ? C'était une espèce d'ascète, d'après ce qu'elle avait entendu. Il était trop sérieux et trop convenable pour que l'on en dise autre chose mais personne ne l'avait vu rentrer à des heures indues tout ébouriffé et empestant le parfum bon marché. Il n'exhibait pas ses maîtresses comme d'autres hommes aimaient le faire. Il cherchait ses plaisirs tranquillement et discrètement car les apparences étaient pour lui de la plus haute importance. C'était d'ailleurs cette discrétion qu'elle aimait chez lui.

Elle ne pensa donc pas particulièrement à lady Sofia sur le trajet du retour, ni plus tard, une fois au lit. Les yeux clos, elle préféra se rappeler avec quelle intensité Devonworth l'avait regardée lorsqu'il l'avait vue dans sa robe de bal. Ses souvenirs exagéraient probablement la fougue qu'elle y avait lue, mais quel mal y avait-il à rêver un peu, seule dans le refuge de son lit ? Elle avait bien le droit de s'imaginer qu'il l'avait un tout petit peu désirée… Elle pouvait se rappeler la douceur de ses mains pendant leurs deux danses, leur force et leur chaleur qui avaient fait vibrer toutes les parties de son corps qu'elles avaient touchées. Elle pouvait faire comme si ses doigts avaient effleuré sa peau nue et y avaient éveillé de délicieux frissons. Elle pouvait s'imaginer ce qu'elle ressentirait si jamais leur mariage devenait une véritable union…

Il s'agissait de fantasmes, d'un petit plaisir innocent qu'elle s'autorisait. Cela ne signifiait rien, et surtout pas un réel désir. C'était le propre des rêveries. Faire rêver… C'était un moyen de laisser errer son esprit au beau milieu de la nuit pour trouver enfin la paix et le sommeil. Et ce fut exactement ce qui arriva. Elle ne rêva absolument pas qu'elle se retrouvait au lit dans les bras de son mari… Et elle ne se réveilla pas en regrettant que ces rêves ne soient pas devenus réalité…

Le lendemain matin, la maison avait retrouvé ses habitudes de tous les jours, et on entendait les pas étouffés des femmes de chambre vaquant à leurs occupations dans les couloirs. Cora avait dormi plus longtemps pour se remettre de la soirée de la veille et de son léger abus de champagne. Elle se souvenait de chaque détail du bal, mais elle avait un peu mal à la tête car habituellement elle se contentait d'un verre de vin au dîner.

Monroe lui apporta son petit déjeuner et son chocolat avant de l'aider à s'habiller. Un petit paquet enveloppé de papier brun était posé sur le plateau. Elle l'ouvrit et découvrit un splendide stylo à plume dans un écrin de satin rouge. Il ressemblait en tout point à celui de Devonworth, à ceci près qu'un brin de lavande était gravé sur le capuchon. Des plumes de rechange étaient cachées sous le coussinet. Elle suivit du doigt le tracé du brin de lavande et sourit à cette délicate attention. Comment avait-il deviné qu'elle aimait cette fleur ? Avait-il remarqué son parfum ?

Que dirait-il s'il découvrait son nom de plume, Lavender Starling ? Elle ne perdit pas son temps à se demander s'il l'avait appris d'une façon ou d'une autre. S'il avait trouvé les articles qu'elle avait écrits, il lui en aurait parlé, elle n'en doutait pas.

Elle était tout excitée en se levant. Elle choisit une robe d'intérieur violine, pas parce que c'était la plus jolie ni parce que sa teinte était proche de la couleur lavande, mais parce que ce fut la première qu'elle eut sous les yeux. Comme la plupart des robes d'intérieur, celle-ci avait des manches longues et un col montant. Ce qu'elle aimait surtout dans ce vêtement, c'était ce col ouvert sur le devant jusqu'en bas du cou. Elle avait un long cou gracieux, un des rares traits qu'elle avait hérité de sa mère. Elle repoussa énergiquement l'idée qu'elle voulait faire admirer son port de tête à Devonworth tout en vaporisant quelques gouttes d'eau de lavande derrière ses oreilles.

— Avez-vous vu mon mari, ce matin ? demanda-t-elle de son ton le plus nonchalant pendant que Monroe la coiffait.

Elle avait guetté des bruits en provenance de leur salle de bains commune et n'avait rien entendu.

— Il me semble que Sa Seigneurie travaille dans son bureau.

On était mercredi, ce qui signifiait que le Parlement ne siégeait pas. Il pleuvait à torrents et Devonworth avait probablement décidé de ne pas s'aventurer dehors. Le cœur de Cora bondit dans sa poitrine. Uniquement parce qu'il avait parlé des remarques qu'elle avait faites à propos de son discours, et certainement pas parce qu'elle mourait d'envie de le voir…

Une fois présentable, elle se dirigea vers le bureau de son mari. La porte était ouverte, un feu brûlait dans la cheminée, la lampe était allumée sur le bureau, mais

Devonworth n'était pas là. Des papiers étaient éparpillés sur la table de travail et elle ne put résister à l'envie d'y risquer un regard. Elle reconnut les lignes nettes et fermes de son écriture. Il écrivait avec la même efficacité qu'il mettait en toute chose dans sa vie.

À côté du manuscrit se trouvait une pile de journaux. Elle les aurait survolés si un titre en gros caractères n'avait pas attiré son attention : « Un mariage d'intérêt ». Un rapide coup d'œil lui suffit pour comprendre que l'auteur inconnu parlait d'une union qu'il ne nommait pas et qui n'était pas consommée, et elle craignit immédiatement qu'il ne s'agisse de la leur.

Un autre journal était ouvert sur un article qui commençait ainsi :

Sa Seigneurie s'est vue sans cesse repoussée par son épouse américaine. Cette dame est connue pour son exécrable caractère et préfère se rengorger de son nouveau titre plutôt que d'accomplir ses devoirs envers son mari.

Cora sentit la nausée lui monter à la gorge. Au-dessous, un autre journal était d'un plus mauvais genre encore.

La petite lady D...
Prenait son thé
Pour passer l'été
Jusqu'à ce que lord D...
Venu à son côté
Se propose de la monter
Et fasse peur à lady D...
Qui partit se coucher.

Dégoûtée par tant de vulgarité, elle repoussa la feuille de chou pour en trouver plusieurs autres dessous. Toutes comportaient des articles ou des lettres qui se lamentaient, les ridiculisaient ou se moquaient du fait que son mari et elle ne partageaient pas le même lit. C'était épouvantable !

— Cora !

En gilet et en manches de chemise, Devonworth se trouvait dans l'embrasure de la porte, les cheveux légèrement en désordre – on aurait dit qu'il avait passé la main dedans à de multiples reprises.

Dieu qu'il était beau ! Mais le moment était mal choisi pour se laisser aller à l'admirer.

— Qu'est-ce que c'est ? s'enquit-elle.

Quand Jenny lui avait confié avoir lu des médisances sur leur mariage, Cora avait supposé qu'une publication de bas étage avait écrit des ragots sur eux. Jamais elle n'aurait pensé qu'il y en aurait autant !

— J'avais espéré que vous ne les verriez pas, répondit-il avec un soupir résigné en la rejoignant.

— Je ne comprends pas. Qu'est-ce qui les pousse à publier de telles horreurs ?

— Ils veulent vendre des journaux, tout simplement.

— Je m'attendais à ce que l'on jase, mais jamais je n'aurais imaginé une chose pareille ! Vous avez vu qu'ils ont même fait des vers ?

Il lui prit le journal des mains et le reposa sur la pile, avant de la prendre gentiment par les épaules.

— Je ne veux pas que vous vous tracassiez à cause de ces clabaudages.

— Mais celui-ci… Celui-ci publie une lettre signée d'un parlementaire qui se dit inquiet, insista-t-elle en reprenant le premier avec le plus gros titre. À le lire, on s'imaginerait qu'il craint une crise internationale si nous ne… si nous ne consommons pas notre union. Il dit qu'il y a un risque d'annulation de notre mariage et que la succession du comté doit être assurée par un héritier.

— S'il vous plaît, Cora, tout cela va retomber comme un soufflé. Ça finit toujours par se calmer. Ils publient ce genre de ragots pour vous empoisonner la vie mais tout sera oublié dès qu'un autre mariage, un autre scandale ou un bal suffisamment prestigieux leur offrira quelque chose à se mettre sous la dent. Ce ne sont que des balivernes !

Le bout de ses doigts caressait doucement les épaules de Cora, ce qui constituait une distraction bienvenue malgré sa colère.

— Qui peut bien écrire ce genre de choses ? murmura-t-elle.

— Il s'agit probablement d'une fausse lettre.

Elle ne demandait qu'à le croire. Elle brûlait d'envie de penser que le journal l'avait inventée de toutes pièces et l'avait signée d'un parlementaire anonyme, mais sa façon d'éviter son regard l'alerta.

— Vous avez des ennemis au Parlement ?

— Je ne veux pas que cela vous inquiète, répéta-t-il en lui enlevant également ce journal. Laissez-moi m'en occuper et tous ces bruits mourront d'eux-mêmes pour peu que nous prenions soin de ne pas les alimenter. Cela n'empêche pas de jeter ces insanités au feu, qui est la seule destination qu'elles méritent !

Joignant le geste à la parole, il jeta un à un les journaux dans les flammes. Le papier se recroquevilla avant d'être réduit en cendres. Leur destruction était symbolique – il existait des centaines, peut-être des milliers d'autres exemplaires de par le pays –, mais cette catharsis les soulagea tous les deux. Pour la première fois depuis qu'elle les avait trouvés sur le bureau, Cora respira librement.

— Voilà ! s'écria-t-il avec satisfaction.

— Merci. Toutefois, j'ai bien peur de ne pas être de votre avis sur un point au moins.

Maintenant qu'elle était quelque peu soulagée, elle pouvait observer une foule de petits détails chez son mari, qu'elle avait été trop préoccupée pour remarquer. La façon dont sa chemise se tendait sur sa carrure, par exemple... La façon dont la soie gris perle de son gilet lui donnait envie d'y passer la main... La façon dont la mèche blonde qui lui tombait sur le front lui donnait envie de la remettre en place… Serait-elle rêche ou soyeuse au toucher ?

Il y avait un moyen très simple de le savoir. Un moyen qui mettrait fin à tous les fantasmes qu'elle avait eus pendant la nuit et qui ferait taire tous les commérages. L'idée lui vint à l'esprit si rapidement qu'elle fut bien obligée de se demander depuis combien de temps elle était tapie dans un recoin de son subconscient. Elle eut beau se répéter qu'il s'agissait d'une solution logique, elle ne pouvait nier que la simple pensée de la mettre à exécution faisait battre son cœur plus vite.

— Je ne suis pas certaine que les ragots vont s'éteindre si facilement, dit-elle. Hier soir, au bal, j'ai entendu des gens en parler.

— Qui donc ?

Ses yeux s'étrécirent et son aura se chargea d'intensité, au point que Cora pouvait presque la sentir se craqueler autour d'elle. Ce n'était pas une sensation désagréable. Au contraire, cela lui procurait un peu trop de plaisir et la jeune femme recula d'un pas. Cela lui donnait la chair de poule…

— Cora, s'agaça-t-il, comment voulez-vous que je les arrête si vous ne me dites pas de qui il s'agit ?

— Vous ne les arrêterez pas, de toute façon. C'est cela que je voulais vous dire. Pas en les affrontant, en tout cas. Je pense que nous pourrions désamorcer tous ces ragots.

— De quelle manière ?

Les sourcils froncés, il la regardait avec tellement d'attention qu'elle n'en trouvait plus ses mots.

— Nous pourrions peut-être simplement… le faire, articula-t-elle enfin, les yeux fixés sur le feu dans la cheminée.

— Faire quoi ?

Il semblait sincèrement perplexe, et elle n'osait toujours pas le regarder en face.

— Faire la chose...

— Quelle chose ?

— La chose... Consommer notre... union rapidement et en finir une bonne fois pour toutes, expliqua-t-elle enfin, puisqu'il tenait à le lui faire dire explicitement.

Cette fois-ci, il se tut si longtemps qu'elle se sentit obligée de le regarder en face. Il arborait une mine pleine de gravité, sans pour autant être particulièrement horrifié par cette suggestion. Pourtant, plus il la regardait, plus elle avait envie que le sol s'ouvre sous ses pieds et l'engloutisse. Elle n'aurait su dire s'il la prenait pour une demeurée ou s'il était tout simplement découragé.

— Si nous décidons un jour de consommer notre union, comme vous dites, ce ne sera pas parce que des ragots nous y auront obligés, et ce ne sera pas une chose avec laquelle vous aurez envie d'« en finir une bonne fois pour toutes », mademoiselle.

Non, elle n'avait pas l'impression qu'elle voudrait que cela se termine au plus vite. Elle n'avait pas vraiment d'expérience avec les hommes mais elle en savait suffisamment pour comprendre que coucher avec lui serait prodigieux. Ou du moins, qu'elle s'en souviendrait toute sa vie. Et qu'elle voudrait en savourer chaque instant...

— Je vous ai froissé ? s'inquiéta-t-elle lorsqu'elle eut retrouvé l'usage de la parole.

Avait-il eu conscience de l'appeler « mademoiselle » ? Elle ne tenait pas à le lui faire remarquer pour qu'il ne recommence plus. Pour une raison mystérieuse, elle aimait bien qu'il l'appelle ainsi. Cela le faisait paraître tellement convenable... et tellement corruptible.

— Je réfléchis... Ce n'est pas anodin, mais vous avez vu juste. Nous pourrions leur faire croire que nous avons consommé notre mariage..., dit-il.

Cela paraissait plus raisonnable. Elle aurait dû y penser, même si cette suggestion la décevait un peu.

— Que proposez-vous ? demanda-t-elle.

— Ils n'ont aucun moyen de savoir que nous n'avons rien fait, en réalité. Un domestique a dû leur dire que je ne venais jamais dans votre chambre. Il me suffit de vous rendre visite de temps en temps dans votre chambre la nuit, et la question sera résolue.

— Oui, cela me paraît parfaitement logique.

Tellement logique qu'elle aurait dû y penser avant de proposer des solutions extrêmes. Si jamais son visage avait pu devenir plus brûlant, elle aurait été réduite en cendres...

— Vous croyez que ma femme de chambre est responsable de ces rumeurs ?

Elle se refusait à y croire, mais elle ne pouvait nier que Monroe était la plus à même de soupçonner qu'ils n'avaient pas couché ensemble.

— C'est ce qui m'est tout d'abord venu à l'esprit mais ce matin, j'ai demandé à Mme Anderson de questionner les domestiques. Nous soupçonnons Polly, la femme de chambre qui vous a servie le premier jour.

— Polly ?

Elle s'était montrée tellement gentille avec Cora. Cette bienveillance affichée ne cachait donc que l'amabilité requise chez une domestique ?

— Oui. Mme Anderson pense qu'elle a besoin d'argent. Il s'agirait d'une tante malade...

— Nous pourrions peut-être l'aider, suggéra-t-elle, maintenant plus soucieuse qu'indignée.

— Si c'est bien elle la coupable, elle sera renvoyée.

— Ce n'est pas un peu trop dur ?

— Que voulez-vous que je fasse ? Je ne peux pas garder sous mon toit quelqu'un en qui je ne peux pas avoir confiance.

— Non, bien entendu, mais elle est certainement désespérée. J'aimerais simplement trouver un moyen de l'aider.

Des coups frappés à la porte les interrompirent.

— Entrez ! dit Devonworth.

Son secrétaire apparut, une pile de journaux dans les bras. Dès qu'il aperçut Cora, il les cacha derrière son dos. Le cœur de Cora chavira. Il apportait sans aucun doute d'autres ragots sur leur mariage. Leur place était au feu avec les autres !

— Si vous voulez bien nous excuser, Cora, Beckham et moi avons du travail pour la journée. Cora ! lança-t-il avant qu'elle sorte. À ce soir.

À sa façon de parler, il ne pouvait y avoir le moindre doute sur ce qu'il sous-entendait. Ils feraient semblant de consommer leur mariage cette nuit. Les joues en feu, elle acquiesça. La seule idée de passer un long moment seule dans sa chambre avec lui éveillait dans tout son corps des sensations qu'elle n'avait jamais éprouvées auparavant.

15

Avant de frapper à la porte de sa femme, Devonworth n'avait pas réfléchi à la façon dont la nuit allait se dérouler. Il avait eu l'esprit entièrement occupé par son travail et par la colère que lui inspiraient les racontars nauséabonds au sujet de son mariage. Quand il entendit la voix mélodieuse de Cora le prier d'entrer, il s'aperçut de son malaise. La douceur de ce timbre dans le silence nocturne éveillait des sensations malvenues ce soir, et qu'il ne souhaitait pas éprouver à propos de sa femme. Il attendit un instant, le temps que les battements de son cœur s'apaisent, avant de tourner la poignée.

Il avait prévu son entrée de sorte que la femme de chambre soit présente. Que cette dernière le voie dans la chambre de son épouse ne serait pas inutile. S'il méprisait les ragots en dehors de chez lui, il n'avait aucun moyen d'empêcher les commérages à l'office. Il avait confiance en Mme Anderson pour les contenir mais personne ne pouvait empêcher les domestiques de parler, y compris de la vie privée de leurs patrons. Cette fois, il avait justement besoin qu'ils causent à propos de cette nuit. Quand la consommation de leur mariage serait devenue une rumeur publique, il renverrait Polly.

— Bonsoir.

Cora lui sourit timidement dans le miroir de sa coiffeuse tandis que Monroe esquissait une petite révérence, les yeux pudiquement baissés. Il était en robe de chambre et pantoufles, et la domestique ne l'avait jamais vu autrement qu'en tenue de ville. Il ne pouvait y avoir qu'une seule raison à sa présence ici à cette heure tardive, et elle rougit jusqu'aux oreilles.

— Bonsoir. Merci, Monroe. Vous pouvez disposer, dit Cora à sa femme de chambre, qui s'éclipsa.

— C'est une curieuse situation, n'est-ce pas ? demanda Devonworth une fois la porte refermée.

— Quoi donc ?

Cora portait un déshabillé de soie bleue sur une chemise de nuit immaculée qui, serrée à la taille, révélait les formes et la souplesse de son corps bien mieux que n'importe quel autre vêtement qu'il lui avait vu jusque-là. Le soir où il était rentré tard et l'avait trouvée dans le couloir, elle portait des vêtements de nuit beaucoup plus amples. Elle était mince, avec de longues jambes et une poitrine agréablement arrondie. Lorsqu'il s'aperçut qu'il était un peu trop préoccupé par l'apparente douceur de ses seins et la courbe de ses hanches, il baissa les yeux. Le bout de ses pieds nus pointait sous son déshabillé et cette nudité inattendue éveilla en lui une émotion qui ressemblait fort à du désir. Elle était nue sous son peignoir et il se trouvait seul avec elle dans sa chambre.

Et elle était sa femme…

Non, cela ne pouvait pas continuer. Il s'obligea à détourner le regard et à le fixer à l'autre bout de la pièce, où était posé un amas d'échantillons de papier peint et de tissus d'ameublement.

— Le fait de compter sur une domestique pour jaser afin de mettre fin à des ragots, alors que l'on veut justement empêcher le personnel de clabauder à notre sujet, n'est pas d'une logique évidente, répondit-il. C'est la quadrature du cercle, en quelque sorte.

— Je ne peux qu'approuver. Je n'ai pas l'habitude d'avoir des domestiques ni d'administrer une grande maisonnée, et tout cela est entièrement nouveau pour moi, répliqua-t-elle en riant.

Elle marchait avec tant de légèreté sur les tapis qu'il n'avait pas tout de suite remarqué sa présence devant lui, et cette proximité lui donna la chair de poule. Sa longue chevelure nattée était ramenée sur son épaule, et la lumière de la lampe à gaz y allumait toutes sortes de nuances d'or et de cuivre.

— Vous n'aviez pas de domestiques à New York ?

Vining lui avait pourtant dit qu'elle vivait dans une maison respectable, sinon luxueuse, il en était pratiquement certain.

— Nous en avions parfois, mais ce n'était pas une situation permanente. Notre gouvernante s'appelait Mme O'Brien, et ses nièces travaillaient également pour nous quand elles n'avaient pas de travail dans les fermes de Pennsylvanie et du nord de l'État. Quand elles se sont mariées, il n'est plus resté que Mme O'Brien, jusqu'à ce que nous vendions tout.

— Vous n'aviez pas de valet ?

— Nous engagions un homme de peine pour les tâches dont nous ne pouvions pas nous charger nous-mêmes.

— Votre père ne vous avait pas laissé suffisamment pour vivre confortablement ?

Vining poursuivait ses investigations. Il n'avait rien trouvé d'anormal pour le moment mais Devonworth ne pouvait se défaire de l'impression qu'on lui cachait quelque chose.

Cora restait une inconnue pour lui…

— Nous étions à l'aise, mais sans excès, répondit-elle.

— À part vos dots.

— À part nos dots.

— J'aime bien celui-ci ! dit-il en prenant un échantillon de papier peint d'un bleu tirant sur le mauve, avec de petites feuilles de vigne soulignées d'or. Il me rappelle votre robe.

— Vous vous en souvenez ? murmura-t-elle en rougissant.

— C'était hier. Je ne suis pas vieux au point d'oublier ce qui s'est passé la veille, surtout quand vous étiez si belle dans cette robe.

— Merci, répondit-elle, étonnée par ce compliment. Merci également pour ceci, ajouta-t-elle en allant prendre sur son bureau le stylo à plume qu'il lui avait offert.

La gracieuse ondulation de ses hanches donnait à Devonworth une irrésistible envie de les toucher et d'en évaluer le tour entre ses mains.

— Je me doutais que vous n'en aviez pas. Vous en aurez besoin pour m'aider à corriger mon discours. Comme je vous l'ai dit, vous avez de très bonnes idées. Accepteriez-vous de m'aider à les inclure ?

— Vous voulez dire… tout de suite ?

— Pourquoi pas ? Je vais rester ici une bonne heure au moins. Je ne veux pas que qui que ce soit aille raconter que je bâcle les choses quand je couche avec ma femme !

Devant ses yeux agrandis de stupéfaction, il sentit une chaleur nouvelle irradier son ventre. Il allait un peu trop loin, il le savait, mais il n'avait aucune envie de s'arrêter. Une partie de lui souhaitait de toutes ses forces consommer réellement son mariage.

— Nous pourrions passer une heure ensemble plusieurs nuits par semaine, proposa-t-il.

— Oui, cela me conviendrait très bien.

Elle aussi était troublée, il en était certain, seulement il n'était pas venu avec cette intention.

— Attendez ici.

Il passa dans la salle de bains, ouvrit doucement la porte de sa chambre pour s'assurer que son valet n'y était plus et prit la sacoche en cuir contenant ses papiers. Quand il revint, Cora était déjà assise à son bureau, après avoir déplacé la seule autre chaise de la pièce à ses côtés.

— Asseyez-vous et dites-moi pourquoi cette loi est si importante pour vous, demanda-t-elle, très professionnelle tout à coup.

Il lui expliqua l'accroissement sans précédent de la population urbaine. Des familles entières quittaient leurs résidences rurales pour venir chercher du travail en ville. Au fur et à mesure que l'industrie se développait, les nouveaux emplois créés attiraient hommes et femmes dans les centres urbains. Un grand nombre de maisonnettes, généralement jumelées, avaient été bâties pour accueillir le plus grand nombre de personnes sur une surface minimale, mais la plupart avaient été construites sans accès à l'eau ni aux égouts. Compte tenu du coût des installations et de l'assainissement de l'eau, peu de membres du gouvernement et de propriétaires paraissaient s'en soucier. Lui et une poignée d'autres parlementaires étaient bien décidés à changer cela.

— Aucune de vos explications ne répond à ma première question, fit-elle observer après quelques remarques pertinentes pour demander davantage de précisions. Pourquoi est-ce tellement important pour vous ?

— C'est évident, il me semble. Il en va de ma responsabilité d'améliorer la condition des gens.

— Bien sûr, je comprends cela, mais à ce que je vois, beaucoup de vos collègues ne partagent pas ce souci ou sont du moins indécis. Pourquoi êtes-vous tellement passionné par ce sujet ?

— J'aime à me dire que c'est par solidarité avec ceux qui n'ont pas d'autre choix. Mais en réfléchissant mieux, je pense que c'est à cause de mon père. J'étais encore un enfant lorsqu'une épidémie de choléra s'est déclarée à Londres, dans Soho. Un certain Dr Snow en avait trouvé l'origine dans un puits de Broad Street. Cette épidémie a fait plus de six cents morts, la plupart à proximité de cette pompe. Les autres avaient eu accès à cette eau polluée parce qu'ils passaient par là. Personne n'a cru ce brave médecin. À cette époque, la plupart pensaient encore que cette maladie était causée par des vapeurs dans l'air ou tout simplement par la volonté de Dieu qui voulait punir les pauvres. Le plus triste est que, lorsque Snow a apporté des preuves concluantes, personne n'a voulu le croire. Même quand les recherches de Pasteur ont confirmé cette théorie des germes vecteurs de maladies quelques années plus tard, ceux qui étaient au pouvoir n'ont pas voulu se donner la peine ni les moyens de changer quoi que ce soit. À commencer par mon père.

— Votre père ?

— D'après ce que tout le monde m'a raconté, il refusait de s'en soucier. Il a voté contre toutes les mesures qui auraient pu apporter des améliorations. On peut sans doute dire que je me suis donné pour mission de réparer le mal qu'il a fait.

— Je ne m'attendais pas à cela. Vous ne vous entendiez pas bien avec votre père, si je comprends bien ?

— C'est le moins que l'on puisse dire, effectivement. Dans mon enfance, je ne le méprisais pas encore. Je le connaissais très peu, en fait. Je ne le voyais qu'à quelques occasions dans l'année.

— Quels souvenirs avez-vous de lui ?

— C'était un homme froid et sans humour, qui exigeait beaucoup de son entourage, et de moi en particulier.

— Je suis désolée. Grandir avec un père tel que le vôtre a dû être terrible.

— Aussi terrible que de ne pas en avoir ?

— Il me semble. À beaucoup d'égards, je peux faire de M. Dove le genre d'homme qu'il me plaît. Je n'ai pas assez de souvenirs de lui pour contrarier cette image.

— Vous appelez votre père « M. Dove » ?

— Oui, je ne sais pas pourquoi. Je n'y avais jamais pensé… C'est comme cela que ma mère a toujours parlé de lui, et c'est ainsi que mes sœurs et moi l'avons toujours appelé.

— Vous auriez aimé le connaître mieux ?

— Bien sûr, à condition qu'il ait été gentil !

Il sourit, séduit. Elle n'était décidément pas la personne à laquelle il s'était attendu, mais elle était pour le moins charmante.

— J'y pense, reprit-elle, incapable tout à coup de soutenir son regard. Si nous consommions réellement… la chose, cela ferait-il du bruit ?

— Du bruit ?

C'est en regardant le lit qu'il comprit à quoi elle faisait allusion.

— Oui, cela pourrait en faire un peu, et d'autres… signes encore, pour montrer que nous prenons du bon temps.

Il rit pour se donner une contenance et pour conjurer l'image qui lui venait à l'esprit. Il se demanda à quoi elle ressemblerait, couchée sous lui. Fermerait-elle les yeux lorsqu'il la pénétrerait ou les garderait-elle grands ouverts ? Quels sons s'échapperaient de ses lèvres pendant que son corps enserrerait le sien ? Il se raidit lorsque son membre se dressa à ces pensées. David était peut-être dans le vrai, après tout. Peut-être avait-il vraiment besoin d'une femme…

— Comme ceci ? dit-il en se laissant tomber sur son lit et en se mettant à tressauter pour faire vibrer et grincer le sommier, ce qui la fit éclater de rire avant de couvrir sa bouche. Ah ! Il faut aussi froisser les draps ! ajouta-t-il en joignant le geste à la parole, avant de rejeter les couvertures et le dessus-de-lit. Voilà, maintenant on peut vraiment penser que nous l'avons fait, et bien fait !

— Vous vous êtes montré très énergique, milord. Et très rapide, plaisanta-t-elle.

Avec un regard malicieux, il saisit les montants du lit et entreprit de les secouer en rythme contre le mur, pour que l'on ne s'imagine pas qu'il avait pris trop vite son plaisir.

Rougissant, elle se mordit les lèvres en regardant ce qui se passerait s'ils avaient réellement des relations sexuelles. Quant à lui, toute cette mise en scène n'était pas faite pour arranger son début d'érection.

— Voilà, soupira-t-il finalement en inclinant la tête vers elle.

— Parfait ! s'exclama-t-elle en applaudissant, prenant soin de ne pas faire trop de bruit. Je pense que personne n'osera mettre en doute vos capacités.

— Ah, encore une chose !

Il détacha le ruban qui attachait sa tresse. Elle se raidit légèrement mais ne fit rien pour se dégager. Cela faisait longtemps qu'il en avait envie, si longtemps qu'il n'aurait su dire quand lui était venu ce désir. Il passa les doigts dans ses cheveux pour défaire sa natte. Il adora sentir sa chevelure soyeuse couler entre ses doigts. D'autres parties de son anatomie en furent également émues, malheureusement. Il laissa retomber sa main. S'il n'arrêtait pas, il ne se contenterait pas de ses cheveux. Il la prendrait par les hanches, la serrerait contre lui...

— Voilà, reprit-il en glissant le ruban dans sa poche. Monroe n'aura plus aucune raison d'avoir des doutes.

— Oui, je pense. Seulement il y a ce petit détail...

— Quel détail ? demanda-t-il, perplexe devant son regard insistant.

— Le sang. Le sang virginal, chuchota-t-elle enfin.

— Vous croyez qu'ils y penseront ?

— Sans aucun doute...

— C'est une coutume barbare, marmonna-t-il en retournant dans la salle de bains prendre une serviette qu'il mouilla. Nous pouvons faire comme si nous avions nettoyé ?

— Oui, c'est une bonne idée. Ce serait logique.

Lui aussi était soulagé. Jamais il n'aurait pensé pousser sa mise en scène à ce degré d'authenticité.

— Bien. Je vais vous laisser, maintenant. Nous avons pris suffisamment de temps. Gardez le texte de mon discours. La prochaine fois, nous réviserons les premières pages.

— J'ai encore d'autres remarques à faire, dit-elle, visiblement soulagée de le voir se diriger vers la porte. En attendant, bonne nuit, Devonworth.

— Bonne nuit, Cora.

Il se retira dans sa chambre, certain d'avoir vécu une des plus étranges et délicieuses nuits de sa vie.

16

La comédie de la consommation – c'est ainsi que Cora avait baptisé leur supercherie – s'était vue couronnée de succès. Au cours des jours qui suivirent, pratiquement tous les journaux qui avaient cru bon de médire sur leur mariage écrivirent que leur union était devenue effective. Les nouveaux titres étaient aussi tapageurs que les précédents. « Il reçoit enfin sa juste récompense ! » et « La dame capitule ! » furent parmi ceux qui irritèrent le plus Cora. Les rumeurs furent certainement alimentées par le fait que Devonworth avait encore visité sa chambre deux fois au cours de la même semaine. Ils avaient consacré ce temps à travailler son discours et à discuter des besoins sanitaires du pays. Le sujet n'avait rien d'érotique, cependant leurs échanges avaient rendu son mari encore plus attirant aux yeux de Cora. Il lui fallait pourtant étouffer ses sentiments, pour une multitude de raisons, la première étant qu'il n'éprouvait certainement aucun intérêt pour elle en dehors des termes de leur accord.

Dans ce but, elle s'attacha à trouver des occupations. Elle avait décidé de faire retapisser sa chambre et avait aussi commandé de nouveaux rideaux et des meubles. Elle avait évidemment opté pour le papier peint qu'il avait remarqué. Il avait choisi le plus joli, après tout.

Maintenant qu'elle était installée dans sa vie conjugale et qu'elle avait fait son entrée dans le monde, elle jugea qu'il était temps d'affronter la réalité extérieure.

Sa première sortie en société fut pour une réunion de la SLSF, la Société londonienne pour le suffrage féminin, à laquelle elle assista avec ses sœurs et lady Violet Leigh. Au cours de cette réunion mensuelle, leur groupe devait élaborer son programme d'action pour le printemps et l'été. Cora se réjouit de cette occasion de s'impliquer dans leurs projets. Elle se sentait toujours américaine mais elle allait sans aucun doute résider en Angleterre au cours des années à venir, et elle espérait pouvoir se rendre utile tant qu'elle était là.

Tout le monde l'accueillit avec beaucoup de gentillesse et de bienveillance. L'atmosphère changea lorsqu'elles commencèrent à discuter de la prochaine manifestation à Parliament Square. Elle était prévue en même temps que le débat du projet de loi sur les propriétés des femmes mariées. Il y avait une trentaine de personnes à cette réunion, des femmes pour la plupart, avec quelques hommes. Tout le monde sembla se raidir quand la présidente de séance, Mme Burgess, prit la parole.

— Nous avons fait du vote de la loi sur les propriétés des femmes mariées notre prochain objectif. Je n'ai pas besoin de vous rappeler que nos chances sont faibles, et que de nombreux obstacles se dressent sur notre chemin. Les événements de février sont encore dans toutes les mémoires.

Aussitôt, un murmure indigné parcourut l'assistance, et Mme Burgess leva la main pour réclamer le silence. C'était une femme entre deux âges, à l'abondante crinière blanche, dotée d'une remarquable autorité, non parce qu'elle avait un tempérament particulièrement sévère, mais parce qu'elle faisait preuve d'autant d'assurance que de sérieux. Quand elle prenait la parole, on savait que ce n'était pas pour ne rien dire. Tout le monde fit silence.

— Nous ne laisserons pas nos détracteurs nous barrer le chemin ! C'est dans ce but que nous avons prévu une autre manifestation devant le Parlement pour faire avancer notre cause. Nous ne prendrons pas un instant de repos tant que les femmes n'auront pas le droit de mener leur vie comme elles l'entendent. Cette loi sur la propriété constitue un pas crucial sur ce long chemin !

La loi sur les propriétés des femmes mariées avait pour but de donner aux femmes la gestion des biens qu'elles apportaient au ménage. D'autres mesures avaient été prises, qui ne s'étaient pas avérées suffisantes pour les protéger. C'était pour cette raison que Cora avait tellement redouté de faire confiance à Devonworth pour lui laisser la jouissance d'une partie de sa dot. Bien qu'elle ait confiance en lui, elle n'avait aucun moyen légal de s'assurer qu'il tiendrait ses engagements. Elle saisissait mal cependant ce qu'avait dit Mme Burgess à propos du projet de loi.

— Que s'est-il passé en février ? Cette manifestation a-t-elle été dangereuse ? demanda-t-elle à Violet, profitant d'une question posée par l'assistance sur l'organisation du rassemblement à venir.

— Les manifestantes ont été attaquées. Un groupe d'hommes aux visages masqués de sacs de jute les ont assaillies avec des gourdins et des pétards. Personne n'a été sérieusement blessé, heureusement. Nous nous sommes défendues et il y a eu des chutes et des ecchymoses. Le but était surtout de nous effrayer. Dieu merci, beaucoup de passants sont venus à notre secours, ainsi que plusieurs membres des deux Chambres. Votre mari était du nombre.

Curieusement, Cora en fut heureuse, même si elle ne le connaissait pas encore, à l'époque.

— La police a-t-elle pu arrêter les coupables ?

— Un ou deux, mais pas tous, loin de là. On m'a raconté qu'ils ont prétendu avoir été engagés par une personne importante. Si c'est vrai, cette personne n'a pas encore été arrêtée.

— De qui s'agit-il ?

— Du duc de Hereford, répondit Violet en baissant encore la voix. Mon mari ne peut pas dire grand-chose à ce sujet, bien entendu, et je ne sais rien d'autre que ce qu'ont écrit les journaux. Juste qu'ils ont rassemblé des preuves contre lui et les ont fait valoir.

— Quel homme épouvantable !

— Oui, il marche sur les brisées de son prédécesseur !

Cora n'avait rencontré qu'une seule fois Violet et sa sœur Augusta, à son arrivée en Angleterre, mais elles l'avaient accueillie comme si elles la connaissaient depuis toujours. C'était pour cette raison que Violet avait donné le bal en son honneur, et Cora ne doutait pas que cela l'avait aidée à se faire accepter dans la bonne société londonienne. Beaucoup auraient évité de faire le lien entre Hereford et l'agression mais Violet était la personne la plus honnête qu'elle ait jamais rencontrée. Elle pouvait être d'un grand secours pour obtenir des informations sur Devonworth, se dit-elle. Ce n'était cependant ni le moment ni l'endroit pour avoir ce genre de conversation.

La réunion touchait à sa fin. Cora et ses sœurs rentrèrent dans la voiture de Violet, qui avait offert de les raccompagner. Cora attendit qu'elles aient déposé ses sœurs devant chez Camille pour poser à Violet la question qui lui brûlait les lèvres.

La lueur tremblotante de la lanterne nimbait d'une douce lumière le beau visage de son hôtesse. Sa posture plus détendue montrait mieux le renflement de son ventre, sur lequel elle posait une main protectrice. Cora ressentit une pointe d'envie et le vague désir d'avoir un enfant, elle aussi.

Avec sa mère et ses sœurs, elle avait mené une vie assez chaotique. Fanny avait le don de se mettre dans des situations impossibles, que ce soit avec un créancier ou avec un amant éconduit qui venait faire un scandale devant leur porte. Cora avait passé trop de temps au cours des années passées à régler ces difficultés, tout en faisant de son mieux pour améliorer leur situation matérielle, toujours plus précaire, pour envisager d'avoir un mari et des enfants. Depuis que son héritage lui en avait donné la possibilité, l'idée ne lui était jamais venue de fonder une famille avec l'homme qu'elle devait épouser. Or elle ne pouvait nier que porter l'enfant de Devonworth lui avait fugitivement traversé l'esprit, ces derniers temps. Il se révélait bien différent de ce qu'elle avait imaginé d'un aristocrate.

Mieux valait ne pas y penser…

— J'ai entendu des gens mentionner une certaine lady Sofia en lien avec mon mari, commença-t-elle après s'être éclairci la gorge. Savez-vous de qui il s'agit ?

Ses sœurs n'avaient pas trouvé la moindre information à son sujet et elle n'avait pas osé aborder la question devant elles, de peur qu'elles ne donnent à son insistance une importance qu'elle n'avait pas. Que cette femme soit ou non la maîtresse de son mari lui était totalement indifférent. Elle voulait simplement en savoir plus sur le compte de l'homme qu'elle avait épousé… Camille était encore à Paris, et Cora ne pouvait donc pas la questionner à ce sujet.

— Lady Sofia Jameson… Je l'ai rencontrée une fois ou deux. Qu'aimeriez-vous savoir ?

Ce qu'elle voulait savoir ? « Sont-ils amants ? » lui vint à l'esprit, mais elle ne connaissait pas suffisamment Violet pour engager ce genre de conversation.

— Sont-ils proches ?

— Je ne connais Devonworth que par mon mari. Nous nous sommes souvent trouvés aux mêmes réceptions mais nous n'avons jamais vraiment discuté. Je peux seulement vous dire que tout le monde s'attendait à ce que lady Sofia et lui se marient.

C'était plus que ce qu'espérait découvrir Cora.

— Ils ne l'ont visiblement pas fait. Que s'est-il passé ?

— Je ne suis pas certaine des détails... Ils ont grandi très près l'un de l'autre, dans le Somerset. Elle est un peu plus jeune que lui et à ce que l'on dit, ils étaient bons amis. Elle a tardé à se marier, mais elle est tellement belle que l'on ne pouvait pas la qualifier de vieille fille. J'imagine que ses parents lui ont passé cette fantaisie. Elle a finalement épousé un riche baronnet et, depuis, ils voyagent. Inutile de vous dire que les commérages sont allés bon train lorsqu'elle l'a préféré à Devonworth.

— Vous savez pourquoi ?

— Non. Je ne sais même pas si les rumeurs de mariage entre eux étaient fondées ou non. Devonworth n'a pas semblé particulièrement ému de la voir en épouser un autre mais j'ai l'impression que l'on ne peut jamais deviner ses véritables sentiments. Il a parfaitement pu être désespéré sans rien en laisser voir...

Cela au moins était vrai. Cora ne pouvait pas se vanter de bien le connaître mais elle avait tout de même remarqué qu'il était la personne la plus réservée qu'elle ait jamais rencontrée. Il s'agissait d'un effet de sa très britannique et très aristocratique éducation, avait-elle pensé, et c'était certainement en partie le cas. Elle se demandait maintenant s'il ne s'agissait pas surtout d'un moyen de se protéger.

Avait-il une autre femme en ville, ou bien lady Sofia était-elle revenue dans la capitale ?

— C'est vrai. Savez-vous si lady Sofia se trouve toujours à l'étranger ou si elle est de retour en Angleterre ? s'enquit-elle.

— Non, je n'en sais rien. Nous ne fréquentions pas exactement les mêmes cercles et nous ne nous sommes jamais beaucoup vues. Je pourrai essayer d'en apprendre plus, si vous voulez.

— Je vous remercie, ce n'est pas la peine. Merci de tous ces renseignements, en tout cas.

Elle n'avait aucun besoin de remuer de vieilles histoires, puisque cela lui était complètement indifférent, après tout...

Quelques minutes plus tard, la voiture la déposait devant chez elle et elle souhaitait une bonne nuit à Violet.

— Bonsoir, Edgecomb.

— Bonsoir, milady.

Le majordome, toujours impassible, se tenait à sa disposition, et elle était toujours incapable de dire ce qu'il pensait d'elle.

— Sa Seigneurie est-elle à la maison ?

— Dans son bureau, milady.

Cora lui laissa son manteau et monta dans ses appartements, où Monroe l'attendait pour l'aider à se déshabiller. La femme de chambre serait volontiers restée pour ranger, mais elle lui dit qu'elle pouvait disposer. Il y avait peu de chances pour qu'il lui rende visite ce soir, puisqu'il était tard. Cela ne l'empêchait pas de l'espérer...

Une fois seule, elle jeta un rapide coup d'œil à son miroir. Elle prenait toujours soin de son apparence lorsqu'elle risquait de le voir. Même si toute romance était exclue entre eux, elle souhaitait être à son avantage. Elle prit un peu de rouge que lui avait offert Jenny. Il s'agissait d'un rose pâle qui mettait en valeur la carnation de ses lèvres. Elle le réservait en général pour les grandes occasions mais elle avait pris l'habitude de l'utiliser les soirs où il lui rendait visite. Elle vérifia également sa coiffure et garda sa tresse. Elle aimait tellement qu'il la dénoue...

À sa deuxième visite, elle avait présumé que son soin des détails se relâcherait, et elle s'était trompée. Ils avaient employé l'heure qu'ils avaient passée ensemble à discuter du besoin d'ajouter des anecdotes personnelles à sa démonstration et à ses chiffres. Il approuvait en règle générale ses suggestions, sans toutefois décider quelles anecdotes seraient le plus utiles. Entre illustrer des vérités que tout un chacun avait besoin de connaître et exploiter le malheur des gens, la marge était mince.

— Il faut faire comprendre que les épreuves qu'ils traversent sont causées par de telles politiques. Il faut parler d'eux !

Elle était penchée sur le texte de son discours, qu'elle annotait dans les marges pour indiquer les endroits où elle trouvait nécessaire d'ajouter l'expérience vécue de personnes touchées par le choléra. Quand elle avait levé les yeux, elle avait constaté qu'il la regardait. Plus exactement, c'était sa bouche qu'il regardait d'un regard intense, et brûlant d'une passion qui lui avait coupé le souffle.

Elle s'était nerveusement mordillé la lèvre et avait senti le goût du rouge qu'elle avait mis dans un geste inconsidéré juste avant sa venue. Leurs regards s'étaient croisés et le charme avait été rompu. Elle avait souri en son for intérieur devant l'effet qu'elle produisait visiblement sur lui.

— Allons, il est temps d'aller au lit ! avait-il dit.

Son cœur avait bondi dans sa poitrine. Hélas, il ne voulait certainement pas dire « aller au lit ensemble »...

Ils s'étaient levés et il l'avait gentiment fait pivoter pour défaire sa tresse. Il s'agissait d'un geste destiné à lui donner l'air négligé et à rendre crédible leur mise en scène, mais ses doigts semblaient s'attarder dans ses cheveux. Il les passait lentement dans sa chevelure, comme s'il y prenait plaisir. Elle, en tout cas, s'en délectait.

Et maintenant, après avoir étalé le rouge sur ses lèvres, elle étendit le reste sur ses joues pour leur donner un peu d'éclat. Enfin, elle relâcha un peu la ceinture de son peignoir pour en ouvrir davantage l'échancrure et révéler la dentelle de sa chemise de nuit. Il ne viendrait pas, bien entendu, il était trop tard, mais mieux valait être prête à toutes les éventualités.

Elle avait l'esprit trop occupé par ce qu'elle avait entendu ce soir, depuis les violences à la manifestation pour le droit de vote jusqu'au rôle de lady Sofia, et elle décida de lire un peu avant de s'endormir. Elle se cala donc sur ses oreillers, en prenant bien soin de se montrer à son avantage – *on ne sait jamais* – et prit son livre sur la table de nuit. *Orgueil et Préjugés* semblait particulièrement bien indiqué face à la réserve, pour ne pas dire la froideur, de son époux, mais le livre ne se trouvait pas dans sa chambre. Elle l'avait lu un peu plus tôt dans son bain et avait dû l'oublier dans la salle d'eau qu'elle partageait avec son mari. En soupirant, elle se leva pour aller le chercher.

La porte était entrouverte et elle ne remarqua la lampe allumée dans la pièce que lorsqu'elle l'ouvrit un peu plus. La pièce était pleine de buée – comme si quelqu'un venait de prendre un bain. Un bruit qu'elle ne put identifier provenait du fond de la pièce. Un son rauque… et masculin. Elle en eut la chair de poule. Il y avait quelqu'un… Il régnait une tension palpable. Elle aurait pu battre en retraite et refermer la porte mais un autre bruit étouffé retint son attention. Une sorte de grognement. Devonworth s'était-il blessé ?

La porte de la chambre de son mari se trouvait juste en face d'elle, et elle était fermée. Le bruit venait du côté de la fenêtre. La baignoire se trouvait dissimulée derrière un paravent, et de là où elle se trouvait elle constata qu'elle était vide. Le paravent décoré de nénuphars lui cachait toute cette partie de la salle de bains. Une chaise et un miroir étaient placés à côté de la baignoire pour permettre de se sécher et de se rhabiller facilement en sortant de l'eau. La chaise lui était cachée mais un pas de plus lui permit de distinguer le miroir. Et ce qu'elle y vit manqua de lui arracher un cri de surprise.

Son mari était affalé sur la chaise, une serviette sur les épaules, comme pour se sécher. La serviette s'était ouverte et le découvrait complètement. Il venait certainement de sortir de son bain car ses cheveux humides étaient repoussés en arrière, ce qui accentuait la beauté de ses traits et le rendait encore plus séduisant.

Il était aussi vigoureux qu'elle l'avait imaginé. Un léger duvet fauve moussait sur son torse athlétique et descendait le long de son ventre jusqu'à son sexe. Ses connaissances du pénis se limitaient aux statues des musées et aux ouvrages médicaux. Ils lui avaient toujours paru flasques et sans intérêt. Le sien se dressait haut contre son ventre au-dessus de ses cuisses, veiné de bleu, couronné d'un bulbe rosé. Il semblait luire d'humidité sous sa main qui montait et descendait à un rythme accéléré. Un liquide nacré perlait de la fente qui le couronnait.

Elle l'observait, fascinée. Les muscles de ses cuisses se contractaient et se détendaient à chaque mouvement de sa main. Ses pieds nus se crispaient sur le sol carrelé. Sa tête rejetée en arrière, ses paupières closes, ses lèvres entrouvertes proclamaient clairement son plaisir. De même que le gémissement qui s'échappait de ses lèvres. Aussi séduisant qu'il soit, aussi excitant que soit ce spectacle, c'était ce gémissement qui la troublait le plus. Il la troublait autant que les caresses qu'elle imaginait de sa part. Cette plainte rauque résonnait au plus profond d'elle-même. Quand elle s'amplifia, une onde brûlante s'empara de tout son corps.

Sous les yeux de Cora, la main de Devonworth montait et descendait de plus en plus rapidement tandis que son souffle se faisait de plus en plus haché. Elle sentait ses seins se gonfler, son bas-ventre se contracter. Tout en elle réclamait ses caresses. Il se raidit dans un ultime sursaut et elle sentit ses jambes se dérober sous elle. Elle aurait voulu le rejoindre, le toucher, le caresser, partager avec lui ce qu'il faisait, mais elle hésitait, clouée sur place. Ils n'avaient jamais franchi cette barrière. Quelque chose au fond d'elle-même lui disait qu'elle n'aurait pas dû le regarder, mais elle ne pouvait pas faire un mouvement. Ses pieds étaient collés au sol. Son désir et sa curiosité la paralysaient.

La main de son mari se fit hésitante et elle leva les yeux vers son visage. Leurs regards se croisèrent et le cœur de Cora s'arrêta de battre. Il l'avait surprise. Il avait les dents serrées, et elle n'aurait su dire si c'était de colère ou de jouissance. Le temps paraissait suspendu. Elle osait à peine respirer alors que la décence la plus élémentaire lui commandait de s'éclipser.

— Cora ! souffla-t-il d'une voix rauque, tellement empreinte de passion qu'elle en aurait pleuré.

Elle aurait dû s'en aller, mais ses jambes, déjà flageolantes, se dérobèrent sous elle et elle s'affaissa contre le montant de la porte. Son cœur battait aussi vite que si elle avait couru. Elle soutint pourtant son regard. Elle ne pouvait détacher les yeux de lui. Quand elle baissa les yeux vers ses parties intimes, sa main reprit son va-et-vient. Cette fois-ci, ses gémissements se firent plus sonores, comme s'il ne se retenait plus. Ses hanches se soulevaient à chaque mouvement de sa main et bientôt il poussa un cri qu'il ne chercha pas à étouffer.

Le premier jet de sa jouissance fit sursauter Cora. Personne ne lui avait jamais parlé de ce qui arrivait, même si elle connaissait les grandes lignes du processus. Le liquide nacré laissa de longues traînées sur le ventre de Devonworth mais il continua ses mouvements, extrayant chaque goutte avant de se laisser aller sur sa chaise, épuisé et assouvi.

Ce n'est qu'à ce moment-là qu'elle retrouva sa liberté de mouvement. Elle se dépêcha de rentrer dans sa chambre et de fermer la porte derrière elle.

17

Le lendemain, une chose étrange arriva à Devonworth lorsqu'il regarda par la vitre de la voiture et qu'il vit sa femme s'approcher. Une curieuse sensation lui coupa le souffle. Avec tous les rendez-vous qu'il avait eus depuis le matin, il avait à peine pris le temps de manger.

Il ne l'avait pas vue depuis la nuit précédente, lorsqu'elle l'avait surpris se donnant du plaisir en pensant à elle. Et ce n'était pas le pire. Il l'avait invitée à y participer de façon muette. Il était le dernier des mufles et des imbéciles !

Que lui dire après une telle bévue ? Elle avait pourtant eu l'air de prendre plaisir à regarder. Jusqu'à la fin… C'était seulement lorsqu'elle avait brutalement refermé la porte derrière elle qu'il avait compris son erreur.

Ce n'était pourtant pas la seule explication au trouble qu'il ressentait, puisqu'il avait déjà éprouvé cette étrange sensation. Elle était devenue pratiquement constante, en fait. Cela avait commencé lorsqu'ils avaient mimé la consommation de leur mariage. Chaque fois qu'ils devaient travailler ensemble à son discours, il piaffait d'impatience avant de la rejoindre. Une fois dans sa chambre, il était tellement troublé par sa présence qu'il avait le plus grand mal à se concentrer sur ce maudit discours.

Le visage de Cora était indéchiffrable tandis qu'elle descendait les marches du perron. Sa chevelure était élégamment roulée en un chignon très simple, et la soie sombre de ses jupes dépassait un peu de son manteau. Il se poussa pour lui faire de la place, épousseta machinalement son pardessus, et regretta de ne pas avoir pris le temps de mettre un peu d'ordre dans ses cheveux avant de quitter en trombe son bureau. Beckham avait fait parvenir un mot à Cora dans la journée pour lui rappeler ce dîner en ville. Quant à lui, il ne l'avait pas vue de la journée et il craignait d'avoir une érection dès qu'elle le rejoindrait. Il était également à moitié convaincu que son seul désir à elle était de ne plus jamais le voir.

La portière s'ouvrit et un valet l'aida à monter. Elle évita son regard et s'attacha à lisser ses jupes en s'installant en face de lui. Son parfum de lavande excitait tous ses sens. Son sexe gardait la mémoire de ce qui s'était passé la veille, même si lui aurait préféré l'oublier. Il s'éclaircit la gorge et lui offrit un plaid, qu'elle accepta sans mot dire.

— Bonsoir, Cora.

— Bonsoir, répondit-elle en fixant un point au peu au-dessus de son épaule.

— Je suis désolé d'être en retard, j'ai été retenu.

— Cela ne fait rien.

— Merci de m'accompagner, en tout cas.

Il lui faisait horreur et la dégoûtait probablement ; cependant, le dédain qu'elle semblait lui témoigner ne l'empêcha pas de remarquer qu'elle était plus que ravissante. Sa chevelure n'était pas dénouée – ce qu'il aimait tant –, mais la chiche lumière de la voiture allumait des reflets d'or brun dans sa coiffure. Ses joues rosies avaient un éclat nouveau. Même son regard lui parut plus brillant et leur couleur gris-bleu plus profonde.

Et comme souvent ces jours-ci, c'était la ligne pure de son cou de cygne qui l'attirait le plus.

Au cours des soirées qu'ils passaient ensemble dans sa chambre, lorsqu'elle écrivait, la tête légèrement penchée sur le côté, c'était son cou qu'il contemplait le plus souvent. C'était une fascination curieuse alors qu'il existait tant d'autres parties intéressantes de sa personne, mais le cou de Cora le fascinait. Il y voyait battre son pouls, comme l'aile d'un oiseau en danger. Sa peau était-elle aussi douce qu'elle en avait l'air ?

Conscient qu'observer sa femme à la dérobée n'était probablement pas le meilleur moyen de commencer la soirée, il détourna le regard sur les maisons de Mayfair qu'il voyait défiler.

— Nous allons dîner chez lord et lady Albright, avec lord et lady Bolingrave, dont vous avez fait la connaissance au bal chez les Leigh, expliqua-t-il. L'invité d'honneur est M. Guo Song Tao, le représentant de la Chine en Grande-Bretagne. Il vient d'être nommé ambassadeur en France et va bientôt partir pour Paris. Il s'agit d'un dîner d'adieu.

— Beckham m'a envoyé un mot pour me l'expliquer. Y a-t-il quelque chose de plus que je devrais savoir ou faire ?

— Non, vous faites une excellente comtesse. Il s'agira avant tout de bavarder de choses et d'autres...

Le silence retomba, et la tension devint pratiquement insupportable. Ils ne pouvaient tout de même pas passer toute la soirée à se regarder en chiens de faïence ! Ou plutôt, à ce qu'elle évite de le regarder. L'idée qu'il lui avait rendu la vie encore plus compliquée le rendait malade.

— Cora...

— Je vous en prie, ne m'en veuillez pas, dit-elle en même temps. J'aurais dû m'en aller, je le sais bien. Je n'avais aucun droit de m'immiscer dans... dans votre intimité. C'était impardonnable, et j'espère que...

— Mon Dieu, Cora, ce n'est pas...

Il lui prit les mains et fut soulagé qu'elle ne le repousse pas.

— Vous n'avez aucune raison de vous excuser. Je n'ai jamais eu l'intention de vous mettre dans une telle situation ! Cela ne se reproduira plus, je vous le promets.

Elle le regardait, cette fois-ci, mais il aurait été bien en peine de déchiffrer son expression. Elle était visiblement désemparée. Si elle lui en voulait ou non, il aurait été incapable de le dire.

— J'aurais dû rester dans ma chambre...

— Bien sûr que non, vous pouvez faire ce que vous voulez. C'est moi qui n'aurais pas dû rester, protesta-t-elle, très gênée, il le comprenait maintenant.

— Je vous assure que vous ne me devez aucune excuse ! Savoir que vous me regardiez n'avait rien de désagréable...

Elle l'observa plus attentivement. Ce qu'il lisait maintenant sur son visage, c'était le désir, le même désir qu'il avait déjà cru voir. Ses narines frémissaient, son regard s'était assombri et le rouge de ses joues s'était apparemment étendu à toute sa personne. Tout à coup, l'atmosphère devint plus lourde. Il comprenait maintenant ce qui s'était passé entre eux la nuit précédente. Tout ce qu'il voyait d'elle à présent, c'était le bouton de rose de sa bouche. Elle avait les lèvres légèrement entrouvertes et il aurait voulu en découvrir le goût. Il aurait voulu y plonger la langue... Cela n'avait aucun sens. Ils avaient déjà défini les règles de leurs rapports et il n'avait aucune raison d'éprouver la moindre attirance pour elle ! La seule et unique fois où cela lui était arrivé, cela s'était très mal terminé...

Dieu merci, la voiture s'arrêtait et il se dépêcha de descendre dès qu'on lui ouvrit la portière.

*
* *

Cora fit son entrée au bras de Devonworth. Elle aimait marcher à son bras. Quand il pénétrait dans une pièce, on le remarquait tout de suite. Tout le monde l'approchait avec respect, en partie à cause de son titre et du rôle qu'il occupait dans l'échelle sociale, mais surtout à cause de son autorité naturelle. Il était sûr de lui et il avait une réputation d'honnêteté et d'intégrité, ce qui donnait envie à tout le monde de se présenter sous son meilleur jour. Tout cela rejaillissait sur elle, et c'était bien agréable.

Bien plus agréable que les regards dubitatifs dont on les gratifiait en Amérique, ses sœurs et elle. Quand, par extraordinaire, elles s'aventuraient dans les beaux quartiers, il se trouvait toujours quelqu'un pour les reconnaître ou connaître leur nom, ce qui leur valait des murmures, des mines glaciales et des regards pleins de désapprobation. Même dans leur quartier, où Fanny se faisait remarquer surtout par ses excentricités. Cora n'attachait qu'une importance relative à ces réactions. Toutefois, se sentir respectée constituait un changement appréciable.

Elle s'attacha à ne penser qu'à cette agréable sensation. C'était ce qu'elle préférait lorsqu'elle sortait avec son mari. Malheureusement, ce soir, la gêne qui s'était installée entre eux gâchait ce plaisir. Elle n'avait pratiquement pas dormi de la nuit, trop occupée à se rappeler son visage convulsé et ses gémissements lorsqu'il avait atteint le plaisir. Elle avait imaginé toutes sortes de façons de se joindre à lui et elle avait fini par glisser la main sous sa chemise de nuit pour trouver le plaisir, elle aussi. Il n'avait pas été à la hauteur de ce qu'elle imaginait si son mari l'avait caressée, mais cela lui avait suffi... jusqu'à ce qu'elle le revoie ce soir. Elle se faisait l'effet d'un brasier endormi sous la cendre, qui ne demandait qu'un peu de bois sec pour repartir de plus belle. Le voir avait suffi. Il lui avait dit qu'il avait été heureux qu'elle le regarde, et elle en avait été bouleversée. « Cela n'avait rien de désagréable. »

Comment interpréter cet aveu ?

Leurs hôtes, lord et lady Albright, les accueillirent au salon. Cora se faisait l'impression d'un automate, et elle dut faire un effort pour consacrer son attention à ce qui l'entourait. Ils étaient les derniers arrivés, et Devonworth présenta leurs excuses. Plusieurs parlementaires, accompagnés de leur épouse, figuraient parmi les invités, ainsi que M. Guo Song Tao, accompagné d'un autre diplomate chinois et de leur interprète. Elle fut heureuse de voir qu'Augusta et son mari étaient là, mais sa joie fut de courte durée lorsqu'elle les vit en grande conversation avec lord et lady Bolingrave, le couple qu'elle avait surpris en train de colporter des ragots à son sujet au bal des Leigh.

Elle salua avec amabilité leur petit groupe, mais Devonworth avait dû remarquer ses réticences.

— Vous vous sentez bien ? lui chuchota-t-il tandis qu'ils s'éloignaient du quatuor.

Il avait posé la main au creux de ses reins et, malgré l'épaisseur de ses vêtements et de son corset, elle sentait la chaleur de sa paume. La caresse de son souffle contre sa tempe la troublait également, ce qui l'amena probablement à en dire plus qu'elle n'aurait voulu.

— Oui, très bien, simplement... Je les ai entendus au bal discuter de la bonne marche de notre mariage, souffla-t-elle après avoir vérifié que personne ne pouvait les entendre, et en espérant qu'il comprendrait ce qu'elle voulait dire.

— Bolingrave participait à cette discussion ?

— Lui, sa femme et une autre dame que je ne connais pas.

— Cela ne m'étonne pas.

— Vous n'avez pas de bonnes relations avec lui ?

— Il est farouchement opposé à la loi sur la santé publique. Il pense que les dépenses qu'elle engendrerait constitueraient une charge insupportable pour les municipalités et les propriétaires. Malheureusement, il a de l'influence et suffisamment de parlementaires derrière lui pour empêcher son vote.

— Quel homme épouvantable !

— Oui, et j'ai souvent pensé bien pire de lui.

Leurs regards se croisèrent et, si elle était toujours autant sous son charme, elle éprouva également un sentiment de complicité bienvenu. Ils devaient supporter cette soirée avec les Bolingrave, et ils la supporteraient ensemble. Elle lui adressa un sourire qu'il lui rendit.

Le majordome annonça que le dîner était servi, et Devonworth lâcha sa taille. Elle s'attendait à ce qu'il lui offre le bras mais il la prit par la main. L'espace d'un instant, elle en eut le souffle coupé. Lorsqu'ils furent dans la salle à manger, il pressa gentiment ses doigts avant de la lâcher. Elle en sentit encore la brûlure longtemps après s'être assise.

Le dîner se déroula sans incident jusqu'à ce que, vers la fin, lord Bolingrave, qui se trouvait assis en face d'elle, lui adresse la parole.

— Sa Grâce m'a dit que vous aviez rejoint la Société londonienne pour le suffrage féminin, milady...

Cora jeta un regard à Augusta, qui était en grande conversation avec M. Guo Song Tao et son collègue à propos des chemins de fer et des possibilités de construire en Chine des lignes ferroviaires et télégraphiques. La duchesse jouait un rôle actif dans les aciéries Crenshaw, la société familiale, qui avait des intérêts importants dans les chemins de fer, et elle connaissait parfaitement le sujet. Elle était engagée dans une conversation animée et ne pouvait donc pas venir au secours de Cora.

Peut-être se trompait-elle, mais il lui semblait qu'une personne opposée à ce que la classe ouvrière ait un accès garanti à l'eau potable serait également opposée à accorder le droit de vote aux femmes.

— Oui, c'est exact, répondit-elle calmement. Le vote est un élément primordial d'une nation libre. Vous n'êtes pas de cet avis ?

Avec un petit sourire ironique, il regarda Devonworth à l'autre bout de la table. Lord et lady Albright avaient adopté cette nouvelle coutume de ne pas placer les couples côte à côte. Cette habitude était censée favoriser les échanges et, disaient certains bons esprits, offrir un répit opportun à chacun des époux. Le soutien de son mari aurait pourtant été bienvenu, en ce moment. Malheureusement, il bavardait avec sa voisine, une dame d'un certain âge assise entre lui et Bolingrave. Elle devait donc l'affronter seule...

Elle n'était pas familière des grands dîners avec d'importants politiciens. Elle avait en revanche l'habitude que les messieurs la regardent de haut, et elle n'était pas prête à se laisser faire.

— Le vote est effectivement important mais je pense que c'est un droit qui se mérite, répondit lord Bolingrave. La complexité des lois et leurs répercussions ne sont pas à la portée du premier venu. On ne peut pas demander, même à des gens qui ont prouvé leur intelligence, de prendre le temps ou d'avoir l'énergie d'étudier de tels sujets.

— Que devraient donc faire ces gens ? S'en désintéresser et laisser d'autres décider des lois ?

— Eh bien, oui ! Ce système a fait ses preuves depuis des siècles. Je me doute que vous n'êtes pas encore familiarisée avec nos usages, mais ils sont très simples et assez semblables au système américain, finalement. Ce qui en fait l'efficacité, c'est que chacun a un rôle à jouer. Les ouvriers, les paysans et leurs semblables accomplissent des tâches importantes pour approvisionner et nourrir la société. Les propriétaires terriens en sont les gardiens et les administrateurs. Leur rôle est de veiller à la prospérité du pays. Il y a bien entendu l'aristocratie terrienne, les pairs, et si nous sommes également les administrateurs du pays, notre rôle est plus étendu. C'est à nous qu'il revient de faire avancer les choses.

— Vous voulez dire que, selon vous, la classe laborieuse n'est là que pour travailler sous la direction des intelligences supérieures ?

— Je ne dis pas ça, milady. Je crois simplement que certains sujets sont trop compliqués et trop complexes pour des gens sans éducation. Est-ce que je pense que certains d'entre eux peuvent s'élever au-dessus de leur condition ? Oui, je le crois. Nous en avons des exemples. Seulement, on ne peut pas donner une éducation à tout le monde, sinon qui travaillerait la terre et ferait tourner les fabriques ?

— Et où placez-vous les industriels, dans cette hiérarchie ?

— Ah, voilà une excellente question ! Les temps modernes ont vu de nombreux changements. J'irai jusqu'à dire que les industriels sont des travailleurs qui se sont élevés au-dessus de leur condition. Ils ont effectivement gagné le droit de voter.

— Et les femmes ?

— Leur place est à la maison, au service de leur seigneur et de leur famille. Les femmes sont la colonne vertébrale morale de notre grande société tandis que les hommes en sont les dirigeants, ceux qui ont un esprit rationnel. Nous connaissons déjà la tragédie qui a frappé beaucoup de familles de notre pays depuis que toutes ces femmes travaillent dans les usines. Avez-vous entendu parler de ces terribles institutions que l'on appelle « les fermes d'enfants » ?

Sans laisser à Cora le temps de répondre, il entreprit de le lui expliquer. La jeune femme en avait entendu parler au Foyer londonien pour jeunes femmes. À l'origine, il s'agissait de fermes familiales qui acceptaient de se charger de bébés et de jeunes enfants dont les parents travaillaient en ville, généralement dans des usines. Les fermiers étaient censés les élever jusqu'à ce qu'ils soient en âge de trouver eux-mêmes du travail. Avec le temps, ces placements étaient devenus la principale source de revenus de ces paysans. Beaucoup de ces établissements avaient dû être fermés à cause des conditions de vie déplorables qu'ils offraient et des nombreux décès des enfants qui leur étaient confiés. Ces pratiques leur avaient donné une réputation désastreuse, même si certaines institutions subsistaient encore.

— Voilà ce qui arrive quand les femmes travaillent et n'ont plus le temps de s'occuper de leur foyer, conclut lord Bolingrave.

— Cette généralisation me semble un peu abusive de la part d'une personne dotée d'un esprit rationnel, milord.

À peine avait-elle fermé la bouche qu'elle regretta cette pique. Ce n'était ni le lieu ni le moment de se livrer à des attaques personnelles, même si elles étaient justifiées.

Le sourire ironique de lord Bolingrave semblait dire qu'il n'en attendait pas moins d'elle, comme si elle était un chaton sortant ses petites griffes pour obtenir ce qu'il veut. Il savait qu'il détenait le pouvoir et que tout ce qu'elle pouvait dire était parfaitement inutile.

Elle le haïssait…

— Que vous le vouliez ou non, c'est la vérité, milady. Que les femmes prennent la place des hommes, et toute la société s'effondrerait en moins d'un demi-siècle !

— C'est peut-être la société qui devrait évoluer, dans ce cas. Elle pourrait s'adapter pour permettre aux femmes de vivre comme elles l'entendent.

— Mais enfin, ma chère dame, vous voudriez que tout le monde s'adapte uniquement pour satisfaire une poignée de femmes ? répliqua-t-il, moqueur.

Il avait prononcé le mot « femmes » comme s'il parlait d'une bande de harpies et non de la moitié de la population. Il les considérait visiblement comme accessoires dans sa vie et non comme des êtres humains à part entière.

— Je dis simplement que notre société est organisée de telle façon que les inégalités y prospèrent et qu'il est grand temps d'y remédier, milord. Ce ne sera certainement pas chose facile, je vous l'accorde, mais si nous ne nous y attelons pas, cela finira par amener des troubles.

— C'est là que vous vous trompez. Il n'y a pas d'inégalités, contrairement à ce que vous pensez. Notre système, qui est complexe, a évolué pour répondre aux besoins d'une société en mutation et cela fonctionne parfaitement depuis des siècles. Les cultivateurs cultivent, les travailleurs travaillent, et les propriétaires terriens, grâce à leur éducation et au temps dont ils disposent pour réfléchir, gouvernent. La femme est la gardienne du foyer et met au monde des enfants pour perpétuer notre belle société. C'est l'ordre des choses selon les lois de la nature.

— Il n'y a rien de naturel à ignorer les véritables besoins et désirs de la moitié de la population pour satisfaire un idéal qui n'a rien d'idéaliste mais qui constitue en réalité un système corrompu, mis en place pour préserver le pouvoir d'un petit nombre sur le plus grand nombre, en le maintenant dans un état constant de dépendance et de servitude ! protesta-t-elle d'une voix tremblante de colère.

— Bravo ! approuva Augusta en levant son verre.

Cora s'aperçut alors que, si le ton était resté poli, son interlocuteur et elle avaient élevé la voix suffisamment haut pour être entendus d'au moins la moitié des convives.

— Le changement viendra, que vous le vouliez ou non, lord Bolingrave, reprit Augusta. Le moment est venu que toutes et tous puissent faire entendre leur voix. Les femmes et les hommes qui n'ont pas le droit de vote l'obtiendront bientôt.

— Vous vous apercevrez, Votre Grâce – il se tourna vers Augusta –, et vous, milady – il se tourna vers Cora –, que ce qui a fait la grandeur de ce pays, c'est justement qu'il a su à quel moment changer et à quel moment tenir bon. Tant qu'il y aura des hommes de valeur au Parlement, nous resterons fidèles à nos traditions.

— Mon mari est l'un de ces hommes de valeur, milord, et il se soucie beaucoup de la détresse de ceux à qui l'on refuse le droit de vote, rétorqua Cora. Il se battra sans relâche pour ceux qui n'ont pas de voix.

À peine avait-elle prononcé ces paroles qu'elle se rendit compte qu'elles étaient déplacées. Elle n'avait pas le droit de parler à la place de son époux, surtout quand il était assis à la même table. Elle le regarda avec une certaine appréhension, mais au lieu de la colère, c'est une complète approbation, voire une certaine admiration qu'elle lut sur son visage.

— Devonworth sait bien..., commença Bolingrave.

— Ma femme sait que j'ai consacré ma vie à parler pour les sans-voix. Je continuerai à le faire en toutes circonstances, Bolingrave, comme vous le savez parfaitement, lança Devonworth.

Cora lui sourit avec reconnaissance, et il lui rendit son sourire. Pendant quelques secondes, tous les autres convives s'effacèrent de son esprit. L'envie de le toucher qui s'empara d'elle la surprit. Jamais elle n'aurait pensé s'attacher véritablement à lui, et c'était arrivé sans qu'elle le veuille ni même qu'elle s'en rende compte.

— Je crois qu'il est temps pour les dames de se retirer au salon et de laisser les messieurs fumer leur cigare et parler politique, suggéra lady Albright.

Cora se demanda s'il s'agissait d'une façon polie de la réprimander, et si ce genre de conversation était approprié et normal au cours d'un dîner mondain, même à une table de politiciens. Elle se leva et sortit en même temps que les autres dames. La porte se trouvant à l'autre bout de la pièce, elle dut longer la table où les messieurs s'étaient levés et attendaient que les dames soient sorties pour se rasseoir. Quand elle passa devant Devonworth, il lui caressa furtivement le bras. Ce geste était tellement inattendu et tellement agréable qu'elle faillit laisser échapper un cri de surprise.

— Je vous rejoins bientôt, lui murmura-t-il tendrement.

18

Après cette caresse, Cora était incapable de penser de façon cohérente. S'il l'avait fait, c'était certainement pour jouer le rôle du jeune marié plein d'affection, mais il lui avait paru sincère. Peut-être l'était-il. Ils avaient fait front commun devant Bolingrave. Leur complicité était réelle, et en avoir la confirmation lui rendit tout son courage alors qu'il aurait été facile de s'abandonner à l'aigreur provoquée par la détermination de lord Bolingrave à défendre ses idées dépassées.

Aucune des dames n'évoqua ce qui s'était passé à table, sauf Augusta, qui vint s'asseoir à côté d'elle pendant qu'elles buvaient leur xérès.

— Vous vous êtes bien défendue, la félicita la duchesse à voix basse, de façon à ne pas être entendue des autres invitées.

Elle devait avoir dans les vingt-cinq ans et était vêtue avec élégance. Elle était séduisante sans toutefois donner l'impression d'attacher trop d'importance à son apparence. Cora était certaine qu'elle avait une femme de chambre pour l'aider à s'habiller et pourtant sa coiffure était très simple, et elle se contentait d'un minimum de bijoux – des boucles d'oreilles et son alliance. Elle paraissait s'intéresser bien plus aux affaires qu'à la mode.

— Je vous remercie, répondit-elle. Je ne pouvais tout de même pas l'écouter débiter toutes ces âneries sans rien dire !

— Ces âneries sont ce qui lui permet de garder son insupportable assurance. Je ne suis même pas certaine qu'il y croie lui-même…

— Il faut espérer que non.

— Je suis heureuse que vous ayez décidé de nous rejoindre à la Société londonienne pour le suffrage féminin ! Vous avez développé de bons arguments, et nous avons besoin de femmes telles que vous à nos côtés.

— Je me suis dit que je pourrais peut-être participer à votre bulletin trimestriel. Je connais mal les lois britanniques et je ne pourrais pas traiter de sujets trop pointus, mais j'aimerais beaucoup parler d'expériences féminines concrètes.

Cette idée lui trottait dans la tête depuis la dernière réunion à laquelle elle avait assisté, et elle lui parla de la difficile situation des veuves dans son pays et des articles qu'elle avait écrits à ce sujet.

— Je pourrais interroger des femmes au Foyer pour jeunes femmes, en protégeant leur anonymat, bien entendu, suggéra-t-elle.

L'idée parut enthousiasmer Augusta, et elles en discutèrent jusqu'à ce que les messieurs les rejoignent au salon.

Ils prirent bientôt le chemin du retour, et dans la voiture, Cora observa le visage sculptural de son mari en se demandant si elle éprouverait le même trouble chaque fois qu'elle le regarderait.

— Je suis désolée si j'ai parlé de façon déplacée à lord Bolingrave.

Elle ne regrettait pas de lui avoir tenu tête mais peut-être aurait-elle pu le faire avec plus de diplomatie, sans le provoquer.

Il se mit à rire gentiment, d'un rire étouffé qui rappela à Cora les gémissements qu'elle avait entendus la veille au soir… Mon Dieu, comment allait-elle faire pour survivre à cette proximité ? La main qu'il avait utilisée avec tant d'adresse la veille reposait maintenant, inerte, sur sa cuisse. Il n'avait visiblement pas conscience du rôle que sa main et lui avaient joué dans ses rêves la nuit passée.

— Vous n'avez pas à vous excuser. Bolingrave mérite amplement qu'on le contredise lorsqu'il débite toutes ces sottises.

— Vous ne l'aimez pas, n'est-ce pas, et pas uniquement à cause de son opposition à la loi sur la santé publique ? fit-elle remarquer en riant.

— C'est le moins que l'on puisse dire ! Cet homme est persuadé que ses opinions ont valeur d'évangile, et il est d'une vanité insupportable.

Elle aimait cette façon qu'il avait de la regarder. Elle avait commencé par l'admirer pour son physique, puis pour son intelligence, et elle avait pris l'habitude de l'observer attentivement. Maintenant, elle avait l'impression que c'était lui qui prenait l'habitude de l'observer. Il avait reconnu ses capacités et avait volontiers accepté son aide pour rédiger son discours mais ce soir, c'était différent. Ce soir, une camaraderie nouvelle était née entre eux, et l'idée de se voir admise dans le cercle restreint de ses proches était tout simplement grisante.

— Cette conversation avec lui a achevé de me convaincre que j'avais bien fait d'adhérer à la Société londonienne pour le suffrage féminin. J'ai besoin de me rendre utile et c'est une cause qui m'a toujours tenu à cœur. Je penserai à Bolingrave quand nous manifesterons ! Il a donné un visage à ma colère.

— Une nouvelle manifestation est prévue ? demanda-t-il, tandis que son sourire s'effaçait.

Quelque chose n'allait pas…

— Oui, répondit-elle prudemment, en se demandant si elle n'avait pas trahi un secret.

Il ne lui était pas venu à l'esprit qu'il était justement l'une des personnes dont elles essayaient d'attirer l'attention et d'obtenir le soutien par leurs manifestations. Et s'il essayait de les en empêcher ? Serait-ce le cas ? En avait-il les moyens ? Elle l'ignorait.

— Il ne faut pas y aller, Cora. Je vous en supplie ! La dernière fois…

Pour un peu, elle aurait hurlé de soulagement. C'était pour elle qu'il s'inquiétait, et il n'avait aucune intention d'empêcher la manifestation.

— Violet m'a expliqué ce qui s'était passé, dit-elle. Je sais que les participantes ont été menacées, mais elle m'a assuré que l'on soupçonnait Hereford et que personne ne le pense prêt à faire une nouvelle tentative.

— Vous avez raison. On le suspecte et il va être entendu. Cela ne signifie pas pour autant qu'il va être mis hors d'état de nuire. Il n'hésitera pas à recommencer, j'en suis sûr. Je ne pense pas qu'il soit le seul impliqué, en fait. Beaucoup d'hommes influents ne veulent pas voir les femmes voter. Il y a toute une coalition pour garder le pouvoir et le droit de vote entre les mains des seuls propriétaires terriens. Vous en avez eu un exemple en Amérique avec les efforts déployés pour empêcher les hommes de couleur de voter. C'est la même chose ici, mais avec la classe laborieuse. Je ne veux pas que vous y alliez ! C'est trop dangereux.

— Vous vous faites du souci pour moi ?

Cela la touchait plus qu'elle ne l'aurait voulu et lui causait une joie qu'elle n'avait pas éprouvée depuis bien longtemps.

Elle aurait aimé s'abandonner à cette joie, mais elle était convaincue qu'il aurait dit la même chose à n'importe quelle femme qu'il aurait épousée. Il jouait son rôle de protecteur, et il devait considérer de son devoir de veiller sur n'importe quel membre de sa famille. Elle l'admirait pour cela. Néanmoins, elle désirait davantage, et ce n'était pas juste. Il ne lui avait jamais promis autre chose.

— Ne vous inquiétez pas pour moi, le rassura-t-elle. Elles ont engagé un service de sécurité. Plus important que la dernière fois, à ce que l'on m'a dit.

— Tout cela est bien, mais cela ne signifie pas qu'il n'y aura pas de violences. Il suffit d'une poignée d'hommes qui se jettent dans la mêlée pour que vous soyez blessée, ou pire ! Je ne vois aucun inconvénient à ce que vous participiez à ce groupe. Trouvez simplement un mode d'action moins dangereux.

— Vous ne voyez aucun inconvénient ? Enfin, Devonworth, il me semble que dès le début nous étions bien d'accord. Je suis libre de mes actions, et vous aussi. Je me suis montrée claire sur mes intentions de continuer à militer pour les droits des femmes. Je ne vous ai pas empêché de fréquenter votre maîtresse, je ne vous ai pas demandé où vous vous rendiez la nuit. Il me semble que vous me devez la même liberté !

— Ma maîtresse ? Allons, Cora, qu'est-ce que… Je n'ai pas de maîtresse ! Je n'en ai jamais eu.

— Il est inutile de mentir. Nous n'avons jamais évoqué la question des liaisons dans nos négociations. Cela m'est égal ! mentit-elle avec audace.

— Je ne vous mentirais à aucun prix. Je n'ai aucune raison de m'abaisser à…

— Je vous assure, Devonworth, je m'en moque complètement.

Elle ne s'en moquait pas du tout mais le reconnaître aurait signifié avouer sa jalousie, et elle ne pouvait pas se permettre de montrer la moindre vulnérabilité. Si elle s'était entichée de lui, elle ne pouvait s'en prendre qu'à elle-même, après tout. C'était justement pour cette raison que Jenny lui avait déconseillé d'épouser un homme trop séduisant, même si Devonworth était bien plus que séduisant. Elle s'était préparée à affronter n'importe quel bel homme, mais elle ne s'était pas attendue à lui trouver tant d'autres admirables qualités…

On leur ouvrit la portière et il se dépêcha de descendre de voiture, comme à son habitude, avant de lui tendre la main pour l'aider. Pas la main qu'elle avait vue à l'œuvre la nuit dernière, l'autre, qu'elle imaginait aussi habile… Son visage était parfaitement impassible. Ce n'était pas chose rare chez lui mais, cette fois-ci, elle pensa y déceler une pointe de dépit. Une fois descendu de voiture, il pressa ses doigts avant de relâcher sa main. Étonnée, elle contempla la sienne, s'attendant presque à voir sur son gant la marque de ses doigts, et elle le regarda gravir à grandes enjambées les marches du perron, où les attendait Edgecomb.

Quand elle entra à son tour, Devonworth enlevait son manteau. Elle avait déjà remarqué la largeur de sa carrure, mais ce soir, ses épaules lui parurent encore plus impressionnantes, maintenant qu'elle l'avait vu sans ses vêtements. Jamais elle n'oublierait cette musculature. Au lieu de lui souhaiter une bonne nuit, il l'attendit au pied de l'escalier.

— Vous venez ? demanda-t-il en lui offrant le bras.

Elle n'était pas certaine de ce qu'il voulait dire. S'agissait-il de leur mise en scène ? Les domestiques s'attendaient-ils à ce qu'ils passent le reste de la nuit ensemble, ou voulait-il simplement poursuivre leur conversation ?

— J'aimerais vous expliquer ce qui s'est passé la nuit où vous m'avez cru avec une femme.

— Écoutez…

— Je vous en prie !

Plus qu'une prière, cela avait tout d'un ordre. Et comme elle brûlait de curiosité…

— Entendu.

— Parfait.

Monroe l'attendait dans sa chambre. Elle se leva à leur entrée et jeta un regard curieux à Devonworth avant de baisser respectueusement les yeux.

— Ce sera tout pour ce soir, Monroe. Vous pouvez vous retirer.

— Bonsoir, milady.

— Bonsoir, et merci de m'avoir attendue.

Cora avait du mal à cacher son impatience. Elle avait beau savoir que Devonworth n'avait aucune intention de partager son lit, elle ne pouvait pas s'empêcher de l'imaginer. Ce serait ainsi que se déroulerait la soirée s'ils étaient véritablement mariés, après tout. Et il fallait bien que quelqu'un l'aide à enlever ses vêtements. Elle était habillée beaucoup plus élégamment que dans son pays, ce qui signifiait concrètement que les agrafes se faisaient plus petites et encore plus difficiles à atteindre sans aide.

Devonworth alla à la fenêtre, où il se posta, visiblement ennuyé par la perspective de cette conversation.

— Comment avez-vous deviné que je vous croyais avec une maîtresse, l'autre nuit ? s'enquit-elle.

— Je l'ai deviné à votre visage. À votre expression. Je n'étais pas certain de ce que vous pensiez exactement, et à ce moment-là cela m'arrangeait de vous le laisser croire.

Voilà qui était intéressant...

— Et cela ne vous arrange plus ? Qu'y a-t-il de différent ?

Il la regarda comme si elle aurait dû le savoir, mais elle voulait qu'il le lui dise clairement. Elle avait tellement soif d'affection de sa part...

— Nous sommes amis maintenant. Enfin, il me semble..., commença-t-il tandis qu'elle l'encourageait à continuer d'un mouvement de tête. Je ne trouve pas honnête de continuer à vous dissimuler certaines choses.

Sa gorge se dessécha tout à coup. Heureusement, il ne pouvait pas voir ce signe de culpabilité. Dernièrement, elle s'était reproché de continuer à lui cacher sa naissance illégitime. Il n'y attacherait sans doute pas d'importance, mais il s'agissait pour elle d'un sujet douloureux.

— Parfait, acquiesça-t-elle en s'asseyant devant le canapé mordoré assorti au papier peint qui allait retapisser la chambre.

— Cette nuit-là, je suis allé à Whitechapel. Harry s'est attiré des ennuis au jeu. Il a pris l'habitude de jouer à l'école, et il a continué depuis. Une centaine de livres ici ou là... Il misait ses objets personnels, une montre, un bijou, des choses de ce genre. Je ne sais pas comment il en est venu à fréquenter ce tripot de Whitechapel, mais il leur devait de l'argent. Dix mille livres. C'est aussi une des raisons qui m'ont fait rechercher ce mariage, poursuivit-il comme si les mots lui devenaient pénibles. J'étais bien incapable de réunir une telle somme, à cause de l'état pitoyable de Timberscombe Park. Je ne vous en ai pas parlé quand nous avons discuté, le soir de nos fiançailles, alors que j'aurais dû le faire. Pouvez-vous me le pardonner ? demanda-t-il en venant s'asseoir à côté d'elle, toujours sans oser la regarder.

— Vous voulez dire que vous m'avez épousée pour le bien de votre frère ?

— En partie, oui.

Elle médita ses paroles pendant un moment. Elle le croyait, mais cela n'expliquait pas l'odeur qu'elle avait sentie.

— Il m'a semblé que vous portiez un parfum.

— Une prostituée qui cherchait un nouveau client s'est jetée à mon cou. Je l'ai repoussée. Voulez-vous me pardonner de ne pas vous avoir parlé des dettes de Harry ? répéta-t-il.

Elle fut tentée de lui prendre la main, mais se retint. Tout contact avec lui, si léger soit-il, se révélait dangereux pour elle, en éveillant des sensations qu'elle préférait ignorer.

— Je n'ai rien à vous pardonner, Devonworth. J'admire votre dévouement envers votre famille et tous ceux que vous avez pris sous votre protection. Vous avez fait ce que vous deviez faire pour le bien de votre frère. C'est pour cette raison que Harry doit partir en voyage ?

— Oui. J'ai pensé qu'il valait mieux l'éloigner de tout danger qui pourrait survenir. J'ai payé le propriétaire du tripot, seulement on ne peut jamais être sûr de rien, avec ces gens-là.

— C'est donc là-bas que vous étiez cette nuit-là ? À Whitechapel, pour payer les dettes de votre frère ? demanda-t-elle, peinant à croire qu'il s'était mis en danger pour aider Harry.

— Il fallait bien que je voie par moi-même.

— Vous vous occupez vraiment de lui comme de vous-même, remarqua-t-elle, pleine d'admiration.

— De même que vous vous occupez de vos sœurs...

— Nous avons plus de points communs que nous ne pensions, murmura-t-elle en admirant le vert de ses yeux, aussi profond et velouté que l'eau des lacs.

— Cela ne me surprend pas. Nous avons eu tous les deux à nous charger très jeunes de nos familles. Vous avez visiblement partagé les responsabilités parentales avec votre mère quand elle ne pouvait le faire.

— Ce n'est pas sa faute. Elle est excentrique et elle n'a jamais eu de famille. Cependant elle nous aime et fait de son mieux.

— Je sais qu'elle fait ce qu'elle peut, mais vous êtes là pour combler les vides. Vous avez mûri trop vite à cause de cela. J'ai...

— Vous quoi ? s'enquit-elle comme il ne se décidait pas à poursuivre.

— J'ai envie de m'occuper de vous, de prendre soin de vous. De veiller sur vous... et de vous rendre heureuse, compléta-t-il en se penchant vers elle pour repousser une mèche qui retombait sur sa joue, ce qui la fit frissonner de plaisir.

Elle fit de son mieux pour se convaincre qu'il l'entendait d'une façon fraternelle, tout en refusant de le croire véritablement. La façon dont il la regardait proclamait le contraire. Il la contemplait d'un regard de feu, et elle n'avait pas été le jouet de son imagination en le voyant regarder sa bouche. Ils étaient si proches qu'elle pouvait sentir l'odeur de menthe et de cognac de son haleine. Tout son corps s'éveillait sous ce regard de braise.

— Moi aussi, j'en ai envie.

— C'est parfait, répondit-il en effleurant de nouveau sa joue. Venez, il faut vous déshabiller.

Il l'avait dit avec nonchalance mais le cœur de Cora battit à se rompre. Voyant qu'elle ne bougeait pas, il la prit par la main pour la faire lever. Elle se laissa faire et saisit une colonne du baldaquin lorsqu'il la fit pivoter pour atteindre la rangée de minuscules boutons dans son dos, qu'il attaqua avec aisance par le haut.

— Si j'ai pu vous paraître préoccupé par votre décision d'aller manifester, c'est pour cette raison. Je ne peux pas supporter l'idée qu'une personne importante pour moi soit en danger.

— Je suis importante pour vous ?

— Je viens de vous le dire. Vous faites partie de ma famille, maintenant, affirma-t-il en attaquant aisément les premiers boutons.

Bien… Comment avait-elle pu imaginer une quelconque équivoque ? Même si la façon dont il l'avait regardée quelques instants plus tôt sur le canapé n'avait rien de fraternel, cela ne signifiait pas qu'il était prêt à coucher avec elle. Elle frissonna lorsqu'il triompha d'un bouton particulièrement récalcitrant, ce qui la fit pivoter. Ses doigts effleuraient son dos, provoquant chaque fois un frisson de plaisir. Elle ferma les yeux et posa le front contre la colonne du lit, bien décidée à ne pas laisser paraître à quel point elle prenait plaisir à ce jeu.

— J'en suis d'ailleurs venu à considérer vos sœurs comme étant sous ma responsabilité, elles aussi. J'ai demandé à Harry des renseignements sur Mainwaring. Je ne suis pas entièrement convaincu de la pureté de ses intentions, bien que je ne sache pas dire pourquoi.

— Vous pensez qu'il pourrait être intéressé, un peu comme vous ?

Il rit, d'un petit rire qui lui fit penser aux gémissements qu'il avait eus la nuit précédente. Enfin, il n'était peut-être pas si ressemblant. Peut-être était-ce elle qui l'interprétait ainsi. Elle serra les cuisses.

— Justement, je lui fais moins confiance qu'à moi. Il faut être certain qu'il s'occupera bien de votre sœur.

— Oui, je suis de votre avis.

— Eh bien, je suis enchanté que nous partagions la même opinion, acquiesça-t-il en se penchant pour regarder de plus près sa taille. Qu'est-ce que… ?

Les boutons étaient remplacés par de minuscules agrafes cousues dans le tissu. Il tira mais rien ne vint, sauf ses hanches à elle. Elle s'agrippa plus fort à la colonne du lit.

— Elles sont difficiles. Monroe a un crochet…

— Nom de Dieu ! jura-t-il en portant le doigt à sa bouche.

— Tout va bien ? demanda-t-elle en lui prenant la main.

Une petite goutte de sang perlait au bout de son index.

— Tout va bien, la rassura-t-il tandis qu'elle cherchait un mouchoir.

— Je suis désolée, j'aurais dû vous prévenir, s'excusa-t-elle en lui enveloppant la main. Il vous faut un pansement.

— Ce n'est rien. Je devrais tout de même être capable de défaire une agrafe.

— Essayez avec ceci ! lui suggéra-t-elle en lui tendant le petit crochet qu'utilisait Monroe.

Après un ou deux échecs, il comprit comment l'utiliser et vint rapidement à bout du reste des agrafes. Il leva la robe au-dessus de la tête de Cora. Tout alla bien jusqu'à ce qu'un morceau de dentelle s'accroche à une épingle à cheveux. Quand il parvint à la dégager, elle riait aux éclats et la moitié de sa coiffure s'était défaite. Il étendit la robe sur le dos d'une chaise, vexé des difficultés qu'il avait rencontrées.

— Ne vous inquiétez pas, on voit bien que vous n'avez jamais fait cela avant, lui fit-elle remarquer. Vous ne pouvez pas y arriver du premier coup.

— C'est incroyablement compliqué ! Les femmes auraient dû exiger des vêtements plus simples depuis des lustres, s'insurgea-t-il en considérant la chemise de Cora comme s'il s'agissait d'un problème mathématique ardu à résoudre.

— C'est ce qu'elles ont fait. Cela dit, nous en sommes encore à des couches sans fin de sous-vêtements et à des fermetures alambiquées.

— Vous avez mon autorisation pour les envoyer au diable ! lança-t-il en s'attaquant au laçage du corset.

En souriant, elle ferma les yeux pour mieux savourer sa maladresse. D'une certaine façon, elle était heureuse de cette gaucherie. Cela signifiait qu'il ne l'avait jamais fait avec une autre femme. Cela lui était égal, bien entendu, se rappela-t-elle. Elle prit de nouveau plaisir chaque fois qu'il s'embrouillait dans les cordons, jusqu'à ce qu'il ait terminé et qu'elle puisse enlever son corset. Il ne lui restait plus que sa chemise, sa culotte et ses bas, et elle regretta de pouvoir le faire seule, même s'il était toujours devant elle.

— Merci, dit-elle en se retournant vers lui.

Un bref instant, le regard de Devonworth s'attarda sur sa chemise et ses seins maintenant libérés.

— Avez-vous besoin d'autre chose ? demanda-t-il d'une voix étrangement étranglée.

— Non, je peux y arriver seule.

— Avant que je vous laisse, il faut que je vous dise. Le régisseur de Timberscombe Park m'a demandé de venir pour faire le point sur les travaux. Je pense partir en train vendredi après-midi et revenir dimanche, et j'aimerais bien que vous veniez avec moi.

— Oh ! J'en serais ravie. J'ai tellement envie de connaître votre domaine !

— Parfait. Il faut que je vous prévienne, je dois aussi participer à un match avec mon équipe de football. Certaines des épouses seront là, mais vous n'êtes pas obligée de venir.

Cela faisait des semaines qu'ils étaient mariés maintenant, et il ne l'avait jamais invitée à un match. C'était lourd de signification. Elle avait donné son accord sans même prendre le temps d'y réfléchir.

— Mais j'ai vraiment envie d'y assister ! s'exclama-t-elle. Je n'ai jamais vu de match de football, pas en entier en tout cas.

— Tant mieux. Je dois vous dire aussi… que ma mère sera là également.

Ah. Elles seraient de toute façon amenées à passer du temps ensemble, même si Cora avait la tenace impression que sa belle-mère ne l'aimait pas beaucoup.

— Bien. Il ne me reste plus qu'à vous souhaiter une bonne nuit.

— Bonne nuit.

Elle était presque certaine que le regard de son mari s'était attardé sur sa poitrine avant de partir, et qu'il y avait une certaine raideur dans sa démarche. C'est en souriant qu'elle le regarda refermer la porte.

Jusqu'à cet instant, elle s'était posé la question mais maintenant, elle n'en doutait plus. Il la désirait…

En finissant de se déshabiller, elle ne put s'empêcher de se demander si elle aurait le courage de faire le premier pas pour obtenir ce qu'ils désiraient tous deux, ou s'il valait mieux ne pas se risquer sur ce terrain. Il n'y avait rien de changé entre eux, après tout. Ils finiraient par prendre des chemins différents, de toute façon.

Ne valait-il pas mieux cependant le quitter en ayant fait l'expérience de l'amour avec lui ? Elle savait déjà ce que dirait Fanny à ce sujet. Elle lui conseillerait de faire preuve d'audace et de prendre ce qu'elle désirait. Sauf que l'on ne pouvait pas toujours se fier aux raisonnements de Fanny ! Cora prit donc sa plume pour écrire à ses sœurs. Elle avait absolument besoin de leurs conseils.

19

Ils partirent pour Timberscombe Park le vendredi après le déjeuner. Devonworth faisait les cent pas sur le quai de la gare de Paddington en attendant Cora, qui devait arriver avec les bagages pour leur court séjour à la campagne. Elle n'était pas en retard, et pourtant il ne cessait de regarder sa montre. Il en était ainsi depuis qu'elle l'avait surpris après son bain. Il était nerveux. Chez eux, chaque fois que quelqu'un entrait dans son bureau, il s'attendait à ce qu'elle apparaisse. Il l'espérait... Il en était venu à se masturber tous les jours au lieu de toutes les semaines, même s'il le faisait maintenant dans l'intimité de sa chambre. C'était le seul endroit de la maison qu'elle n'avait pas encore honoré de sa présence.

Elle y était cependant présente de multiples façons. Elle était dans ses pensées quand il était éveillé, dans ses rêves quand il dormait. Il avait dérobé tous les rubans qui attachaient ses tresses les nuits où il venait faire semblant de coucher avec elle, et il emportait avec lui son parfum. Au matin, lorsqu'il se réveillait plein de frustration, il se prenait en main et son parfum de lavande l'enveloppait tandis qu'il parvenait au plaisir.

Son intérêt pour elle était devenu une quasi-obsession, bien plus vite qu'il n'aurait pu l'imaginer.

De simplement tolérer sa présence, il en était venu en l'espace d'une quinzaine de jours à la désirer plus que tout, et ce désir constituait une nouveauté pour lui. La seule femme qui avait failli lui inspirer des sentiments aussi violents était Sofia. Ce qui était compréhensible puisqu'ils se connaissaient depuis l'enfance. Elle était toute grâce et beauté, et leur idylle était d'une certaine façon inévitable.

La situation était très différente avec Cora, qu'il ne connaissait pas bien.

Il s'était toujours senti différent des autres hommes car il ne trouvait aucun plaisir dans les relations sexuelles sans lendemain. Après quelques tentatives plus ou moins satisfaisantes dans son adolescence, il n'avait pas vu l'intérêt de risquer une grossesse, une maladie ou le chantage pour si peu.

Jusqu'à ce que Sofia revienne dans sa vie…

Elle n'avait que deux ou trois ans de moins que lui et elle avait grandi dans une propriété voisine de la leur. Ils se voyaient donc souvent, depuis leur plus jeune âge. Devenu adulte, il avait passé le plus clair de son temps à Londres et l'avait perdue de vue. Les choses avaient changé lorsqu'il l'avait croisée à Londres au cours de la saison, quelques années plus tôt, et que leur amitié avait fait place à des sentiments plus profonds. Ils étaient rapidement devenus amants, et quand il l'avait demandée en mariage, elle avait accepté. Il était pratiquement certain que ses parents étaient intervenus car il ne s'était écoulé qu'une poignée de jours avant qu'il lise dans le journal le faire-part de ses fiançailles avec sir William. Elle n'avait même pas eu la décence de le lui annoncer en personne.

Et juste au moment où il pensait avoir surmonté ces sentiments et cette maudite faiblesse, Cora était arrivée dans sa vie et avait ranimé la tentation. Cela n'avait aucun sens, puisqu'il avait justement choisi une épouse qui ne risquait pas d'éveiller en lui de sentiments passionnés. Il l'avait épousée parce qu'il pensait pouvoir garder ses distances avec elle. Il avait fait de son mieux et il avait échoué. Le pire était qu'il sentait sa détermination s'effilocher au fil des jours.

On s'agitait beaucoup autour de lui. Des trains attendaient bruyamment leurs passagers, des volutes de fumée s'élevaient de la locomotive du convoi. Malgré toute cette agitation, il parvint à repérer Cora au milieu de la foule dès son arrivée sur le quai.

Elle portait un tailleur de voyage bleu marine orné d'un revers de velours noir, et un petit chapeau surmontait la masse de sa chevelure cuivrée. Monroe la suivait avec Crawford, son valet de chambre. Une jeune Indienne qu'il ne connaissait pas marchait à ses côtés, en grande conversation avec elle. Elle était sobrement vêtue de brun et paraissait avoir une vingtaine d'années, tout au plus. Elle portait à l'épaule ce qui lui sembla être un appareil photo. Que manigançait donc sa femme ?

Il se dirigeait vers leur petit groupe lorsque les domestiques partirent chercher leur voiture, laissant Cora seule.

— Devonworth ! s'écria-t-elle en l'apercevant.

Souriante, elle vint vers lui, visiblement heureuse de le voir, et il lui rendit son sourire. Cette femme qu'il avait épousée restait un mystère pour lui, mais cela lui plaisait.

Ils s'arrêtèrent à deux pas l'un de l'autre, embarrassés par cette proximité nouvelle dans leur relation, ne sachant comment la traduire sur un quai de gare.

— Vous êtes venue.

— Bien sûr, puisque je vous l'avais promis.

Elle rayonnait. Peut-être était-ce parce qu'ils quittaient Londres, ou à cause de la présence de leur accompagnatrice inconnue. Son bonheur évident l'illuminait tout entière et le rendait heureux.

— Vous avez les billets ? s'enquit-elle pour rompre le silence.

— Bien sûr, la rassura-t-il en tapotant la poche de son manteau.

— Crawford s'occupe des bagages.

— Parfait. Allons nous installer, dans ce cas.

Il lui prit le bras pour la conduire jusqu'à leur wagon de première classe. La foule sur le quai s'écartait pour les laisser passer, comme s'ils étaient véritablement mari et femme et qu'ils ne faisaient plus qu'un. Ce n'était pas grand-chose, mais c'était enivrant, et il y prenait un plaisir immense.

Une fois dans le train, elle ralentit le pas et observa l'intérieur avec la plus grande attention. Son regard allait des luxueux sièges en velours vert émeraude et des boiseries en noyer aux luminaires en cuivre qui pendaient du plafond.

— Vous n'avez jamais pris le train ? lui chuchota-t-il à l'oreille.

C'était difficile à croire, mais pas impossible, après tout.

Toute rougissante, elle leva les yeux vers lui et il se sentit embarrassé par le pouvoir qu'il avait de la troubler avec autant de facilité.

— Si, mais…

— … vous n'avez jamais voyagé en première classe ? compléta-t-il.

— Non, reconnut-elle en évitant de le regarder, sans doute gênée.

L'arrivée d'un porteur chargé de leurs sacs mit fin à leur échange. C'est en vérifiant leurs billets que Devonworth s'aperçut que le train n'allait pas directement à Exmoor. Edgecomb avait fait porter dans la matinée son billet et celui de Cora à son bureau du Parlement, et il n'avait pas pris la peine d'ouvrir l'enveloppe pour les vérifier. Le porteur les conduisit à leurs sièges et, à la façon dont Cora le regardait, il comprit qu'elle savait quelque chose qu'il ignorait. Cela avait certainement un rapport avec la femme à l'appareil photo.

— Les billets ne sont pas..., commença-t-il en prenant place une fois sa femme assise.

— J'ai programmé un arrêt. J'espère que cela ne vous fâchera pas. J'ai pensé que nous pourrions passer quelques heures à Clarkston. Vous citez cette ville dans votre discours, et il me semble que ce serait une bonne idée d'y aller et de raconter ce qui s'y passe. J'en ai parlé à Augusta, puisque les aciéries Crenshaw ont une usine là-bas, et elle a fait le nécessaire pour qu'un des responsables nous fasse visiter les ateliers. Il nous présentera également des ouvriers habitant dans le voisinage et disposés à nous répondre. J'ai amené une photographe, Mlle Sharma. Je l'ai rencontrée au Foyer londonien pour jeunes femmes. Elle y travaille en tant que bénévole et s'intéresse à la photographie. Je lui ai parlé de votre discours, qui l'a beaucoup intéressée. Elle a apporté son appareil pour témoigner des défauts d'assainissement et photographier le manque d'hygiène et les conditions de vie des ouvriers. J'ai l'intention de prendre le plus de notes possibles susceptibles d'être utilisées pour votre discours. J'espère qu'en l'illustrant par des expériences vécues, nous parviendrons à nous attirer la sympathie des votants.

— Cora... Merci ! s'écria-t-il, incapable de trouver d'autres mots pour exprimer sa reconnaissance.

— Je sais à quel point ce discours est important pour vous, et vous vous battez pour une noble cause. Je souhaite son succès autant que vous.

Il était incapable de la regarder en face. Pour se donner une contenance, il observa l'agitation sur le quai. Des couples, certains accompagnés d'enfants, se frayaient un chemin dans la foule. Des groupes de messieurs en costume se hâtaient, sans aucun doute pour se rendre à d'importantes réunions d'affaires. Ce n'était ni le lieu ni le moment de se laisser aller aux émotions, mais il était incapable de ravaler la boule qu'il avait dans la gorge ou de chasser le picotement dans ses yeux.

— Devonworth ? demanda-t-elle gentiment en posant la main sur sa joue pour l'obliger à la regarder.

Comment avait-il pu la trouver simplement jolie ? Elle avait le regard le plus profond et le plus tendre qu'il ait jamais vu. Il lui évoquait la mer après la tempête, infinie, mystérieuse de tous les secrets qu'elle renfermait. Il voulait découvrir chacun de ces secrets. Son nez un peu long avait un charme unique et lui donnait un air assuré qu'il appréciait de plus en plus. Sa bouche avait une courbe ravissante. Le matin même, il avait trouvé le plaisir en imaginant la douceur de ces lèvres sur sa peau.

Elle était la beauté même...

— Vous... Ça ne va pas ?

— Si, si, parvint-il à articuler. Tout va bien.

Il se pencha pour déposer un baiser au creux de sa paume gantée avant même qu'elle ait eu le temps de s'en rendre compte. Gentiment, il reposa la main de Cora sur ses genoux et ne put s'empêcher de remarquer la façon qu'elle avait de la refermer sur son baiser.

Cela n'allait pas... Leurs rapports avaient changé, il fallait en prendre acte d'une façon ou d'une autre.

Il devait le lui expliquer. Seulement, il ne trouvait pas les mots. Ils étaient plus proches que ne le commandaient les convenances, s'aperçut-il. Il se redressa donc sur son siège et lissa son veston pour se donner une contenance.

— Je n'ai pas l'habitude que les gens se détournent de leurs occupations pour m'aider, expliqua-t-il.

— Pourtant, Beckham...

— Oui, Beckham fait un excellent travail.

Il espérait en rester là, mais elle était bien trop perspicace et curieuse.

— Vous vouliez parler de votre famille ?

Il opina, incapable d'articuler un mot.

— C'est vous qui vous occupez de tout le monde, et personne ne s'occupe de vous.

— Je serais malvenu de me plaindre. J'ai des valets, des femmes de chambre, des gouvernantes…

Il n'osait toujours pas la regarder, de peur de fondre en larmes devant l'expression de tendresse qu'il lisait sur son visage.

— Mais personne qui s'occupe de vous… Personne qui vous aide et partage vos fardeaux, lui fit-elle doucement remarquer.

Pour résister à cet assaut de bienveillance, il préféra regarder au loin, se concentrant sur un point à l'horizon. Ce fut efficace, la souffrance s'apaisa.

Et il fut enfin capable de la regarder en face.

— Cora…

Elle passa le bras autour de sa taille, et posa la main sur son bras. Sans un mot, il couvrit sa main de la sienne et ils attendirent en silence que le train s'ébranle.

*
* *

Ils arrivèrent à Timberscombe Park tard dans la soirée. Le soleil s'était couché mais la lune quasiment pleine permit à Cora un premier regard sur la partie médiévale de la demeure. La voiture dépassa les douves et le mur d'enceinte. Si elles étaient pratiquement en ruine, le défunt comte avait mis un point d'honneur à entretenir ce qui en restait aux abords de l'allée. Devonworth devait convenir que passer sous l'arche donnait une certaine solennité à l'entrée du domaine.

Les domestiques étant déjà arrivés, ils étaient seuls tous les deux dans la voiture.

— Je ne m'attendais pas à de véritables douves ! s'exclama Cora en souriant.

Ils dépassèrent la vieille maison des gardiens avant de longer un champ avec quelques granges et un bâtiment en pierre, au loin. La maison se profilait devant eux dans le clair de lune.

— C'est un château ?

— Pas vraiment. Un manoir, plutôt. Il a été bâti à la fin du Moyen Âge. Il y a une grande salle de bal et une cour avec deux ailes de chaque côté.

Il avait toujours amèrement regretté que son père ait autant dépensé pour embellir la maison. Le défunt comte ayant passé la plus grande partie de sa vie à satisfaire son ego, il ne fallait pas s'étonner que les fonds consacrés au domaine aient été purement décoratifs. Il ne s'était jamais occupé de renforcer la structure de l'aile nord, où la pluie pénétrait dans le grenier. Il n'avait fait aucune dépense pour entretenir le toit, préférant faire peindre des fresques au plafond et ajouter de nouvelles boiseries dans le grand hall. Toute sa vie avait été consacrée à préserver des apparences trompeuses pour faire croire que tout allait mieux qu'en réalité.

Devonworth avait hérité des plus lourdes tâches. Pour la première fois de sa vie, il était reconnaissant à son père de sa frivolité. Si Timberscombe Park plaisait à Cora, le jeu en valait peut-être la peine.

Une fois qu'ils furent descendus de voiture, Cora examina la maison de brique et de pierre avec ses pignons et ses fenêtres en oriel.

— C'est magnifique !

— Cela vous appartient, maintenant.

Ce n'était pas ainsi qu'elle voyait les choses, il le savait. Elle se conduisait toujours comme si elle ne faisait qu'emprunter tout ce qu'elle utilisait, et c'était peut-être le cas, s'ils s'en tenaient à leur dessein d'origine. Le seul ennui, c'était qu'il s'attachait de plus en plus à elle. L'odeur de la lavande, tout comme la couleur cuivrée d'une chevelure, lui rappelait toujours Cora. Il avait même commencé à rêver d'elle. Des rêves coquins, osés même.

Les domestiques du domaine étaient venus les accueillir. Ils s'étaient alignés sur les marches du perron et Devonworth prit le temps de tous les lui présenter. Ils gardaient le minimum de personnel à la campagne depuis qu'une aile entière avait dû être fermée pour les réparations du toit. Sa mère les attendait également en haut du perron.

— Mère, la salua-t-il en l'embrassant sur la joue.

— Bonsoir, Cora. Bienvenue à Timberscombe Park. Mme Sims va vous montrer votre chambre. Je suis certaine que vous souhaitez vous rafraîchir un peu avant le dîner.

Cora lui rendit son salut et accepta la proposition. La gouvernante la précéda et Devonworth regretta de ne pas l'emmener lui-même mais il avait compris que sa mère désirait lui parler.

— Vous arrivez bien tard, remarqua-t-elle une fois Cora disparue à l'intérieur tandis que le reste des domestiques se dispersait et retournait à ses occupations.

— Nous nous sommes arrêtés en route.

Leur halte s'était révélée fructueuse. Ils avaient visité des maisons édifiées à la hâte au cours des deux dernières décennies. Elles étaient surpeuplées et manquaient la plupart du temps d'une ventilation convenable. Plusieurs familles vivaient souvent ensemble dans une seule petite maison. Mlle Sharma avait photographié l'une de ces maisonnettes récemment devenue vacante. Elle était sombre et miséreuse, et Devonworth ne pouvait imaginer une famille entière vivant là, et encore moins plusieurs.

Ils avaient ensuite vu les tas d'ordures entassés en lisière de la petite cité industrielle. Les plus petits, qui montaient à hauteur d'épaules, étaient composés de déchets ménagers et empestaient l'égout. Le système d'évacuation s'était rapidement révélé insuffisant du fait de la rapide croissance de la population. Un service local avait bien été chargé de s'en occuper quelques années plus tôt, mais leurs interlocuteurs leur avaient laissé entendre que les fonds avaient été détournés par la corruption. La loi qu'il défendait devrait y remédier.

Ce voyage avait non seulement fortifié sa résolution de la faire voter, mais elle lui avait permis de constater la détermination de Cora. Elle avait pris beaucoup de notes et posé un grand nombre de questions judicieuses. Quand il l'avait rencontrée, il s'était attendu à une personne superficielle désireuse d'échanger son argent contre un titre de noblesse. Le marché n'avait rien d'inéquitable, vu son besoin d'argent, et il se rendait compte à présent qu'il avait reçu beaucoup plus qu'il n'avait donné.

Cora était tout ce qu'il pouvait désirer chez une épouse. Au fil de la journée, une nouvelle idée avait germé dans son esprit et il s'était demandé s'il ne pourrait pas trouver un moyen de la garder auprès de lui au-delà des deux années prévues par leur accord.

— Allons bavarder un peu avant le dîner, lui suggéra sa mère.

Levant les yeux au ciel – un tic qu'il avait emprunté à Cora –, il lui emboîta le pas.

Ils s'installèrent dans le petit salon derrière l'escalier dont la fenêtre à meneaux donnait sur le jardin de topiaires. Sa mère l'avait réservé à son usage personnel depuis des années. C'était là qu'elle conservait ses broderies, son seul passe-temps connu en dehors des commérages mondains. Il avait beaucoup d'affection pour elle car elle s'était toujours occupée de lui et avait fait de son mieux pour lui indiquer le bon chemin. Cependant ils n'étaient pas véritablement proches. Elle avait toujours préféré garder une certaine distance entre eux, ce qui ne l'avait jamais dérangé. Jusqu'à ce que Cora lui révèle son besoin d'affection...

— J'ai lu les journaux, commença-t-elle sans perdre de temps.

— Et ? répliqua-t-il en s'efforçant de contrôler la colère qu'il sentait monter.

— La consommation du mariage...

— Ce sont déjà de vieilles histoires, mère !

— Je n'avais pas vu la presse jusqu'à hier, mais cela a suffi à me donner une idée. Il n'est pas trop tard pour faire annuler cette affaire !

— Il est trop tard, mère. Vous n'avez pas lu les derniers potins. Ils vous auraient appris que tout est réglé. Vous devrez vous faire à l'idée de ce mariage. C'est lui qui nous permet de nous offrir un nouveau toit et d'empêcher nos métayers de mourir de faim. C'est ce mariage qui nous permettra d'acheter de nouveaux moutons. Cora a de nombreuses qualités. Donnez-lui une chance et vous vous en rendrez compte.

— Ce n'est pas Cora qui me gêne, c'est cette femme !

— Fanny Dove, murmura-t-il, résigné.

— Elle nous ridiculise ! On raconte qu'elle s'est mise à chanter au bal des Hoffman. Une chanson grivoise que je ne peux même pas répéter ! Elle s'est goinfrée à un dîner chez les Ferguson. Elle profite de notre nom pour se faire inviter, mais on ne la reçoit que pour voir quel spectacle elle va donner !

— Il faudrait savoir, mère. Est-ce qu'on l'invite grâce à notre nom ou pour le spectacle qu'elle va donner ?

— On raconte qu'elle est la maîtresse de Bertie, ajouta-t-elle en baissant la voix.

— Le prince de Galles ? Il n'est pas en ville en ce moment.

— On le dit et les gens le croient, c'est tout ce qui compte ! Notre respectabilité ne voudra plus rien dire face aux frasques de cette... de cette femme.

— Si la réputation de notre famille est à la merci des effronteries d'une Américaine, c'est qu'elle n'est pas si solide. Tout cela passera. La saison prochaine, il y aura un autre mariage, et une autre famille entrera dans la mêlée. Il y a de plus en plus d'Américaines chaque année.

— Elle va continuer ses scandales...

— Peut-être, seulement Cora est ma femme et je resterai à ses côtés. Elle fait ce qu'elle peut pour m'aider, et je ne peux pas faire moins.

— Tu as de l'affection pour elle ?

Cette fois-ci, sa mère paraissait plus intriguée qu'en colère.

Les instants dans le train lui revinrent en mémoire et avec eux cette boule dans la gorge. Il désirait tellement qu'elle soit heureuse ici...

— Oui.

— Fais attention, mon petit. Je ne sais pas ce que c'est, mais ces gens cachent quelque chose. Souviens-t'en !

Il aurait préféré l'ignorer, mais il en était incapable. Il y avait effectivement quelque chose que Cora ne lui avait pas dit.

20

Le dîner avait été un véritable cauchemar. Il était évident pour quiconque y prêtait un tant soit peu d'attention que la comtesse douairière n'aimait pas Cora. Elle ne lui témoignait aucune hostilité ouverte, cependant. Elle disait ce qu'il fallait – quand elle disait quelque chose – et elle ne lui jetait pas de regards noirs. Elle avait au contraire passé la soirée sans accorder à sa bru un seul regard. Quand, par hasard, elle avait daigné tourner la tête dans sa direction, c'était pour fixer un point imaginaire au-dessus de son épaule. Le repas dura une éternité, mais Cora fut incapable d'avaler la moindre bouchée. Résultat, elle dut partir au beau milieu de la nuit à la recherche des cuisines car son estomac criait famine et refusait d'attendre le matin.

La maison, en revanche, s'était révélée une bonne surprise. Elle était vaste et sombre comme une caverne, avec de hauts plafonds aux poutres en bois, tout en étant chaleureuse et confortable. Sa chambre jouxtait celle du maître – elle avait entendu Devonworth, mais la porte de communication était restée fermée. La pièce elle-même était joliment meublée, avec des tentures vert bouteille et d'élégants meubles en acajou. La fenêtre à meneaux qui donnait sur les pelouses était même agrémentée d'une banquette. La croisée était constituée d'une multitude de petits carreaux sertis de plomb, et elle avait hâte de voir le soleil étinceler derrière les vitres. Elle avait pensé rapporter ce qu'elle trouverait aux cuisines pour le manger là.

Il lui fallait d'abord trouver lesdites cuisines. Elle avait commencé par se rendre à la salle à manger et passer par la porte qu'avait empruntée le valet de service. Il n'y avait ni réchaud ni monte-plats dans cette pièce ; elle en conclut donc que les cuisines se trouvaient au même étage. Le seul ennui, c'était que cette maison était un véritable labyrinthe et qu'elle avait fait tellement de tours et de détours qu'elle ne savait plus où elle se trouvait.

Un rai de lumière filtrant de dessous une porte l'attira au bout d'un couloir. Elle avait dû monter quelques marches pour pénétrer dans ce corridor, ce qui suggérait que cette partie avait été ajoutée au bâtiment primitif. Un bruit métallique lui fit espérer être enfin arrivée au but.

Elle poussa doucement la porte, qui lui révéla d'impeccables plans de travail carrelés et un énorme fourneau le long d'un mur. Une rangée de fenêtres occupait le mur d'en face. Une batterie de casseroles était suspendue à sa gauche, et c'est de là qu'était parti le bruit. Agenouillé pour ramasser ce qu'il avait fait tomber, Devonworth se massait le front.

Elle ne fit rien pour réprimer son fou rire, ce qui le fit sursauter.

— Vous vous êtes fait mal ?

— Elles sont incroyablement lourdes ! grommela-t-il en raccrochant les casseroles.

Se trouver seule avec lui lui procurait un sentiment étrange… et loin d'être désagréable.

— Je suis contente de vous trouver, dit-elle de peur de le voir s'en aller, maintenant qu'elle était là. Je ne fais que penser à votre discours, et j'ai eu une idée.

C'était la vérité. C'était surtout le seul moyen qu'elle avait trouvé pour le faire rester.

— Que pensez-vous de changer le début ? Nous pourrions commencer par une anecdote.

— Pour quoi faire ? demanda-t-il en passant sous les casseroles – sans les faire tomber cette fois-ci – pour prendre une planche à découper. Ce que veulent ces messieurs du Parlement, ce sont des chiffres. C'est tout ce qu'ils comprennent !

Il posa un jambon fumé sur la planche et entreprit d'en couper de fines tranches. L'estomac de Cora approuva bruyamment, lui rappelant l'objet de sa venue en plein milieu de la nuit.

— Pour créer un minimum d'empathie, répondit-elle. Contester et manipuler des chiffres n'est pas difficile, mais si vous parlez de Mme Jones qui a perdu son mari à cause d'une infection pulmonaire, je pense que les gens vont s'intéresser au sort d'une femme qui doit élever seule cinq enfants, surtout si vous démontrez que cette mort aurait pu être évitée.

— Voulez-vous m'accompagner ? proposa-t-il en désignant les tranches de jambon.

De nouveau, l'estomac de Cora marqua bruyamment son accord, et tous deux éclatèrent de rire.

— Oui, si vous en avez suffisamment.

— J'aime bien votre façon de voir, fit-il remarquer pensivement en coupant un peu plus de jambon. Néanmoins, ne risquent-ils pas de contester le fait que sa mort aurait pu être évitée ?

Elle le regarda disposer les tranches sur une assiette, prendre un morceau de fromage et en couper de petits morceaux. Il travaillait rapidement et avec efficacité, et elle se demanda où il avait acquis cette dextérité avec un couteau de cuisine. Son mari avait toute une histoire dont elle ne connaissait pratiquement rien, et plus il se dévoilait, plus elle avait envie d'en apprendre sur lui.

— Si, bien sûr, il y aura certainement des gens pour le faire, mais vous pourrez ensuite raconter l'histoire du jeune Campbell qui s'est remis à grand-peine de cette maladie débilitante attrapée en travaillant dans une usine textile et dont la croissance a été profondément affectée.

Tout en méditant ce qu'elle venait de dire, il posa les morceaux de fromage sur l'assiette, alla chercher une miche de pain qu'il trancha à son tour.

— Après quoi, je donnerai les chiffres que nous avons sur le nombre de jeunes gens souffrant de la même affection, enchaîna-t-il.

— Oui, et nous pourrons utiliser ces chiffres pour démontrer les coûts entraînés par la négligence des autorités et ces conditions de vie déplorables.

Elle pensait bien entendu que savoir que des gens mouraient ou voyaient leur vie gâchée aurait dû être suffisant, mais Devonworth lui avait fait comprendre la nécessité de citer des chiffres et de donner des estimations.

Une fois le pain coupé, il posa l'assiette sur une table près de la cheminée. Il n'y avait pas de feu, mais Cora avait une robe de chambre suffisamment épaisse et elle n'avait pas froid.

— Vos suggestions sont très intéressantes, dit-il. Je vais y penser.

Elle prit place d'un côté de la table, et il s'assit en face d'elle. Aux yeux de Cora, cette collation très simple constituait un véritable festin.

— J'aurais dû manger mieux au dîner, remarqua-t-elle en posant un morceau de fromage sur une tranche de pain.

— Le menu ne vous a pas plu ?

Même dans une cuisine, il se tenait aussi droit et mangeait avec autant d'élégance que s'il s'était trouvé à la table d'un prince, ce qui la fit sourire.

— Non, non, les plats étaient délicieux. C'est juste que je n'avais pas très faim.

— Un peu de vin ?

— Oui, je veux bien.

Il remplit deux verres de vin rouge et elle ne put que constater encore une fois à quel point il était attentionné envers elle. Tant qu'il était à ses côtés, elle ne désirait rien de plus.

— Ma mère fait souvent cet effet.

Il avait parlé d'un ton si posé qu'elle se demanda s'il plaisantait.

— Oh non, ce n'était pas à cause d'elle.

— Menteuse !

— Bon, un petit peu, peut-être. Elle ne m'aime pas...

— Elle ne vous connaît pas.

— Non, mais on n'a pas besoin de bien connaître une personne pour la détester, n'est-ce pas ?

— C'est vrai, acquiesça-t-il en étalant un peu de fromage sur un petit morceau de pain avant de le poser dans l'assiette de Cora.

Elle avait le cœur en fête en prenant la tartine qu'il avait préparée pour elle. Elle lui sembla bien meilleure que la précédente, certainement parce que c'était lui qui l'avait faite, et que tout ce qui venait de lui avait un charme particulier. Elle avait peur de devenir réellement folle de lui, et elle ne savait pas quoi faire pour s'en protéger. Elle avait failli rendre les armes dans le train, lorsqu'il avait compris qu'elle avait préparé cette visite pour eux. Elle avait été bien près de lui avouer les sentiments complexes qu'elle éprouvait pour lui et de lui demander de devenir son mari au plein sens du terme, et pas seulement sur le papier.

Ses sœurs ne s'étaient montrées d'aucune aide pour adopter un parti. Eliza l'avait gentiment encouragée à franchir le pas, tandis que Jenny l'avait mise en garde contre les égarements du cœur. Toutes deux avaient raison de façons différentes... et parfaitement contradictoires.

— Laissez-lui un peu de temps. Je crois qu'elle a du mal à admettre que je me sois marié par intérêt financier. La plupart de nos connaissances trouvent le mot même vulgaire. Elle a du mal à l'accepter. Cela n'a rien à voir avec vous.

— Vous croyez qu'elle m'acceptera un jour ?

— Elle n'en aura pas besoin si nous divorçons ou si nous nous séparons, n'est-ce pas ?

Le cœur de Cora chavira à ce rappel, surtout après les moments de complicité qu'ils avaient partagés un peu plus tôt dans la journée. Il avait raison, seulement elle commençait à vraiment apprécier de l'avoir dans sa vie. Que serait son existence sans lui ?

— Non, probablement pas, et pourtant j'aimerais tout de même qu'elle m'accepte. Toute ma vie, on m'a regardée de haut, et je ne peux en supporter davantage.

Être sa femme était une expérience trop enivrante...

Le silence qui s'installa entre eux lui fit comprendre qu'elle en avait trop dit.

— Pourquoi les gens vous regardaient-ils de haut ?

Elle prit une grande gorgée de vin pour se donner du courage. Depuis leur rencontre, elle l'avait laissé croire qu'elle était la fille légitime d'un homme de bonne famille. Elle voyageait en première classe quand elle prenait le bateau. Elle portait des robes de chez Worth. Elle avait une dot... De même que ses sœurs. Il l'observait avec trop d'attention. Lui mentir ou ne pas lui dire toute la vérité lui avait paru simple. Or, si cela s'était révélé facile tant qu'elle le connaissait à peine et que leur mariage avait apporté ce qu'il voulait à chacun d'eux, leur relation avait pris un tour beaucoup plus personnel à présent. Elle ressentait de l'affection pour lui. Elle l'estimait. Et elle craignait que les sentiments qu'elle éprouvait pour lui ne soient en réalité bien plus intenses que ce qu'elle voulait bien s'avouer...

— Nous étions pauvres. Après la mort de M. Dove, il nous est resté notre maison, mais pas grand-chose d'autre. Juste une petite rente qui ne nous menait pas bien loin toutes les quatre, surtout quand il s'agissait de nous habiller et de payer notre éducation.

Cette rente était celle que M. Hathaway leur avait accordée. Sa mère avait été obligée de menacer d'aller tout révéler à sa femme pour qu'il consente à payer deux ans d'école. Cette somme avait financé le voyage de Jenny à Paris, et non les dépenses courantes de nourriture et de chauffage.

De nouveau, il était silencieux. Elle détestait ses silences. Ils avaient eu suffisamment de discussions agréables à propos de son discours pour qu'elle commence à avoir une petite idée de la façon dont fonctionnait son esprit. Il pesait toujours chacune de ses paroles pour en chercher les points faibles.

— Pourquoi appelez-vous votre père « M. Dove » ?

Il lui avait déjà posé cette question. C'était le point le plus faible de son histoire, et ses dernières informations l'avaient certainement amené à reconsidérer toutes les réponses qu'elle lui avait faites auparavant.

— Je n'en sais rien. Pourquoi votre mère vous appelle-t-elle « Devonworth » ? C'est curieux, mais il en a toujours été ainsi.

Elle reposa son morceau de pain, de nouveau incapable d'avaler une seule bouchée. La culpabilité l'étouffait. Son mari l'observait, les sourcils froncés.

— Je n'ai aucun souvenir de lui, reprit-elle. Il y avait un portrait de lui dans notre salon et un daguerréotype de lui dans la chambre de maman. Ce sont les seuls rapports que j'ai avec lui. Maman parlait toujours de « M. Dove », et c'est resté.

Son regard s'adoucit mais il avait toujours l'air aussi perplexe. Il l'avait regardée de la même façon dans le train.

— Cora..., murmura-t-il, et aux oreilles de la jeune femme, sa voix parut teintée de déception.

Par sa faute...

C'était plus qu'elle n'en pouvait supporter. Elle n'avait plus le droit de lui mentir alors qu'il lui avait témoigné tant de gentillesse et de générosité, alors qu'il avait déposé au creux de sa main un baiser qui les avait tous deux surpris par sa tendresse.

— Je... je l'appelle « M. Dove » parce qu'il n'est pas mon véritable père.

— Cora...

Sa déception était plus qu'elle ne pouvait supporter.

— Je l'ai ignoré pendant longtemps ! s'exclama-t-elle en repoussant sa chaise.

Mais elle le savait bien avant leur accord, bien avant leur mariage. Des années avant leur mariage... et elle lui avait menti par omission, parce que la vérité aurait pu le rebuter et qu'il aurait pu se mettre en quête d'une autre épouse, alors qu'égoïstement elle le voulait pour elle. Comme elle n'osait plus le regarder, elle commença à faire les cent pas dans la pièce.

— Je sais que j'aurais dû vous dire la vérité. Vous aviez le droit de la connaître, et c'est impardonnable. Si vous voulez faire annuler notre mariage, je le comprendrai parfaitement. Si on me demande s'il a été consommé, je dirai la vérité. Vous méritez autre chose qu'une menteuse pour femme.

— Cora ! Calmez-vous ! ordonna-t-il en la prenant par les épaules.

Il n'avait pas l'air terriblement bouleversé, mais comment savoir, avec lui ? Une de ces horribles feuilles à scandale l'avait surnommé « le Prince de Glace ». Il ne perdait jamais son calme. C'était le poids de sa déception qui pouvait anéantir Cora, pas ses paroles. Son regard gardait toute sa tendresse. Cependant il n'essayait plus de la comprendre.

— Est-ce Hathaway, votre père ?

Incapable de deviner ce qu'il en pensait, elle opina silencieusement, la gorge nouée.

— C'est lui qui a arrangé le mariage de ma mère et de M. Dove après notre naissance. Peu après la naissance d'Eliza, il a épousé sa femme, une jeune fille qu'avait choisie sa famille. Depuis ce moment, il y a toujours eu des ragots à notre propos. M. Hathaway subvenait à nos besoins, mais ses subsides ont diminué au fil du temps, et maman a voulu protester.

— Qu'a-t-elle fait ?

— Un jour, elle nous a emmenées le voir à Newport, où il était en vacances avec sa famille.

Fanny leur avait dit qu'elles allaient rendre visite à M. Hathaway dans sa maison de campagne, mais il n'en avait rien été. Au cours de la seule matinée qu'elles avaient passée dans la petite station balnéaire, dès qu'elles avaient mis le pied hors de l'auberge où elles étaient descendues, tout le monde les avait dévisagées comme des bêtes curieuses. Cora en était encore bouleversée rien que d'y penser.

Elle était pourtant habituée à ce que sa mère attire l'attention partout où elle allait. Fanny était belle, c'était un fait avéré et non les illusions d'une fille aimante. Cela arrivait si souvent qu'aucun doute n'était permis. Mais cette fois-ci, ce n'était pas de l'admiration qu'on lisait dans les regards. C'était une dureté qui confinait à l'hostilité. Fanny n'avait rien remarqué, bien entendu. Elle ne remarquait jamais ce genre de choses. Elle avait souri avec grâce, droite comme un « I », la tête haute. Cora s'en souvenait parfaitement parce que ces regards l'avaient perturbée, elle, et elle avait essayé de calquer son attitude sur celle de sa mère.

Fanny les avait emmenées dans une confiserie, et elles étaient occupées à choisir des friandises lorsqu'un homme très bien vêtu était entré en trombe, le visage convulsé d'indignation. Cora ne l'avait jamais vu auparavant, mais il avait quelque chose de familier.

Il ressemblait à M. Hathaway. Elle avait fait de son mieux pour ne pas le dévisager pendant qu'il discutait avec animation et à voix basse avec sa mère dans un coin de la boutique. Trop captivée pour détourner les yeux, elle avait laissé Jenny aider Eliza à faire son choix. Elle avait vu l'inconnu sortir une poignée de billets de son portefeuille et les mettre dans la main de sa mère. Fanny les avait immédiatement refusés, mais il avait insisté. Indignée par l'attitude de cet homme envers sa mère, Cora était accourue pour venir à son secours alors qu'il s'apprêtait à sortir. Il lui avait à peine accordé un regard avant de partir à grands pas, laissant la petite cloche de la porte tinter derrière lui. Rouge de confusion, Fanny avait glissé les billets dans son sac à main. Elles avaient quitté la ville peu après, et sa mère avait refusé de parler de ce qui venait de se passer.

Devonworth se taisait, imaginant sans doute la scène qu'elle venait de lui raconter.

— Je sais maintenant que cet homme était le frère de M. Hathaway, reprit-elle pour rompre ce silence insupportable. C'est à lui que nous avons eu affaire à partir de ce jour, et il nourrissait un profond mépris pour maman. Toute demande d'augmentation de notre maigre rente était refusée avec indignation. Finalement, les subsides ont cessé une fois que je suis devenue majeure.

— Hathaway a quand même accepté de payer vos dots ? C'est parfaitement illogique, fit-il remarquer en lâchant enfin les épaules de Cora qui n'osait toujours pas le regarder en face.

Lire sur son visage le mépris qu'elle avait vu tant de fois chez d'autres aurait été insupportable...

Elle lui parla alors du testament de sa grand-mère et de la façon dont Charles Hathaway, saisissant sa suggestion de chercher des aristocrates londoniens, en avait profité pour les chasser de New York.

Le silence était si lourd que seule sa respiration était audible. Finalement, n'y tenant plus, elle prit son courage à deux mains pour le regarder en face. Son visage était impénétrable et le cœur de Cora se serra à l'idée de perdre leur amitié toute neuve.

— Venez avec moi ! ordonna-t-il.

Sans lui laisser le temps d'accepter ou de refuser, il la prit par la main. Le claquement de ses bottines retentit sur le carrelage de la cuisine, puis sur le parquet du couloir. Elle comprenait maintenant que les cuisines avaient autrefois constitué un bâtiment séparé et que le couloir avait été construit pour les relier au bâtiment principal.

— Où allons-nous ?

Il l'emmenait chez sa mère où il allait la dénoncer. Tout plutôt que cela... Elle avait eu suffisamment de mal à lui faire ses révélations.

— Devonworth...

— Chut !

Il lui avait parlé comme à une enfant récalcitrante et, curieusement, cela l'apaisa. On aurait pu considérer qu'ils étaient encore des étrangers l'un pour l'autre, mais elle avait l'impression de savoir qui il était en réalité. Il ne la traînerait pas dans la boue.

Elle serra plus fort sa main, et il pressa gentiment la sienne. Pour une fois, il n'y avait pas de gants entre eux. Elle eut l'impression qu'ils marchaient une éternité. Ils montèrent un escalier qu'elle avait descendu un peu plus tôt et il l'entraîna dans une longue pièce obscure dont l'unique fenêtre se trouvait à l'autre extrémité.

— Attendez là ! dit-il avant de disparaître.

Les murs étaient couverts de tableaux, avec cependant quelques vides entre eux. Les peintures manquantes avaient probablement été vendues...

Quelques secondes plus tard, la lampe s'alluma sur le mur et Devonworth revint vers elle. Il reprit sa main et la conduisit devant deux portraits côte à côte. L'un représentait visiblement sa mère. Elle avait le même regard glacial et la même mine altière, même si elle devait avoir à peu près l'âge de Cora quand il avait été peint. Sa froideur n'était rien cependant auprès du visage hautain du défunt comte. Il toisait le monde avec dureté, comme s'il était indigne de lui. Avec ses cheveux et ses yeux bruns, Harry lui ressemblait un peu. Mais ce nez un peu trop grand ne déparait pas le visage du cadet, tandis que l'homme du portrait inspirait une antipathie immédiate.

— Votre père ?

— Vous ne remarquez rien ?

— Il n'a pas l'air très sympathique...

— Il ne l'était pas. Vous ne remarquez rien d'autre ?

— Harry lui ressemble.

— Et moi pas !

Son mari n'avait effectivement rien en commun avec cet homme. Le père était brun, lui était blond. Aucun des deux parents n'avait les yeux verts. Ses yeux avaient peut-être la même forme que ceux de sa mère, mais cela n'avait rien d'évident. Il ne ressemblait à aucun de ses deux parents, en fait.

— Non ! s'écria-t-elle, comprenant enfin.

— Si ! On dit qu'il était scandinave, parent lointain d'une famille royale, mais mère ne m'a jamais rien dit. Je peux supposer qu'ils ont eu une liaison. J'ignore si elle a duré. Je ne sais pas comment elle a fini, mais je suis né huit mois après le mariage de mes parents. Elle a toujours refusé d'en parler. Mon père, le comte, me regardait à peine, et il préférait Harry, pour des raisons évidentes.

À son visage et à sa voix, elle voyait bien qu'il en souffrait toujours.

— Alors ce n'est pas moi qui vous jugerai.

— Oh, Devonworth... !

Elle l'enlaça et enfouit le visage au creux de son épaule.

Au bout d'un instant, il la serra contre lui.

— Je croyais que vous aviez décidé de m'appeler Léo ? murmura-t-il.

Il ne plaisantait pas. Il la regardait comme si sa vie en dépendait. Lentement, tellement lentement qu'elle se demanda si elle n'était pas victime d'une illusion, il se pencha vers elle. Elle sentit sur sa joue la douceur de son souffle. Il lui effleura la tempe et se pencha un peu plus. Elle se haussa sur la pointe des pieds, et leurs bouches se trouvèrent. Il poussa un gémissement venu du fond de la gorge et le pouls de Cora battit plus vite. Il avait les lèvres douces et tièdes qui, quand elles s'entrouvriraient, avaient le goût du vin qu'ils venaient de boire. La chaleur de sa langue sur ses lèvres enivra Cora qui se pressa plus étroitement contre lui. Elle plongea les doigts dans l'épaisseur de ses cheveux, mais il reculait déjà.

— Il ne faut pas, Cora. C'est impossible !

Avant qu'elle ait eu la possibilité de le contredire et de trouver une foule d'excellents arguments pour lui expliquer que, au contraire, c'était parfaitement possible, il avait quitté la pièce.

— Attendez ! Devonworth ! Léo !

Il ne se retourna pas.

21

Le lendemain, après le petit déjeuner, ils se mirent en route pour voir les travaux. La comtesse douairière ne s'était pas montrée. On expliqua à Cora qu'elle préférait généralement se faire monter un plateau dans sa chambre, et la jeune femme fut soulagée de voir repoussé de quelques heures le semblant de conversation qu'elles échangeraient vraisemblablement. Elle déjeuna agréablement jusqu'à l'arrivée de Léo.

Il était en tenue d'équitation, parfaite incarnation du gentilhomme campagnard. Il eut une imperceptible hésitation en la voyant, mais il se reprit aussitôt, la salua et se dirigea vers la desserte. Le Prince de Glace... Il ne fit aucune allusion au baiser qu'ils avaient échangé la nuit d'avant, ni aux confidences qu'ils s'étaient faites ; on aurait pu croire qu'il ne s'était rien passé entre eux.

— Aimeriez-vous venir inspecter les travaux avec moi ? proposa-t-il. J'ai rendez-vous avec Fraser, mon régisseur.

Elle accepta et, quelques minutes plus tard, ils se mettaient en route comme si de rien n'était.

Les réparations du toit concernaient l'aile abritant la salle de bal et les salons de réception. La communication avec le reste du manoir avait été fermée mais l'odeur de bois frais leur parvint avant même qu'elle voie l'ouverture du plafond et les rayons de soleil qui y pénétraient. Le plafond de la salle de bal était haut de deux étages, avec une mezzanine à une extrémité, probablement pour abriter l'orchestre. C'était une jolie salle ornée de boiseries sculptées, au plafond décoré de personnages historiques, sauf à l'endroit où la voûte s'était effondrée.

Pendant que M. Fraser et son mari discutaient du calendrier des travaux et du besoin de renforcer le toit, Cora fit semblant de s'intéresser au papier peint, complètement gâché par l'humidité. En fait, elle ne pouvait détacher le regard de Devonworth. Employer son titre l'aidait à maintenir entre eux une certaine distance. L'appeler Léo supposait une forme d'intimité… Elle avait passé la plus grande partie de la nuit à revivre leur baiser et à ranimer la sensation de ses lèvres sur les siennes. Elle était arrivée à la conclusion que maintenir leurs relations en l'état n'était plus possible. Elle allait suivre l'avis d'Eliza et essayer de se rapprocher de lui plus intimement.

Elle voulait tout de lui et il la désirait, lui aussi. Quelque chose l'éloignait d'elle, et elle était bien décidée à trouver quoi.

Après cette première halte, il l'emmena faire le tour du domaine. Comme elle ne savait pas monter à cheval, ils partirent dans un coupé qu'il conduisit à travers les routes et les chemins qui maillaient la propriété, M. Fraser chevauchant à leurs côtés. Elle avait espéré se trouver seule avec son mari, mais le régisseur était un homme agréable. Il avait la soixantaine et avait grandi sur le domaine, dont il connaissait parfaitement l'histoire, depuis l'antique campement druidique jusqu'aux batailles médiévales, ce qui alimenta la conversation.

La campagne était magnifique. Le domaine était apparemment composé pour moitié de landes couvertes de bruyères, pour moitié de forêts où dominait le chêne. L'hiver était terminé, mais l'été n'était pas encore arrivé. Il faisait une fraîcheur agréable, le ciel était d'un bleu intense, sans aucune trace de la grisaille des semaines précédentes.

— Tout est tellement différent de ma vie à Manhattan !

Elle avait adoré la ville et sa diversité. À chaque endroit, on rencontrait des gens différents avec des accents et des tenues de tous les pays du monde. Tourner le coin de la rue pouvait vous révéler une architecture devant laquelle vous auriez pu passer une centaine de fois sans la remarquer.

La campagne également avait du bon. Léo avait arrêté le coupé devant un paysage particulièrement saisissant. Autour d'eux, de douces collines s'étendaient à perte de vue. Le ruban argenté d'un cours d'eau brillait au loin. L'air était frais et vivifiant.

— Quel calme ! Quelle paix ! s'exclama-t-elle. Avez-vous aimé passer votre enfance ici ?

— Enfant, je n'aimais pas beaucoup la campagne, mais je commence à l'apprécier.

Son regard croisa brièvement celui de Cora, et il était chargé de passion. Hélas, il se hâta de remettre le cheval en route vers la maison.

Devant M. Fraser, elle ne pouvait pas lui demander de précisions. Elle aurait aimé lui rappeler leur baiser, seulement elle devait attendre de se trouver seule avec lui. Et selon toute apparence, ils ne seraient jamais seuls de la journée. Ils allaient déjeuner avec sa mère et partir ensuite pour le match de football. Cette conversation devrait donc attendre le soir.

Ils déjeunèrent rapidement puis Cora monta se changer pour le match. Quand elle redescendit, ce fut pour apprendre que son mari était déjà parti et qu'elle se rendrait jusqu'au village en voiture avec sa belle-mère. Le trajet se déroula dans un silence tendu. Ce fut à peine si la comtesse douairière articula un mot, répondant le plus brièvement possible aux questions faussement enthousiastes de Cora. La jeune femme finit par renoncer et choisit de consacrer toute son attention au paysage.

Ils contournèrent la rue principale du petit village, où étaient concentrés les commerces, jusqu'à un pré en bordure du bourg. La plus grande partie des habitants étaient apparemment venus voir le match, et d'autres continuaient d'arriver. Les deux équipes s'échauffaient déjà sur le terrain.

— Allons nous installer là-bas, décréta la comtesse douairière.

Elle entraîna Cora jusqu'à deux fauteuils disposés sur une toile à quelque distance des spectateurs. Apparemment, elles allaient pouvoir profiter du match dans des conditions confortables et sans être gênées par la foule.

Cora la suivit tout en cherchant Léo des yeux. Elle le vit envoyer le ballon à un joueur de son équipe. Il portait un maillot vert semblable à celui qu'elle lui avait vu à leur première rencontre. Sa culotte descendait au-dessous des genoux, là où s'arrêtaient les bas qui couvraient ses vigoureux mollets. Il aurait fait un excellent valet de pied... Elle rit en son for intérieur en se rappelant les lectures d'Eliza sur l'Angleterre avant leur départ d'Amérique. Elle avait lu entre autres que les valets de pied rembourraient parfois leurs bas pour paraître plus musclés qu'ils ne l'étaient en réalité. Cora ignorait toujours si c'était vrai ou non.

Le soleil allumait des reflets d'or dans ses cheveux blonds et elle mourait d'envie d'y passer les doigts. Absorbée par le charme de Léo et par ses pensées, elle manqua de se cogner dans le dos de sa belle-mère. C'était exactement ce qui lui était arrivé la première fois qu'elle avait vu Léo jouer au football. Elle avait beau faire, elle ne pouvait s'empêcher de tomber sous le charme de son mari. C'en était comique...

Quand elle se retourna, son regard croisa le sien. Il esquissa un sourire et elle se demanda s'il se souvenait de leur première rencontre. Sa mère n'avait apparemment rien remarqué et elles s'installèrent sur les sièges qu'on leur avait réservés. Cora aperçut sur le terrain lord David et le prince Singh, qui avaient assisté à leur mariage. Ils jouaient dans la même équipe que son mari, mais elle ne les avait pas remarqués la première fois. Son futur époux avait monopolisé toute son attention ce jour-là, comme il le faisait encore maintenant. Quand le match commença, elle fut incapable de le quitter des yeux. La grâce de ses mouvements la fascinait. Elle finit pourtant par s'obliger à s'en détacher pour tenter de comprendre le jeu. Pour elle, il ne s'agissait toujours que d'une troupe remuante d'hommes courant en tous sens après un ballon. Elle prit donc la décision de se renseigner et de peut-être établir ainsi une meilleure relation avec sa belle-mère.

— Savez-vous ce qui se passe sur le terrain ? Je vous avoue que je n'en ai pas la moindre idée.

— L'équipe de Devonworth joue en vert. Ils doivent envoyer le ballon dans les buts adverses. L'autre équipe, en rouge, tente de faire de même dans l'autre sens.

C'était une explication plutôt simpliste et Cora avait déjà compris ces bases, mais elle n'en remercia pas moins chaleureusement la comtesse. Au fil de la partie, elle posa d'autres questions et sa belle-mère, très froide au début, y répondit peu à peu avec plus de chaleur, la gratifiant même de plusieurs commentaires de son cru. Léo marqua deux buts et Cora se leva pour l'applaudir. Sa belle-mère resta assise mais se fit plus souriante et jeta même à Cora quelques regards approbateurs. Ce n'était pas grand-chose, mais la jeune femme se dit que cette journée n'avait finalement pas été inutile.

La partie terminée sur une victoire de l'équipe de Léo, elle alla rejoindre son mari à l'autre bout du terrain. Les joueurs avaient fini de se congratuler et rangeaient leurs affaires. Léo s'était versé un verre d'eau sur la tête et repoussait ses cheveux en arrière lorsqu'elle arriva. Son cœur bondit dans sa poitrine. Il était exactement comme le soir où elle l'avait surpris au sortir de son bain... Elle avait vu la vigueur de son corps et avait donc parfaitement pu nourrir pendant ce jeu très physique toutes sortes d'idées coquines.

— Félicitations, dit-elle tandis qu'il lui souriait.

Elle l'aurait volontiers embrassé mais, avec tous ces gens autour d'eux, elle n'en trouva pas le courage et se contenta de lui tapoter l'épaule.

— Ils se sont mieux défendus que nous ne pensions. Cela m'a fait plaisir de ne pas vous croiser sur le terrain, cette fois-ci, la taquina-t-il en effleurant sa taille.

— Et moi, j'ai été heureuse de voir que vous n'en dépassiez pas les limites !

Il se mit à rire. Elle adorait son rire grave et profond, les rares fois où il se laissait aller.

— Lady Devonworth !

Lord David avait le même visage fatigué mais heureux que son mari. Lui aussi était séduisant. Seulement elle n'avait d'yeux que pour son époux.

— Lord David ! Vous avez très bien joué.

— Je vous remercie. La vie conjugale a l'air de bien vous réussir à tous les deux...

— Assez bien, répondit-elle en souriant.

— Nous allons fêter notre victoire au pub. Nous ne serons pas longs. David va passer la nuit chez nous avant de reprendre le train demain matin. Vous m'attendrez ?

Jamais elle n'aurait osé espérer cette demande, ni le regard plein de tendresse dont il la couvait. Peut-être voulait-il parler de ce baiser. À moins qu'il ne veuille lui en donner d'autres... Dans l'un ou l'autre cas, elle ne refuserait pas.

*
* *

Lady Devonworth se montra beaucoup plus aimable avec Cora pendant le dîner. Même si elle n'était pas véritablement amicale, elle était bien moins distante. Elle alla jusqu'à l'inviter dans son boudoir où elle lui montra les splendides broderies sur lesquelles elle travaillait. Lorsque Cora lui avoua qu'elle ne savait pas broder, sa belle-mère commença immédiatement une leçon. Elle ne se lança pas dans une longue conversation mais elle témoigna à sa belle-fille un certain intérêt et parut contente de partager avec elle ce passe-temps qu'elle aimait tant.

Elles se retirèrent ensuite dans leurs appartements respectifs, et Cora passa un peu de temps à travailler sur le discours de Léo pour essayer d'y inclure ce qu'ils avaient vu et entendu à Clarkston. Elle n'avait toujours pas le préambule qu'elle voulait. Elle avait beau essayer, elle avait du mal à se concentrer. Dès qu'elle entendait des pas dans le couloir, elle se ruait à la porte, s'imaginant qu'il s'agissait de Léo, pour ne trouver qu'un domestique vaquant à ses occupations. Parfois, lorsqu'elle butait sur une tournure de phrase, elle perdait le fil de ses idées et courait à la fenêtre guetter son retour.

Il finit par rentrer aux alentours de onze heures du soir. Elle entendit la voix étouffée de son valet de chambre et s'obligea à contenir son agitation et à relire son texte, sans pouvoir s'empêcher de guetter le moindre bruit de l'autre côté de la cloison. Enfin, une porte se referma dans la chambre de Léo. Son valet de chambre avait dû le quitter.

La porte de communication restait toutefois fermée, et elle commença à craindre que son mari ne se soit mis au lit. Et s'il avait oublié qu'elle l'avait attendue ? Le cœur battant, elle alla frapper à la porte de sa chambre, en se promettant d'aller se coucher s'il ne répondait pas tandis qu'une autre partie d'elle-même, certainement héritée de sa mère, lui commandait d'entrer s'il gardait le silence. Il lui devait des explications. Elle avait pris beaucoup de plaisir à ce...

La porte s'ouvrit brusquement et elle se trouva nez à nez avec lui. Il portait une robe de chambre en velours qui faisait paraître ses épaules encore plus larges. La lampe allumée derrière lui formait un halo doré autour de son visage. Il lui souriait, et elle aurait juré qu'il regardait sa bouche.

— Bonsoir, lança-t-elle, incapable de trouver autre chose à dire.

— Bonsoir. Vous m'avez attendu !

Sa voix était un peu plus rauque que d'habitude, peut-être parce qu'il était un peu gris.

— J'ai travaillé sur votre discours, expliqua-t-elle pour ne pas lui montrer son impatience.

Son sourire s'élargit, mais il ne jeta pas un regard au bureau. Il n'avait d'yeux que pour elle. Elle rougit et, lorsqu'il s'appuya contre le chambranle, elle posa la main sur sa poitrine. Son cœur battait vite sous sa paume...

— Vous...

Comment lui parler quand il la regardait comme s'il voulait la dévorer ?

— Il faudrait que nous parlions de la nuit dernière. De notre baiser...

À sa grande surprise, il prit son visage entre ses mains et l'embrassa sur le front. Ses lèvres étaient douces et tièdes, et maintenant qu'elle en connaissait le goût, elle désirait recommencer.

— Oui, il faudrait.

— J'y ai pris plaisir...

— Cora, chuchota-t-il tandis que ses lèvres descendaient le long de sa joue.

Elle se tourna pour chercher sa bouche. L'espace d'un instant, leurs souffles se mêlèrent, mais il se dégagea.

— Moi aussi, j'y ai pris plaisir, dit-il. Toutefois je ne pense pas que nous devrions continuer sur cette voie.

— Pardon ?

— J'aime cette... cette amitié entre nous. Il ne faut plus nous embrasser.

Il déposa un autre baiser sur son front avant de lui refermer la porte au nez.

C'était donc pour cela qu'elle l'avait attendu ? Oh non ! Elle n'allait pas rendre les armes sans combattre !

Elle rouvrit la porte et pénétra d'un pas décidé sur son territoire. Sa chambre était tapissée de la même couleur que la sienne, mais le mobilier était plus volumineux et d'un bois plus foncé.

— Léo !

Son lit, très vaste, se profilait derrière lui lorsqu'il se retourna, effaré.

— Léo..., répéta-t-il, visiblement heureux. Répétez-le encore une fois.

À sa façon de le lui demander, avec une autorité tranquille qu'elle trouva immensément séduisante, elle se sentit fondre et elle dut détourner les yeux pour mettre un peu d'ordre dans ses idées.

— Léo, répéta-t-elle pour se calmer plus que pour lui faire plaisir, je pense qu'il faut mettre au point deux ou trois petites choses entre nous. Vous m'avez embrassée et, pour moi, cela signifiait que notre relation... que notre relation était en train de changer... Que vous aviez envie de m'embrasser encore.

Il s'approcha si vite qu'elle se demanda s'il pourrait s'arrêter à temps. Effectivement, il la prit par les épaules et la fit reculer jusqu'au mur. Il avait l'air prêt à la dévorer et cette possibilité la fit frissonner de délice.

Et c'est ce qu'il fit. Ses lèvres se posèrent sur les siennes, ses doigts s'enfoncèrent dans sa chevelure, lui arrachant un gémissement où elle ne reconnut pas sa voix. Elle s'accrocha à lui pendant que sa langue, soyeuse et impérieuse à la fois, s'emparait de sa bouche. Elle aurait pu continuer ainsi pendant une éternité... quand il se dégagea brusquement.

— Cora, vous n'avez pas idée de ce que vous me faites. Je meurs d'envie de vous embrasser.

— Alors, faites-le ! s'écria-t-elle, bien décidée à ne pas le laisser mettre fin à ce qu'il avait si bien commencé, en l'attirant contre elle pour l'embrasser à son tour.

Il l'enlaça et la serra contre lui avant de la repousser de nouveau.

— C'est impossible ! Je ne peux pas faire cela avec vous et ensuite garder mes distances, gémit-il, les yeux fermés comme s'il souffrait le martyre.

Les idées se bousculaient dans l'esprit de Cora. L'intimité physique n'avait jamais fait partie de leur accord, mais elle ne s'était jamais attendue à éprouver de tels sentiments pour lui. S'ils n'allaient pas jusqu'au bout de ce qui se passait entre eux en ce moment, ce serait la plus grande tragédie de sa vie.

S'accrochant aux revers de sa robe de chambre, elle l'attira plus près et sursauta en sentant contre son ventre l'évidence de son désir. Elle aussi le désirait. Quoi de plus simple ?

— Pourquoi voulez-vous à tout prix garder vos distances avec moi ? demanda-t-elle.

— Parce que cela va trop loin ! Ce n'est pas possible !

Elle aurait voulu discuter, mais ses idées étaient trop confuses, à elle aussi. Elle était trop bouleversée par la violente émotion qui le faisait trembler.

— Léo, je vous en prie !

— Et ensuite, qu'allons-nous devenir ?

Il semblait souffrir, et c'était la dernière chose qu'elle désirait. Elle ne voulait surtout pas le blesser. Mais elle ne comprenait pas ce qu'elle avait pu faire pour le heurter.

— Ne pourrions-nous pas passer une nuit ensemble sans discuter pendant des heures de ce que cela signifie ?

— Allez-vous-en ! la supplia-t-il en déposant un baiser hâtif au coin de sa bouche.

Ainsi renvoyée, rejetée et en proie à la plus grande confusion, elle regagna sa chambre.

22

Devonworth ferma à peine l'œil, cette nuit-là. Quand il s'endormait, c'était pour rêver de Cora. Et dès qu'il ouvrait les yeux dans l'obscurité, son image venait danser devant lui. Il se consumait pour elle, et s'il ne parvenait pas à mettre une certaine distance entre eux, il serait perdu pour deux raisons. La première, c'était qu'elle s'était montrée très claire. Leur mariage ne serait jamais qu'une union de façade. La seconde était qu'il avait déjà souffert d'une rupture. Sofia était entrée dans sa vie et il n'avait plus jamais été le même.

Il l'avait aimée. Il lui avait fallu beaucoup de temps pour arriver à cette conclusion car, pendant longtemps, il s'était refusé à admettre la vérité. Il l'avait aimée, et une part de lui l'aimait toujours. Elle posséderait à jamais une partie de son cœur même s'il avait fait son possible pour l'en chasser. Parce qu'elle avait préféré ce baronnet – ou son argent – à leur évidente et profonde affection, il ne pouvait pas – et ne voulait pas – risquer de se perdre aussi totalement encore une fois. Il entendait fermer à tout jamais cette partie de lui-même.

Et c'était ce qu'il avait fait jusqu'à l'arrivée de Cora dans sa vie. À sa grande surprise, elle s'était révélée presque parfaite pour lui à tous les points de vue.

Et c'était regrettable…

Elle l'attirait. En prenant son petit déjeuner dans sa chambre avant de sortir pour une ultime réunion avec Fraser, il se promit de cesser de penser aux sensations éprouvées en embrassant sa femme. Or il était incapable de ne pas penser à elle. Il guettait le moindre bruit, le moindre murmure en provenance de la pièce d'à côté. Il était attablé sur le petit guéridon près de la fenêtre lorsqu'il entendit Monroe entrer chez Cora. Il buvait son café lorsque la femme de chambre fit une remarque à propos du froid, et il imagina son épouse s'habillant pour la journée d'un ensemble de fin lainage puisque le temps s'annonçait plus frais que la veille. Il avalait la dernière bouchée lorsque la porte s'ouvrit et se referma sur le départ de la femme de chambre.

Peut-être Cora était-elle descendue avec elle, après tout. Peut-être aussi était-elle à côté, à quelques pas de lui. Peut-être pourrait-il aller l'embrasser, la réconforter et la consoler de l'avoir rejetée.

— Nom de Dieu de nom de Dieu ! jura-t-il entre ses dents avant d'ouvrir la porte de son armoire.

Il avait demandé à Crawford de le laisser prendre son petit déjeuner tranquillement avant de revenir, mais il n'avait pas la patience de l'attendre pour s'habiller. S'il ne quittait pas cette pièce, il irait voir Cora, et il ne pouvait pas jurer qu'il s'abstiendrait de la toucher. Il devait s'habiller et mettre le plus rapidement possible une certaine distance entre eux deux.

Le rire de Cora lui parvint à travers la porte close. Ce son cristallin le fit frissonner. Bien décidé à l'ignorer, il choisissait un pantalon lorsque le rire recommença. Il resserra la ceinture de sa robe de chambre et gagna la porte de communication avant de vraiment comprendre qu'il s'apprêtait à la rejoindre. Il était pieds nus, en caleçon, mais le peignoir le couvrait suffisamment. Sa main hésita pourtant sur le bouton de porte. S'il l'ouvrait, il allait commettre une erreur irréparable. Elle se mit à rire de nouveau et il se décida à entrer.

Il la trouva perchée à genoux sur le siège de la fenêtre. Elle n'était pas encore habillée et portait une de ces combinaisons modernes où la chemise et la culotte ne font qu'un. La bretelle de dentelle avait glissé sur son épaule. Cette position agenouillée découvrait sa croupe, et la fente de la culotte était suffisamment longue et large pour révéler la peau laiteuse d'une fesse et du haut de sa cuisse…

Ce spectacle lui coupa le souffle, et son sexe manifesta aussitôt son intérêt. Elle jeta un coup d'œil pardessus son épaule dénudée et il l'imagina nue, sans le moindre vêtement pour les séparer.

La surprise peinée qu'il lut dans le regard de Cora le tira de ses rêveries. Sa conduite de la veille l'avait blessée, et il ne pouvait pas s'en étonner. Cependant, au lieu de lui faire des reproches, elle lui désigna la fenêtre du menton.

— Les faisans se sont échappés. Venez voir !

Et elle se retourna vers la vitre en riant doucement.

Il s'avança lentement, tel un somnambule, attiré comme par un aimant par le spectacle qu'elle lui offrait, et non par celui de la fenêtre. Au diable la raison… Les épaules et les membres de Cora étaient d'une blancheur de neige. La ligne pure et élégante de son long cou de cygne – il le savait maintenant – sentait la lavande. La fine batiste de sa chemise soulignait la minceur de sa taille qui s'épanouissait aux hanches. Quand elle se tournerait, il entreverrait la sombre toison qui cachait son sexe. En se penchant, il pourrait y glisser la main, et aucun obstacle ne viendrait s'interposer entre ses doigts et la moiteur de son intimité.

— Cora, murmura-t-il en la rejoignant, sans reconnaître sa voix rendue rauque par le désir.

Elle lui jeta un bref regard par-dessus son épaule, un éclair dans les yeux, et retourna immédiatement à son observation.

— Regardez !

Une véritable comédie des erreurs se jouait au-dessous d'eux. Les faisans couraient en tous sens tandis qu'un palefrenier, un jardinier et deux filles de cuisine tentaient de les rabattre vers leur enclos, de l'autre côté des écuries. Outragés, les volatiles piaillaient et battaient des ailes en courant dans toutes les directions. Le chien de Fraser ajoutait encore à la confusion en aboyant puis en prenant la fuite quand des oiseaux plus audacieux que les autres faisaient mine de l'attaquer.

Objectivement, il savait que la scène était amusante, mais il n'était pas en état d'y prêter attention et se rendait même à peine compte de ce qui se déroulait dehors. Il était bien trop absorbé par la présence de sa femme. Il se pencha sur elle, plein de bonnes intentions. C'était le seul moyen de mieux voir ce qui se passait dans la cour. Son parfum de lavande lui chatouillait les narines, et il dut faire un effort surhumain pour ne pas enfouir le visage dans ses cheveux. Les rondeurs de sa croupe n'étaient qu'à deux doigts de lui et il mourait d'envie d'en goûter la douceur. Son sexe se raidit alors complètement et se dressa de toute sa longueur tandis que son sang battait plus vite dans ses veines.

Cora se raidit. Avait-elle conscience de la violence avec laquelle il la désirait ? Dehors, l'agitation continuait mais entre eux régnait un calme trompeur. Il luttait pour garder son sang-froid. Il avait commis une erreur, une lourde erreur. Jamais il n'aurait dû franchir le seuil de sa porte. Cora n'avait pas réclamé ses attentions et il était incapable de lutter contre la tentation qu'elle incarnait involontairement. Il ne lui restait qu'à s'en aller.

En voulant s'écarter, il effleura la peau douce de sa hanche par inadvertance. Malade de désir, il laissa échapper un gémissement. Au prix d'un effort herculéen, il se retint de se serrer contre elle. Pour mieux reculer, il appuya une main sur la fenêtre, l'autre sur le coussin où elle était installée.

— Léo..., chuchota-t-elle en étreignant son bras.

Il se figea, partagé entre le besoin de prendre la fuite et le désir de lui répondre. La hanche de Cora rencontra la sienne et il se rendit compte que c'était elle qui venait à sa rencontre et qui franchissait le mince espace qui les séparait.

— Cora...

— Je vous en prie ! répliqua-t-elle sans lui laisser la possibilité d'énumérer toutes les raisons qu'ils avaient de se séparer.

Elle se pressa contre lui... et ce fut sa perte. Son érection était tellement vigoureuse qu'il commençait à éjaculer. Il s'appuya contre sa croupe. La douceur en était tellement enivrante qu'il recommença immédiatement.

Elle gémit faiblement. Il imagina qu'elle gémirait ainsi s'il lui faisait l'amour et s'il s'introduisait en elle. Cette idée suffit à lui faire projeter les hanches en avant involontairement. Elle gémit une nouvelle fois et il perdit tout contrôle de lui-même. Il ne pouvait plus revenir en arrière.

Elle lui prit la main pour la poser sur son sein. Il en soupesa le poids et le velouté. Son téton se durcissait sous ses doigts. Il voulait sentir la douceur de sa peau, et il tira sur la fine batiste. Elle ne se déchira pas si facilement mais il était allé trop loin pour agir rationnellement. Il désirait Cora trop violemment. Le tissu délicat céda avec un bruit grossier et elle se trouva nue devant lui. Il enfouit le visage au creux de son cou en mordillant avec douceur la chair si longtemps désirée.

Elle se cambra et repoussa la robe de chambre de Léo pour se saisir de son membre. Sa petite main s'en empara à travers le tissu de son caleçon, et il se mit à trembler de tout son être. Il était tellement près de la jouissance qu'il lui suffirait de quelques poussées... Cependant il se refusait à éjaculer si rapidement. Fermant les yeux, il se retint de toutes ses forces. Il ne voulait pas que cette félicité cesse aussi vite. Il lâcha les seins de Cora et descendit jusqu'à la toison.

— Léo !

Elle le lâcha pour s'agripper aux coussins et se dresser pour lui permettre de trouver plus facilement son clitoris. Il était gonflé de désir. À chaque mouvement de son doigt, elle propulsait ses hanches au même rythme, mais cela n'était pas suffisant. Il avait besoin d'entrer en elle. Il chercha son sexe et y plongea le doigt. Elle était si étroite qu'il devina immédiatement qu'il était le premier. Il ne s'engagea pas profondément, juste suffisamment pour avoir une idée de la façon dont il voulait la prendre.

— C'est bon ?

— Très bon !

— Encore ? demanda-t-il, en priant pour qu'elle acquiesce.

— Oh, oui !

Son assentiment tenait plus du gémissement et était à peine audible, mais cela lui suffit.

Il ajouta un autre doigt et la caressa doucement, allant et venant en elle, tout en pressant du pouce le bouton tout gonflé à chaque assaut de sa main.

Elle était près de jouir. Elle tremblait de tout son être et se cambra contre lui. Incapable de se retenir plus longtemps, il se frotta contre elle et, les yeux clos, l'emprisonna entre sa main et son membre. Quelques poussées de plus et il allait jouir dans son caleçon. Peu lui importait maintenant qu'il montre la hâte et la maladresse d'un collégien. Agrippée à son poignet, pantelante, elle aussi approchait de la jouissance. Plus rien n'importait qu'eux deux, ni le désordre du dehors, ni les occupations qui les attendaient en ville, ni les coups frappés à la porte.

Plus rien n'importait, pas même la personne qui pénétrait dans la pièce. Cora l'avait tellement enivré que sa vue se brouillait. Il eut vaguement l'impression qu'une silhouette féminine se tenait sur le seuil, les yeux écarquillés.

— Laissez-nous ! gronda-t-il, et la porte se referma bruyamment.

La main de Cora s'était crispée sur la sienne, comme si elle craignait qu'il ne se retire. Il ne pouvait pas la faire jouir de cette façon. Retirant ses doigts, il la prit par les hanches pour la faire pivoter. Elle avait l'air d'une courtisane, mais elle restait toujours Cora, la femme qu'il avait prise en affection bien plus qu'il ne l'aurait dû. Son regard brûlait de désir, et les lambeaux de sa combinaison lui dévoilaient ses seins haut perchés, petits et parfaitement galbés, surmontés d'un téton rose. Il la fit asseoir et plongea sur elle.

Il prit sa bouche avec une ardeur qui les laissa tous les deux hors d'haleine. Il voulait connaître la saveur de sa peau et sentir sur sa langue le goût de ses tétons. Elle poussa un cri lorsqu'il les suça et ses mains se crispèrent dans la chevelure de Léo. Mais cela ne lui suffisait toujours pas. Il lui fallait goûter son intimité. Il lui écarta les jambes pour y enfouir le visage. Les cuisses de Cora se refermèrent autour de ses épaules, il aspira goulûment le bouquet salé et elle se pressa contre sa bouche. Il avait peine à respirer, mais cela n'avait aucune importance. Il avait désiré le goût de sa chair sur sa langue avec tellement de violence !

Elle jouit pratiquement tout de suite. La tête rejetée en arrière, elle cria son plaisir en ondulant furieusement des hanches pour se rapprocher de sa bouche. Même lorsqu'elle cessa de trembler, il ne put pas s'arrêter. Il voulait continuer à lui donner du plaisir, y passer la journée, prendre une semaine s'il le fallait pour découvrir toutes les façons de la faire jouir.

Il pensait retourner dans sa chambre pour y atteindre la jouissance à son tour, mais elle avait d'autres idées en tête. À peine l'avait-il lâchée qu'elle tombait à genoux à ses côtés. Ses doigts avides ouvrirent son caleçon, dégagèrent son membre qui se dressa, droit et fier, le gland étincelant. Leurs regards se croisèrent, et il comprit ce qu'elle voulait faire.

— Cora, vous ne pouvez pas...

Il n'eut pas le temps de terminer qu'elle le léchait déjà, d'une langue impatiente et maladroite par manque d'expérience. Il crut mourir à la vue de ses lèvres roses se refermant sur son sexe. Il aurait voulu contempler ses mouvements, mais il était paralysé. Il était trop surpris et trop près de la jouissance pour faire quoi que ce soit. En gémissant, elle enfonça son sexe plus profondément dans sa bouche.

— Je vais jouir !

C'était un avertissement autant qu'une prière. Il ne pouvait pas se retenir plus longtemps. Il saisit sa verge et, d'un seul geste, atteignit la jouissance. Surprise, elle contempla le jet de son plaisir sans pour autant s'écarter. Il éjacula sur sa bouche tandis qu'elle léchait le liquide nacré.

Il avait joui avec une intensité et une violence qu'il n'avait encore jamais connues jusqu'à ce jour, et il en tremblait de tout son corps. Il baissa les yeux sur Cora et comprit qu'il était trop tard. Il ne pouvait plus se détacher d'elle, pas plus qu'il ne pouvait empêcher le soleil de se lever chaque matin.

23

Cora n'avait jamais rien connu de pareil de toute sa vie. Elle avait déjà entendu des dames parler de sexe, bien sûr. Les amies de Fanny en particulier étaient très libérales sur le sujet, et Fanny elle-même était connue pour ses liaisons. Dans une de ses lettres, Jenny lui parlait d'un homme dont elle était tombée amoureuse à Paris. Cora savait donc déjà que les rapports sexuels pouvaient être agréables. Néanmoins, rien ne l'avait préparée à cela.

Quand elle avait joui, elle avait eu l'impression de sortir de son corps. Et son mari avait visiblement éprouvé la même chose. Il était tombé assis sur le siège de la fenêtre, dos à la vitre. Sa poitrine se soulevait comme s'il venait de participer à un match de football. Elle regretta de ne pas avoir suffisamment caressé l'impressionnante musculature de son torse et de ses épaules mais elle aurait d'autres occasions, elle en était certaine. Personne ne pouvait faire ce qu'ils venaient de faire sans brûler d'envie de recommencer.

Léo prit le visage de Cora dans sa main et suivit le contour de ses lèvres du bout du doigt, étendant ainsi sa semence. Elle comprit alors qu'elle devait avoir l'air d'une débauchée, agenouillée ainsi à ses pieds. Les ondes de plaisir qui continuaient de la parcourir la faisaient frémir tout entière. Instinctivement, elle porta la main à sa bouche, mais Léo se pencha et se servit de sa robe de chambre pour lui essuyer les lèvres et le menton.

— Bon Dieu, Cora ! marmonna-t-il en se penchant pour l'embrasser sur le front. C'était... inattendu.

— Oui, c'est le moins que l'on puisse dire ! répliqua-t-elle en souriant.

— Je ne suis pas aussi maladroit, d'habitude.

Il semblait complètement perdu et elle en fut émue. Sa tenue était aussi désordonnée que la sienne. Elle ne l'avait jamais vu complètement détendu ni désemparé, et il lui plaisait bien ainsi.

— Je n'ai rien remarqué, dit-elle.

Il se raidit légèrement. À ce premier indice, elle se douta que ce qu'il s'apprêtait à lui dire ne serait pas plaisant.

— Cora...

— Léo ?

Une angoisse soudaine étreignit la jeune femme. Si ce qui venait de se passer avait dû les rapprocher, il ne lui aurait pas parlé sur ce ton. Quelque chose n'allait pas, et elle se doutait qu'il le regrettait. Elle ne voulait surtout pas perdre cette proximité entre eux. Cette seule idée la rendait malade.

— Vous regrettez ce qui s'est produit, n'est-ce pas ? demanda-t-elle alors qu'il gardait le silence.

— Cela n'aurait jamais dû arriver.

Rien ne l'avait préparée à la douleur qui la transperça. Jamais elle n'avait éprouvé pire souffrance. Elle était pire encore que la nuit où M. Hathaway leur avait rendu visite pour la dernière fois, il y avait des années de cela. Soudain elle fut ramenée à cette soirée où, cachée derrière la porte du salon de musique, elle l'avait entendu se disputer avec sa mère pour des questions d'argent.

— Tu ne recevras pas un sou de plus que la rente mensuelle convenue ! Pas un sou de plus, Fanny !

Sa voix avait résonné à travers la porte. Peut-être avait-il également tapé du pied... Les pampilles de cristal du lustre de l'entrée où Cora regardait par le trou de la serrure avaient légèrement tremblé.

— Pas si fort, Charles ! Ce n'est pas la peine de réveiller les filles en faisant un esclandre !

Le ton de Fanny était mesuré d'une façon inhabituelle chez elle, comme si elle faisait de gros efforts pour garder son calme. Plus que les éclats de voix de son père, c'était ce qui avait terrifié Cora. Les rares visites de M. Hathaway avaient généralement lieu les matins où ses sœurs et elle pouvaient lui être présentées dans leurs plus beaux vêtements. Cette visite tard dans la nuit était des plus étranges.

Un silence presque palpable s'était fait dans la pièce. Pour un peu, Cora l'aurait imaginé se glissant sous la porte jusqu'à l'endroit où, à genoux, elle regardait par le trou de la serrure. Elle ne voyait rien à part le grand piano qui trônait entre les deux fenêtres.

— Si tu appelles cela un esclandre, comment appelles-tu ton éclat à Newport ? avait repris M. Hathaway d'une voix vibrante de colère. Toute ma famille était là !

— C'est exact ! Pour une fois, *toute ta famille* était à Newport, avait ironisé Fanny.

— Tu as parfaitement compris ce que je veux dire.

— À une époque, ta famille, c'était nous !

La souffrance avait remplacé la colère dans la voix de sa mère.

— La situation est différente, à présent...

Cora avait perçu un bruissement soyeux, et les jupes de Fanny étaient entrées dans son champ de vision tandis qu'elle rejoignait M. Hathaway.

— Ce n'est pas indispensable, avait-elle murmuré d'une voix considérablement radoucie. Il n'y a pas que l'argent ! Je ne devrais pas, je le sais, mais je t'aime toujours, Charles, même si tu as épousé cette femme et que tu nous as rejetées.

— Non ! Ne dis pas une chose pareille ! C'est du passé.

— C'est la vérité ! Et quoi que tu prétendes, je sais que tu m'aimes toujours. Sinon, ce ne serait pas si difficile. Reconnais-le ! Dis-moi que tu m'aimes ! Dis-moi que tu aimerais me retrouver en rentrant chaque soir dans ta belle maison de la Cinquième Avenue !

— Nom de Dieu, Fanny !

Pendant un instant, la silhouette de M. Hathaway avait complètement obturé le trou de la serrure tandis qu'il rejoignait sa mère. Cora avait eu peur qu'il ne veuille la frapper pour la punir de lui parler ainsi, et elle allait se lever pour intervenir. Il avait effectivement saisi sa mère par la taille, mais pour l'attirer contre lui. Il l'avait embrassée... et Fanny lui avait rendu son baiser... Sa main fine s'était perdue dans les cheveux de M. Hathaway tandis que l'autre s'était accrochée à son épaule, comme si elle ne voulait pas le laisser partir. Ils paraissaient en transe.

Quand il avait soulevé sa mère contre le piano, Cora avait reculé, affolée, et elle avait fermé les yeux si fort que des taches blanches étaient venues danser derrière ses paupières tandis qu'elle essayait de donner un sens à ce qu'elle venait de voir. Elle essayait encore lorsqu'elle les avait rouverts. Le cœur battant à tout rompre, elle s'était hâtée vers l'escalier sur la pointe des pieds. Elle allait se réfugier dans son lit, bien décidée à faire comme si elle n'était jamais descendue. À peine était-elle arrivée à la première marche que la porte du salon de musique s'était ouverte en trombe et que les pas précipités de M. Hathaway avaient résonné dans le hall. Au lieu de poursuivre sa montée, elle s'était blottie contre le mur en espérant que la pénombre la dissimulerait.

Ce fut un échec.

— Cora ! s'était-il écrié, surpris, d'une voix qu'elle ne lui connaissait pas.

— Monsieur Hathaway...

— Je ne te reverrai pas avant longtemps. Je le regrette, lui avait-il dit.

Ne sachant que répondre, elle s'était contentée d'un signe de tête.

— Charles...

Les yeux brillants de larmes, sa mère s'appuyait contre le chambranle de la porte du salon de musique, comme si elle n'avait plus la force de se tenir debout.

M. Hathaway s'était redressé, visiblement en proie à un grand trouble.

— Si tu as besoin de moi, fais-moi parvenir un message par mon frère. Du moment que tu ne me contactes plus directement, tu continueras à percevoir l'intégralité de ta rente, Fanny.

Il allait partir lorsqu'il s'était arrêté pour jeter un dernier regard à Cora. L'espace d'un instant, son visage s'était contracté. Avec un signe de tête en guise d'adieu, il s'était dirigé vers l'entrée.

— Tout est fini entre toi et moi ! avait-il lancé à Fanny depuis le seuil de la porte. Définitivement ! avait-il ajouté au cas où il y aurait eu le moindre doute.

Le claquement de la porte d'entrée avait résonné dans le silence. Sa mère était venue se laisser tomber sur la marche à côté d'elle. Pour Cora, son chagrin évident avait été plus pénible que tout le reste. Elle avait toujours vu sa mère souriante et heureuse...

— Ne va jamais aimer un homme, Cora, avait-elle dit en l'enlaçant.

— Je le déteste !

C'était vrai. À ce moment-là, elle avait haï Hathaway comme elle n'avait jamais haï personne auparavant, même pas Jenny quand elle lui avait volé sa jolie brosse à cheveux au manche orné de perles et qu'elle l'avait cassée.

C'était la même souffrance qu'elle éprouvait à cet instant, mais aujourd'hui, elle pouvait lui donner un nom : le rejet. Elle n'était pas digne d'amour. Elle n'avait pas été digne d'amour aux yeux de son père, elle ne l'était toujours pas aux yeux de son mari. Il avait profité d'elle comme M. Hathaway avait profité de Fanny, et maintenant, il la rejetait.

Ce n'était pas tout à fait la même chose cependant, elle le savait. Il ne la rejetait pas hors de sa vie. Elle n'était pas obligée de le voir en épouser une autre et avoir des enfants avec elle. Mais sa souffrance ignorait la logique et refusait de voir la différence. La douleur était aussi violente...

— Je...

La gorge nouée, elle était incapable d'articuler un seul mot. Ce n'était pas ainsi que devait se terminer l'expérience la plus grisante de sa vie. Pas avec lui...

— Pourquoi cela n'aurait-il jamais dû se produire ? s'enquit-elle.

— Parce que je ne dois pas faire ce genre de choses !

Pour la première fois, il paraissait remarquer son état et sa semi-nudité, et il se dépêcha de refermer sa robe de chambre et d'arranger son caleçon.

Les motifs verts et roses du tapis dansaient devant les yeux de Cora. À aucun prix elle ne voulait pleurer devant son mari, et si elle se risquait à le regarder, elle perdrait toute contenance. L'angoisse en elle le disputait à la colère, et l'un de ces deux sentiments devait l'emporter.

— Vous ne voulez pas de moi ! s'exclama-t-elle.

— Non... Ce n'est pas ce que je voulais dire, je vous assure. Ce que je veux dire, c'est que je ne peux pas faire ce... ce que nous avons fait, se justifia-t-il en la prenant par les épaules.

Il avait les yeux fixés sur sa poitrine. Elle remarqua alors qu'en déchirant son vêtement il avait arraché la bretelle, et que ses seins étaient nus.

D'une main tremblante, elle rassembla les lambeaux autour d'elle.

— Nous pouvons être amis, nous pouvons être amants, mais nous ne pouvons pas être les deux à la fois, voyez-vous. Pardonnez-moi de vous avoir touchée, Cora. Je ne sais pas ce qui m'a pris.

— Vous n'avez pas à vous excuser. Vous avez fait exactement ce que je désirais.

Elle s'était imaginé qu'ils partageaient quelque chose, et ses excuses ne faisaient qu'augmenter l'affreuse solitude qui lui broyait le cœur.

— Pourquoi ne pourrions-nous pas avoir les deux ?

— Je tiens à l'amitié qui s'est installée entre nous. Je n'ai pas beaucoup d'amis, expliqua-t-il en cherchant ses mots. Si nous avons des relations physiques et que cela ne dure pas, je... Je vous en prie, ne me demandez pas de renoncer à notre amitié !

Que pouvait-elle répondre ?

— C'est entendu.

Pour un peu, elle aurait pu voir la tension s'effacer de son visage. Il lui pressa gentiment l'épaule avant de la lâcher.

— Il faut que j'aille m'habiller.

Elle attendit que la porte se soit refermée pour éclater en sanglots.

Troisième partie

La confiance est ce que nous avons de plus précieux. Économisons-la.

Mark TWAIN

24

Le retour à Londres fut des plus pénibles. Lord David les accompagnait, ce qui leur évita le silence gêné que Cora avait tellement redouté. Léo lui témoignait beaucoup de prévenance et se conduisait comme si tout était normal entre eux, et c'était sans doute le cas. La politesse un peu distante de Léo et sa gaucherie à elle étaient finalement tout à fait ordinaires entre eux. Pourquoi deux journées où ils s'étaient abandonnés à leurs désirs les plus bas devraient-elles changer leur relation ? Une ou deux fois, elle avait surpris David à l'observer. Peut-être avait-il deviné que quelque chose n'allait pas ? De son côté, elle joua parfaitement son rôle d'épouse réservée. Quand la conversation se mit à rouler sur les joueurs de football, elle choisit de regarder le paysage en se demandant comment elle allait traverser les deux prochaines années. Son mari lui avait déjà volé la moitié de son cœur...

Prétextant la fatigue, elle dîna dans sa chambre ce soir-là. Léo ne vint pas frapper à sa porte et, lorsqu'elle s'éveilla le lendemain matin, il était déjà parti pour la Chambre des lords. Elle se refusa solennellement à pleurer et s'appliqua à organiser sa journée. La première tâche qu'elle se fixa fut de terminer de réécrire le début du discours de son mari. Après le déjeuner, elle comptait aller chez Mlle Sharma voir les photographies qu'elle avait prises à Clarkston, puis rendre visite à ses sœurs. Elle n'avait pas encore décidé si elle leur raconterait ou non tout ce qui s'était passé entre Léo et elle. Cela lui paraissait trop intime. Cependant elle était tellement perdue qu'elle avait besoin d'un réconfort qu'elles seules pouvaient lui apporter.

Un calme étrange régnait dans la maison, malgré les activités des domestiques vaquant à leurs occupations. C'était probablement un effet de son chagrin qui lui donnait cette impression. Bien décidée à ne plus laisser son époux la blesser de nouveau, elle se dirigea d'un pas décidé vers le bureau de ce dernier et s'installa à la table où elle avait pris l'habitude de travailler dans la journée. Le thé et les biscuits à l'orange qui l'attendaient sur un plateau lui arrachèrent un sourire. Elle avait goûté pour la première fois ces biscuits le jour de son mariage et les avait tout de suite aimés. Mme Anderson, qui prenait grand soin d'elle, veillait désormais à toujours lui procurer cette petite collation.

D'ordinaire, la table était vide mais, ce matin, une pile de journaux se trouvait à côté du plateau. Tous les jours, Edgecomb envoyait un valet acheter les quotidiens, et ils avaient dû s'accumuler pendant que Léo et elle étaient à la campagne. Elle s'apprêtait à les écarter lorsqu'elle se rappela les horribles ragots qu'elle y avait lus quelque temps auparavant. Mieux valait regarder ce que l'on racontait maintenant. Leur mariage était certainement passé de mode, depuis les premiers articles.

Elle se servit donc une tasse de thé et parcourut rapidement le premier de la pile. Il n'y était fait aucune mention d'elle ou de Léo. Un peu rassurée, elle déplia le deuxième, qui se révéla moins anodin. Vers la dernière page, dans une rubrique intitulée « Divers », un auteur anonyme dissertait sur le dîner de la semaine passée où elle avait eu cette discussion avec lord Bolingrave.

Elle n'était pas nommée. On parlait simplement d'une « avocate du droit des femmes » qui s'exprimait avec « une véhémence incongrue » et qui avait à peine laissé les messieurs placer un mot. Bolingrave était traité comme un de ces hommes infortunés obligés de subir la diatribe d'une virago. On l'avait interrogé sur cet échange et on lui avait demandé s'il aimerait répondre, puisqu'il n'avait pas eu cette possibilité au cours du dîner. Il avait adressé une lettre que le journal reproduisait.

Merci aux rédacteurs de cet estimé journal de s'informer de mon opinion sur la question. Je vais vous la donner ici comme je l'ai déjà donnée à maintes reprises à quiconque est disposé à l'écouter. Ces idées sur les « nouvelles femmes » et sur leurs droits ne sont pas nouvelles. Cette théorie est en opposition totale avec les lois humaines et les devoirs qui incombent à l'homme de travailler pour subvenir aux besoins de sa famille. Les devoirs assignés à la femme par la nature sont de soigner et de nourrir les siens, et les lois de la nature primeront toujours. J'accorderai cependant aux femmes les droits qui leur reviennent, et je reconnais qu'elles ont raison d'en appeler à toutes les femmes pour résoudre la question qui nous occupe actuellement. Prenez, par exemple, les difficultés sanitaires auxquelles notre beau pays doit faire face. Beaucoup de ces questions pourraient être résolues par nos femmes pour peu qu'elles veuillent bien se préoccuper non de dissonance mais d'harmonie. Les femmes sont traditionnellement des ménagères tandis que les hommes investissent le monde. Chacun sait que l'hygiène commence au foyer. Que ces « nouvelles femmes » soient des réformatrices sociales et se donnent pour mission de veiller à ce que nos foyers soient toujours propres. Qu'elles maîtrisent les questions physiologiques et utilisent les progrès de la modernité pour préserver leur foyer de toute saleté et de toute maladie.

Qu'elles laissent entrer le soleil et l'air pur pour éliminer l'obscurité et l'humidité propices à tous les miasmes et à toutes les maladies. Qu'elles apprennent la chimie afin de veiller à la propreté de l'eau qu'elles procurent à leur famille. Qu'elles apprennent les propriétés des aliments pour donner à leurs enfants la nourriture la plus nutritive. Nous avons à notre disposition des millions de femmes pour accomplir ces tâches. Mettons-les au travail pour apporter la propreté à tous les foyers. Nous n'avons jamais eu de connaissances aussi développées en matière d'hygiène mais, au lieu d'utiliser ces connaissances, les femmes sortent manifester, rejoignent des comités et se forment pour prendre leurs métiers à des hommes qui en ont besoin pour vivre. L'éducation des enfants et les soins de la maison sont abandonnés à des domestiques et à des personnes âgées. Si les femmes employaient leur temps à de saines et utiles occupations, notre monde, leur santé et leur bonheur s'en porteraient mieux.

Cora était livide lorsqu'elle termina sa lecture. Elle ne pouvait pas – et ne voulait pas – laisser ces assertions sans réponse. Elle prit une feuille blanche et commença une lettre pour la rédaction du journal. Elle écrivit que reprocher aux femmes qui demandaient à être reconnues comme des membres de la société à part entière le manque d'infrastructures dû à la rapide croissance de la population était absolument odieux. L'auteur de la lettre combattait le projet de loi sur la santé publique que Devonworth et d'autres défendaient. Il proclamait que cette loi n'était pas nécessaire et que les dépenses qu'elle entraînerait constitueraient une charge insupportable pour les collectivités et les propriétaires. Elle le soupçonnait d'être payé par certains propriétaires mais elle ne pouvait pas le prouver. Au lieu d'assumer toutes ses responsabilités de parlementaire, il reprochait aux femmes le manque des infrastructures qu'il aurait dû réclamer.

Elle se retint de le qualifier de toutes les épithètes qui lui venaient à l'esprit. Elle ne mentionna pas non plus le nom de son époux. Elle aurait aimé signer sa lettre « Cora Devonworth », mais cela aurait fait plus de mal que de bien. Elle ne pouvait pas se permettre de faire de Bolingrave un ennemi alors que Léo espérait toujours obtenir son vote. Elle utilisa donc le pseudonyme qu'elle avait employé pour cette revue sur les droits des femmes dans son pays. Il lui avait été très utile à ce moment-là et il allait l'être encore une fois.

Lavender Starling était revenue à la vie.

25

Le dîner avec Hathaway était prévu depuis des semaines. Ce dernier comptait en effet partir le lendemain pour un tour d'Europe et ne revenir que pour le mariage d'Eliza à la fin de l'été. Devonworth, sa mère et Cora l'avaient invité, désireux de faire preuve de bonne volonté avant son départ. Mme Dove, pour des raisons évidentes, s'était trouvé d'autres occupations et Cora avait informé leur invité qu'Eliza et Jenny s'étaient excusées. Ce n'était pas Devonworth qui le leur reprocherait.

Apprendre que cet homme était le père de Cora avait considérablement altéré l'opinion qu'il avait de lui. Il l'avait jusque-là trouvé sentencieux et ennuyeux. Maintenant, il le méprisait cordialement. Cet homme avait abandonné ses trois enfants, et cela, il ne pouvait l'accepter. Il admettait encore plus difficilement que Cora soit obligée de lui témoigner une courtoisie sans faille.

Pendant tout le dîner, il ne quitta pas Hathaway des yeux, guettant le moindre signe d'affection paternelle de sa part. En vain. À son arrivée, il avait salué Cora comme n'importe quel homme du monde aurait salué l'épouse d'un homme influent dont il cherchait à se ménager l'amitié. Au cours du dîner, il avait poliment écouté la jeune femme chaque fois qu'elle avait pris la parole pour ensuite immédiatement tourner son attention vers son hôte. Devonworth avait bien pris soin d'associer sa femme à la conversation suffisamment souvent pour que cela devienne évident à quiconque voulait bien y prêter attention.

Leur invité lui rappelait son père. Enfant, il s'était souvent demandé si le défunt comte savait qu'il n'était pas son fils. Il avait appris le secret de sa naissance lorsqu'il avait surpris une conversation entre sa mère et sa grand-mère alors qu'il n'avait pas plus de sept ou huit ans.

— Il ne faut pas le lui dire. Jamais ! avait déclaré sa grand-mère.

— Comment pourrais-je lui cacher qui est son père ? Vous ne pouvez pas me demander une chose pareille ! Ce serait immoral, avait rétorqué sa mère.

— C'est ton adultère qui est immoral !

— Nous n'étions pas mariés !

— Vous étiez fiancés, cela revient au même ! Des vœux avaient été échangés. Tu as imploré le pardon du Seigneur, et tu ne peux rien faire de plus. Tu es allée jouer les coucous dans le nid de ton propre mari ! Maintenant, laisse ton fils tranquille ! Lui infliger ce fardeau constituerait une nouvelle faute, peut-être plus lourde que la première.

— Mais Viktor est à Londres…

— Le Scandinave ? Est-ce qu'il sait ? s'était affolée son aïeule.

— Non, je ne savais pas si je devais le lui dire, avait piteusement expliqué sa mère, qu'il n'avait jamais connue aussi timide.

— Parfait. Surtout, n'en parle à personne ! Quant à nous, nous n'aborderons plus jamais le sujet.

Le silence était retombé, seulement troublé par les sanglots étouffés de sa mère. Effrayé par sa découverte, il avait quitté sa cachette sur la pointe des pieds. Tout son monde vacillait. Au fil du temps, il en vint à penser que son père – ou plutôt le mari de sa mère – savait, car il ne lui accordait pas le même intérêt qu'à Harry. Alors que l'héritier faisait généralement la fierté d'un père, celui dont le comte était fier, le préféré, c'était visiblement Harry, qui bénéficiait de toute l'attention paternelle. Le comte ne pouvait pas l'empêcher d'hériter du titre, puisqu'il était l'aîné et que le titre et les domaines qui y étaient attachés allaient au premier-né du mariage. Sans aucun moyen de prouver que Léo n'était pas son fils biologique, le comte n'avait pas d'autre ressource que de l'accabler de son mépris.

Hathaway semblait fait du même bois. Il ne montrait aucun dédain envers Cora, mais il n'éprouvait visiblement aucun intérêt pour elle. Cette fois-ci, c'était lui, le coucou qui déposait ses œufs dans le nid d'un autre. Les abandonner n'avait pas dû lui demander beaucoup d'efforts.

— Nous autres dames allons nous retirer au salon et laisser les messieurs fumer leurs cigares, intervint sa mère, l'arrachant à ses pensées.

Il se leva en même temps qu'elles. Cora lui avait à peine accordé un regard de tout le dîner. Elle ne se montrait pas vraiment froide, mais plutôt distante. Il se méprisait d'être allé aussi loin avec elle à Timberscombe Park et de l'avoir blessée. S'abstenir de la rejoindre chaque soir lui coûtait. Il ne voulait simplement pas risquer de se laisser aller encore une fois à son désir. Endurer la souffrance de garder ses distances avec elle valait-il la peine si l'amitié qui lui était si chère n'y survivait pas ? La réponse n'était pas évidente. Pour le moment, il se contentait d'attendre que soit son désir, soit ses bonnes résolutions l'emportent.

Il la regarda donc s'éloigner, sa chevelure cuivrée luisant à la lueur des lampes à gaz. Comme toujours, ce fut son cou de cygne qui attira son attention. Mais maintenant, il connaissait le goût de sa peau et il rêvait de passer la langue dans le creux de son épaule...

Les valets desservirent la table et Edgecomb apporta le cognac et les cigares. Devonworth refusa le tabac. Ce qu'il comptait dire à son visiteur ne lui laisserait probablement pas le temps de fumer un havane. Hathaway, lui, en accepta un de bon cœur.

— Je sais que vous êtes le père de Cora, annonça Devonworth quand ils furent seuls. C'est elle qui me l'a dit, ajouta-t-il au cas où son interlocuteur qui, effaré, s'étranglait dans la fumée de son cigare, aurait protesté.

— Comprenez-moi, milord ! Je n'étais pas certain qu'elle était de moi. Pas au début, en tout cas, se défendit Hathaway après un moment de réflexion.

— Mme Dove était pourtant bien votre maîtresse ?

— Je suppose...

— Que voulez-vous dire ? C'est bien vous qui assumiez ses dépenses et son logement ?

Devant ce ton tranchant, Hathaway posa sur lui un regard apeuré, un regard d'une ressemblance frappante avec celui de Cora. Comment ne s'en était-il pas aperçu plus tôt ? Parce qu'il lui manquait la chaleur et la gaieté de Cora, probablement.

— Oui, nous sommes finalement arrivés à un accord, répondit Hathaway. Quand je l'ai rencontrée pour la première fois, elle était... Elle avait une relation avec une de mes connaissances, corrigea-t-il, et Devonworth était certain que ce n'était pas ce qu'il voulait dire initialement. Leur relation s'est distendue et nous nous sommes rapprochés. Sa grossesse est arrivée très rapidement, et je ne savais pas si l'enfant était de moi ou non. Je ne l'ai su que plus tard, quand la ressemblance est devenue suffisamment évidente pour me rassurer et que je les prenne en charge financièrement.

Devonworth en avait la nausée. Si Cora ne lui avait pas ressemblé, il aurait jeté à la rue avec son enfant une femme qui avait été sa maîtresse.

— J'espère que vous ne lui reprocherez pas sa naissance, milord. Elle était obligée de vous mentir, elle ne pouvait faire autrement.

— Ce n'est certainement pas à elle que je ferai des reproches.

Il avait parlé avec tant de véhémence que Hathaway eut le bon goût de rougir.

— Mais, puisque vous le mentionnez, pourquoi aurait-elle été obligée de me mentir ? s'enquit Léo.

— Je... je ne pouvais pas la reconnaître publiquement ! Vous savez comment vont les choses.

Pour un peu, Léo lui aurait avoué sa propre illégitimité et montré que sa vie avait été bien différente de celle de Cora. Cependant il ne pouvait pas trahir sa mère. Des gens cancanaient mais il n'avait jamais eu le moindre indice ou la moindre preuve d'indiscrétion de la part du clan de son père. Son véritable père résidait en Scandinavie, de toute façon. Il ne savait même pas dans quel pays. En attendant, il se refusait à donner à Hathaway une arme qu'il pourrait utiliser contre eux à l'avenir.

— Je n'ai pas d'enfant, je ne le sais donc pas, fit-il remarquer.

— Ce sont pourtant des choses qui arrivent, particulièrement dans votre aristocratie, milord. Jacob Thorne est bien le demi-frère illégitime du comte de Leigh, il me semble...

— Le père de M. Thorne, le défunt comte, l'a reconnu et a veillé à son éducation et à celle de ses frères et sœurs. Il a reçu une excellente éducation et des biens conséquents.

— J'ai veillé à l'éducation de Cora et de ses sœurs, alors que j'étais moins certain de ma paternité.

— Vous doutez donc tellement de la fidélité de toutes les femmes avec qui vous couchez ?

Cette insulte voilée toucha son but, et les joues de Hathaway s'empourprèrent de colère.

— Nous n'étions pas mariés ! Je ne pouvais pas être certain qu'elle ne fréquentait pas d'autres hommes. Elle est très belle et l'était encore plus à l'époque.

— Vous lui aviez promis le mariage ?

— Mes parents ont refusé ma demande de l'épouser, admit-il piteusement.

— Pourquoi ?

— Personne ne connaissait la famille de Fanny, dans notre monde. Elle n'était personne, n'avait pas de nom, et ils ne voulaient pas voir l'héritier des Hathaway marié à une femme comme elle. Je leur en ai voulu à l'époque mais, maintenant que ma fille approche à son tour de l'âge du mariage, je comprends leur souci.

— Vous voulez parler de votre quatrième fille, je suppose...

— Je voulais m'enfuir avec Fanny, l'emmener à Toronto avec les enfants. Je possédais des parts dans une société de chemin de fer et je pensais que je pouvais y faire mon chemin. Seulement, la guerre est arrivée et tout a changé. Mon père est mort, et c'est moi qui ai dû tout à coup prendre les commandes... Je travaillais avec le gouvernement pour ravitailler nos troupes. Ma vie avec Fanny et les enfants était terminée. Je leur envoyais de l'argent. Un de mes amis, Jeremiah Dove, leur a donné un nom et la respectabilité. Je ne sais pas comment mais après sa mort, des bruits ont couru à leur propos. J'ai longtemps soupçonné Fanny d'en être à l'origine. Elle était prête à compromettre l'avenir de ses filles pour me faire du tort. Je ne pouvais pas les voir aussi souvent que je l'aurais voulu parce que chaque fois, les ragots reprenaient. Vous pouvez imaginer la gêne et la honte de ma femme et de ma mère. Finalement, j'ai dû couper toute relation. Je n'avais pas le choix !

— Vous vouliez surtout les oublier ! Abandonner vos propres enfants !

Devonworth ne prenait plus la peine de cacher son mépris. Est-ce que l'homme qui l'avait engendré l'aurait traité de la même façon ? Sa mère avait-elle avoué sa paternité au mystérieux Viktor ? Il ne lui avait jamais posé la question, parce qu'une partie de lui avait peur de connaître la réponse.

— J'ai fait ce que je devais faire pour le bien de ma famille, décréta Hathaway. Elles n'ont pas connu la pauvreté ni été jetées à la rue.

Balivernes !

— En tant que mari de Cora, je suis le beau-frère de Jenny et d'Eliza et leur plus proche parent mâle. Je veux que vous me transfériez le contrôle de leur héritage.

— Il n'en est pas question ! s'exclama Hathaway.

Quand on veut obtenir quelque chose de quelqu'un, mieux vaut ne pas montrer ouvertement son mépris envers lui. Devonworth le savait depuis longtemps, mais il s'était laissé emporter par sa colère.

— Il s'agit d'un héritage de ma mère, et je ne peux pas en céder le contrôle à d'autres que leurs époux, précisa son interlocuteur.

— Ce ne serait pas plutôt leurs époux que vous voudriez contrôler ?

— Je dois m'en aller, maintenant. Il faut que je parte tôt demain matin, déclara Hathaway en se levant avec tant de vivacité qu'il renversa sa chaise.

— Non !

Cora venait d'entrer dans la salle à manger, tête haute et regard étincelant. Devonworth fut tellement surpris par son entrée qu'il trébucha en se levant.

— Répondez ! ordonna-t-elle.

— Cora, ma chérie, nous savons bien, toi et moi, que ma mère...

— Ça suffit ! Nous savons tous deux parfaitement que votre mère a voulu que mes sœurs et moi recevions un héritage, et non une dot. C'est vous qui avez altéré à votre convenance les dispositions qu'elle avait prises. Il est inutile de prétendre le contraire !

Hathaway jeta un regard implorant à Devonworth, cherchant visiblement un appui de son côté. Mais Léo, enchanté du courage de sa femme – et quelle femme ! –, la rejoignit pour la prendre par la taille en signe de soutien.

— Je ne vois vraiment pas ce que vous cherchez, reprit Hathaway. Toutes les dispositions ont été prises et nous avons conclu des accords !

— Toutes les dispositions ont été prises à votre avantage, selon votre habitude, précisa Cora. Eliza va se marier, et Jenny aussi un jour ou l'autre, et vous nous aurez écartées de votre chemin tout en gagnant l'appui de trois gendres influents. Tout ce que je veux vous faire comprendre, c'est que nous vous voyons toutes pour ce que vous êtes.

— Et que suis-je donc ? rétorqua sèchement Hathaway en se redressant de toute sa hauteur.

— Un petit homme pitoyable plein de frustrations qui va devoir vivre toute sa vie avec le souvenir qu'il a été trop lâche pour faire ce qu'il désirait vraiment.

— Je ne resterai pas une minute de plus pour écouter ces sornettes !

Il se dirigeait vers la porte lorsque Devonworth lui barra le passage.

— Réfléchissez à ma proposition pendant votre voyage. Eliza et Jenny méritent mieux.

— Bonsoir, milord !

Devonworth s'écarta et rejoignit Cora.

— Qu'est-ce qui vous a poussé à lui dire ses quatre vérités ? demanda Cora, rompant enfin le lourd silence qui s'était installé.

— Je n'ai aucune confiance en lui, et l'idée qu'il puisse avoir un moyen de pression sur vos sœurs m'inquiète beaucoup.

— Et pourquoi étiez-vous tellement en colère avant ?

— Ah, vous avez remarqué ? C'est pour cela que vous êtes revenue ?

— J'avais l'impression que vous aviez des choses à lui dire, et j'étais curieuse.

— La façon dont il vous a abandonnées, vos sœurs et vous, me déplaît souverainement. Je suis heureux que vous n'ayez plus besoin d'avoir de rapports avec lui. Je ne l'inviterai plus ici à moins que vous ne désiriez le voir. Il vous suffit de prononcer un mot et...

Elle effleura son épaule, et cela suffit pour enflammer tous ses sens. Tout son corps s'embrasa pour elle.

— Je vous remercie, Léo. J'accepterais volontiers votre proposition mais, pour le moment, nous ne pouvons pas le bannir de nos vies. Cela pourrait compromettre le mariage d'Eliza, et même celui de Jenny, quand elle aura trouvé un homme à sa convenance. J'espère que je ne les ai pas déjà mis en danger. Je n'aurais pas dû lui parler comme je l'ai fait.

— Vous aviez parfaitement le droit de lui dire tout ce que vous aviez sur le cœur, la rassura-t-il en la prenant dans ses bras, toute tremblante. Vous n'avez fait que lui dire la vérité, malheureusement. Il ne veut pas transférer les fonds parce qu'il espère que ces mariages lui apporteront des relations utiles qu'il désire ardemment. Vous avez touché le point sensible mais, dès demain, il s'en sera remis.

— Oui, vous avez certainement raison.

— Vous vous sentez mieux ? s'enquit-il d'une voix rauque de désir.

Qu'il était difficile d'être si près d'elle et de ne rien faire... Il connaissait maintenant le goût de son corps, son parfum. Il serait tellement facile de prendre sa bouche et de plonger sa langue entre ses lèvres. Il leur suffisait d'une minute pour gagner son lit. Une minute de plus, et il pouvait être en elle. Il dut serrer les dents pour réprimer l'excitation que provoquait cette idée. Ce n'était pas le moment. Pas alors qu'elle était tellement vulnérable. Pas alors qu'il craignait tant de se laisser aller à ses émotions. La barrière était si fragile...

— Beaucoup mieux, en fait, répondit-elle. Cela faisait tellement longtemps que je mourais d'envie de lui dire ce que j'avais sur le cœur !

Elle semblait effectivement plus sereine, apaisée.

Quant à lui, il la désirait de tout son être. Il aurait voulu partager avec elle cette joie paisible.

— Venez, je veux vous montrer quelque chose, dit-elle en le prenant par la main.

Il obéit, partagé entre le désir de voir tout ce qu'il ne connaissait pas encore de son corps et l'appréhension de se trouver seul avec elle.

— Voulez-vous revenir d'ici un quart d'heure ? demanda-t-elle à Monroe une fois dans sa chambre.

Il n'entendit pas la réponse de la femme de chambre mais elle sortit tout de suite, non sans lui jeter un regard plein de sous-entendus en passant devant lui. Après ce qui s'était passé à Timberscombe Park, il lui faudrait des années avant d'oser la regarder en face.

— Asseyez-vous, proposa Cora en prenant une liasse de papiers. J'ai terminé l'introduction de votre discours. Dites-moi ce que vous en pensez. « Mes chers collègues, mes chers amis... têtes de nœud », ajouta-t-elle avec un sourire malicieux qui le fit éclater de rire.

— Où avez-vous appris ce mot ?

Le terme était typiquement anglais, du moins le croyait-il.

— J'ai trouvé qu'il convenait parfaitement. Vous êtes libre de l'utiliser ou non ! « Permettez-moi de vous rapporter le cas d'une famille rencontrée au cours d'une visite à Clarkston, un bourg qui, comme beaucoup, a été touché par notre course forcenée à l'industrialisation. »

Fasciné, il l'écouta lire le discours qu'il devrait présenter au Parlement quelques semaines plus tard. Et en l'écoutant, il sut qu'il était irrémédiablement perdu. Jamais ils ne pourraient revenir en arrière et redevenir de simples amis.

Il l'aimait...

Il imagina des soirées passées à travailler des discours ou des articles au cours des années à venir, avec elle à ses côtés. Il imagina leurs joutes verbales pour choisir la meilleure tournure de phrase. Il l'embrasserait dans le cou, et la soirée laisserait doucement place à la nuit lorsqu'il la porterait à l'étage pour lui faire l'amour avec tant de passion qu'elle finirait par s'endormir entre ses bras, trop épuisée pour se retirer dans sa chambre. Mais tout cela n'arriverait jamais, puisqu'elle souhaitait une séparation.

À moins qu'il ne parvienne à la faire changer d'avis...

L'idée surgit de nulle part. Voulait-il vraiment la faire changer d'avis ? Voulait-il vraiment se mettre pieds et poings liés à la merci d'une autre femme qui posséderait son cœur ?

— Qu'en pensez-vous ? demanda-t-elle.

— C'est parfait. Merci de l'avoir écrit.

Elle lui sourit, et le cœur de Léo se mit à battre à un rythme affolant. Il était trop tard, c'en était fait de lui.

— Vous partez ? s'enquit-elle, étonnée, en le voyant se lever.

— Je viens de me souvenir que nous avons laissé ma mère seule en bas. Je vais aller lui dire bonsoir.

— Je l'avais complètement oubliée !

— Vous êtes certaine que vous allez bien ? demanda-t-il en la prenant par les épaules, incapable de la quitter sans la toucher. Je veux dire, après ce qui s'est passé avec votre père.

— Oh, oui, je suis contente de lui avoir dit ce que je pensais de lui depuis tant d'années ! répondit-elle avec un tel enthousiasme qu'il s'écarta pour plus de sûreté. Merci de m'avoir soutenue.

Elle s'avança vers lui, et il recula d'autant, jusqu'à ce qu'il atteigne la porte communicante.

— Je vous soutiendrai toujours, Cora. C'est demain qu'a lieu la manifestation de la Société londonienne pour le suffrage féminin, ajouta-t-il pour revenir à un sujet plus raisonnable. Vous vous rappelez ce que je vous ai dit ?

— Je m'en souviens très bien. Vous ne voulez pas que je prenne de risques...

— Très bien.

Au moins pouvait-il la protéger de tout danger en attendant de savoir ce que l'avenir leur réservait. Il lui souhaita une bonne nuit et franchit la porte, mettant entre eux une distance indispensable.

26

Cora n'était jamais allée à une manifestation. L'excitation dans l'atmosphère était palpable, tout comme une certaine impression de danger. Les becs de gaz éclairaient la placette et le groupe d'une cinquantaine de manifestantes, rendant par contraste la nuit environnante plus obscure. Personne ne l'évoquait, mais la menace était cependant bien présente sur les visages fermés des hommes vêtus de noir qui montaient la garde aux franges de la pelouse. Ils étaient là pour les protéger en cas de nouvelle attaque. Dieu merci, personne n'avait essayé… jusqu'ici.

Beaucoup d'hommes et quelques femmes dans la foule des passants lançaient des commentaires désobligeants ; toutefois, personne ne tenta de les molester tandis qu'elles tournaient autour de la pelouse de Parliament Square en brandissant leurs pancartes rouge et bleu. Deux personnages à la mine patibulaire les observaient depuis le coin d'une rue, un grand maigre et un autre plus petit et plus rond, tous deux très bruns et fumant cigarette sur cigarette. Ils dévisagèrent Cora sans aménité. Elle les ignora et préféra réfléchir à l'importance que revêtait la soirée pour leur mouvement.

Le palais de Westminster se profilait de l'autre côté de la place. Ces messieurs des deux Chambres, y compris son mari, discutaient des droits des femmes à garder le contrôle des biens qu'elles apportaient dans le couple au moment de leur mariage. Il s'agissait à première vue d'une mesure simple, mais le projet de loi était déjà venu devant le Parlement par le passé, et il s'était vu largement rejeté. Trop de parlementaires craignaient que céder sur ce point n'ouvre les vannes à d'autres droits, jusqu'au droit de vote. Ils avaient raison. Tout le monde pensait qu'il s'agissait d'un premier pas pour rectifier toute une série d'injustices envers les femmes.

Le vote devait avoir lieu le lendemain, et elles connaîtraient alors la longueur du chemin qui leur resterait à parcourir pour atteindre leur but. Vers la fin de la manifestation, Mme Burgess vint la trouver.

— Lady Devonworth, je voulais vous remercier personnellement de votre présence avec nous ce soir.

Visiblement, l'influence de son mari rejaillissait sur elle, même en son absence.

— C'est moi qui devrais vous remercier, madame. Le travail que vous accomplissez est d'une grande importance pour les femmes et les enfants de toute la Grande-Bretagne.

Son interlocutrice lui sourit mais elle était visiblement préoccupée. Elle tira gentiment Cora par le bras pour l'entraîner au bord de la pelouse, où les dames commençaient à ranger leurs pancartes avant de regagner leur voiture.

— Loin de moi la volonté de m'immiscer dans les relations entre une femme et son mari, seulement je me demandais... Pardonnez-moi, mais lord Devonworth jouit d'une certaine influence, et je voulais savoir si...

— Mon mari a beaucoup de sympathie pour la cause des femmes, effectivement.

Ils n'en avaient plus reparlé depuis la négociation de leur mariage, mais c'était un homme honnête et bon. C'était, autant que son pouvoir de séduction, ce qui l'avait décidée à l'épouser. Enfin, son pouvoir de séduction avait peut-être eu une longueur d'avance... Elle était toutefois amoureuse de lui aussi à cause de sa force de caractère.

— Oui, oui, j'en suis convaincue, milady, reprit Mme Burgess, un peu plus détendue, même si sa mine restait naturellement austère. Vous pourriez peut-être le convaincre d'épouser officiellement notre cause au cours des prochains mois. Même si la loi passe demain, ce ne sera qu'une étape sur notre chemin. Il y en aura beaucoup d'autres avant que nous touchions au but, et son soutien constituerait une aide précieuse.

Cora n'avait jamais pensé lui demander de se joindre à la SLSF et elle n'en aurait jamais eu l'idée. Comment réagirait-il ? Son travail lui laissait peu de temps, mais lui poser la question ne coûtait rien. Elle promit de lui en parler et se dépêcha de rejoindre Augusta, qui devait la déposer dans les écuries derrière chez elle. Devonworth ne voulait pas qu'elle aille manifester et, pour éviter une dispute avec lui, elle avait préféré ne pas prendre leur voiture. Elle allait rentrer par la porte de service et il ignorerait son équipée, à moins qu'il ne lui pose la question. Elle ne lui mentirait pas. De toute façon, il ne pourrait plus faire grand-chose à ce moment-là.

Une vingtaine de minutes plus tard, elle frappait à la porte des cuisines, où l'attendait Mme Anderson.

— Ah, vous voici, milady !

Visiblement soulagée, la gouvernante, qui était dans le secret, guida Cora à travers le labyrinthe de couloirs de service.

— Mon mari est-il rentré ?

— Pas encore, mais on l'attend d'un moment à l'autre. Je vous conseille de monter tout de suite dans votre chambre, milady. Il est inutile qu'il se doute de quelque chose.

Cora était de cet avis. Leurs relations étaient plutôt cordiales, ces derniers temps. Elle souffrait toujours de son rejet, mais ils étaient parvenus à éviter le sujet. Elle lui était reconnaissante de son intervention auprès de M. Hathaway. Sa lettre au journal avait été publiée la veille, et elle ne lui en avait pas parlé non plus. Elle pensait que son pseudonyme protégeait suffisamment son identité. Cela dit, si jamais il était percé à jour, elle préférait être en bons termes avec lui.

— Je comprends. Prenez mon manteau et mon chapeau, je vais monter par l'escalier de service.

— Oui, milady. Je vous enverrai Monroe d'ici un moment.

— Merci.

Cora se hâtait vers l'escalier de service lorsqu'elle entendit des voix masculines. Son mari parlait à Edgecomb. Il venait probablement d'entrer par la porte principale. Elle attendit dans le petit dégagement près de l'escalier en se demandant quoi faire. Les deux escaliers donnaient sur les mêmes paliers. Même si elle lui échappait au rez-de-chaussée, elle risquait de le retrouver sur le palier du dessus. Elle avait laissé son manteau, son chapeau et ses gants à Mme Anderson, cependant sa tenue n'était pas celle d'une soirée à la maison, et elle portait encore de hautes bottines confortables qu'elle réservait aux jours de pluie. Dès qu'il la verrait, il comprendrait d'où elle venait.

Les voix s'éloignèrent. Peut-être était-il allé dans le salon, espéra-t-elle. Cela lui arrivait parfois quand il rentrait, pour se servir un verre. Elle sortit prudemment de sa cachette et, comble de malchance, croisa immédiatement son regard. Il se tenait juste au pied du grand escalier.

Son cœur s'arrêta de battre. Il la dévisagea, effaré, puis son visage se contracta de fureur. Il venait de comprendre... Il venait de comprendre, et il était furieux. Elle ne prit pas le temps de réfléchir et s'élança dans l'escalier de service qu'elle gravit quatre à quatre. Lui aussi avait dû se mettre à courir. Elle entendait ses pas précipités qui résonnaient dans le grand escalier.

Hors d'haleine, elle arriva sur le palier, mais il avait été plus rapide qu'elle. Elle poussa un cri de surprise en le voyant se diriger vers elle.

— Cora ! tonna-t-il d'une voix de stentor, celle qu'il devait utiliser à la Chambre des lords.

Elle frissonna de crainte. Une crainte mêlée d'un sentiment délicieux et troublant...

Au lieu d'attendre, elle se précipita jusqu'à sa chambre dont elle claqua la porte derrière elle. Avec un soupir de soulagement, elle tourna la clé dans la serrure. Elle était en sécurité. Pas tout à fait... La porte de la salle de bains était toujours ouverte. Elle se précipita... trop tard. Les pas de Léo résonnaient déjà sur le carrelage, et il parvint à la porte en même temps qu'elle. Comme elle s'ouvrait vers la chambre de Cora, il était avantagé. Elle se retourna vers la porte donnant sur le couloir, tandis qu'il faisait claquer le battant derrière lui, s'enfermant ainsi avec elle.

— N'ouvrez pas cette porte !

Il n'avait pas besoin de crier, sa voix était suffisamment impérieuse. Elle jeta un regard par-dessus son épaule tout en fourrageant dans la serrure, mais ses mains tremblaient trop pour être vraiment efficaces.

— Je ne vous savais pas si lâche !

L'insulte cingla Cora qui se retourna pour lui faire face.

— Je ne suis pas lâche !

— Alors dites-moi ce que vous avez fait, au lieu de fuir !

— Qu'est-ce que j'ai fait ?

Elle n'était pas totalement stupide, elle savait bien qu'il était inutile de lui donner des informations qu'il avait déjà.

— Vous êtes allée à cette manifestation malgré ce que je vous avais dit !

— Oui, j'y suis allée. J'y suis allée parce que je suis membre de la SLSF. Nous avons fait entendre notre voix pour faire des femmes mariées des personnes à part entière !

— Je vous avais interdit d'y aller !

— Vous m'aviez *interdit* ? Et vous vous imaginiez que j'allais vous obéir ? Je ne vous appartiens pas, et vous n'avez rien à m'interdire ou à me permettre !

Il passa la main dans ses cheveux, les ébouriffant complètement. Elle aimait le voir ainsi, tout échevelé, quand son vernis un peu compassé craquait. Mais pour le moment, elle était trop en colère pour l'apprécier.

— Vous êtes ma femme. C'est à moi de veiller à votre sécurité.

— Je suis votre femme, c'est exact. Votre femme, pas votre propriété, et ce n'est pas à vous de veiller sur ma sécurité ! Vous pouvez m'offrir votre protection si vous voulez mais, au bout du compte, c'est moi qui prends les décisions qui me concernent. Vous ne pouvez pas me garder sous clé !

— Je ne veux pas vous garder sous clé ! Je vous avais demandé de ne pas aller à ce rassemblement. Il y a eu des blessés la dernière fois, et je ne voulais pas avoir à me faire du souci pour vous.

— Eh bien, vous n'avez pas eu besoin de vous en faire puisque vous ne saviez pas que j'y étais !

— Vous croyez que cela nous avance beaucoup ? grogna-t-il.

Son expression avait subtilement changé. Cora n'aurait pas su nommer ce qu'elle lisait sur son visage, mais il s'était radouci. Elle comprit alors qu'il n'était pas simplement furieux qu'elle ne lui ait pas obéi. Ce qui le tracassait, c'était qu'il n'aurait pas pu lui venir en aide en cas de besoin.

Il se souciait d'elle.

— Léo… Je sais que vous aviez peur pour moi et que vous n'aviez certainement pas l'intention de vous conduire en dictateur…

Il regardait par la fenêtre et refusait de croiser son regard. Elle posa la main sur son bras, et il consentit enfin à se tourner vers elle.

— Si jamais quelque chose vous arrivait alors que je n'étais pas là pour vous protéger, je ne sais pas ce que je ferais.

— Vous garderiez tout l'argent, répondit-elle en souriant pour faire retomber la tension, tout émue.

— Je ne veux pas de votre argent. C'est vous que je veux, Cora, vous et vous seule. Je veux que vous soyez en sécurité, je veux que vous soyez heureuse. Je veux que vous soyez aimée.

Elle s'enfonça dans l'émeraude liquide de ses yeux. Avant même d'avoir compris ce qu'elle voulait faire, elle se haussa sur la pointe des pieds. Leurs bouches se rencontrèrent, ses lèvres s'écrasèrent sur les siennes, et elle se noya dans son baiser. Elle voulait être aimée. Aimée de lui. La langue de Léo s'insinua dans sa bouche et s'enroula à la sienne, provoquant de délicieux frissons dans tout son corps. Tout son être s'embrasa, comme le jour où il l'avait caressée, à Timberscombe Park.

Elle le prenait par les épaules lorsqu'il la repoussa, d'un pouce seulement mais qui valait une lieue.

— Non, Cora.

— Je ne suis pas votre jouet, Léo ! s'exclama-t-elle. Vous ne pouvez pas vous servir de moi quand il vous plaît et me repousser lorsque vous en avez assez !

— Mon jouet ? Et vous croyez que j'en ai assez ? Mais je n'en aurai jamais assez de vous !

Elle jouait avec le feu, elle le savait, et pour une fois elle avait envie de se brûler. Si elle le laissait faire, ils pouvaient jouer à ce jeu pendant longtemps. Elle était prête à se consumer dans les flammes de l'enfer plutôt que vivre sa vie sans connaître ce que signifiait être physiquement avec lui. Et si personne d'autre ne lui faisait jamais vivre les sensations qu'elle éprouvait auprès de lui ? Et s'ils se privaient de quelque chose de véritablement unique parce qu'elle avait contracté ce mariage en pensant déjà à s'en libérer et parce qu'il était trop obstiné pour demander ce qu'il désirait ?

— Non ? Alors c'est peut-être vous, le lâche !

27

Une foule d'émotions contradictoires se peignit sur le visage de Léo : la souffrance, la colère, la confusion et, finalement, la compréhension.

— Cora, vous ne savez pas ce que vous me demandez.

Il s'était imperceptiblement rapproché. Il sentait la sueur et l'eau de Cologne. Elle percevait sa nervosité, et cette tension avait quelque chose de communicatif. Il menait un combat perdu d'avance. Il était près de capituler, pour peu qu'elle ait la patience d'attendre.

Elle voulut réfléchir à ses paroles, mais elle ne voyait que sa bouche, et c'était trop difficile.

— Je sais parfaitement ce que je vous demande, Léo. Je veux que vous me fassiez l'amour.

Il fallait bien que l'un d'eux le dise, après tout.

Entre ses jambes, la chaleur s'était faite plus intense. Elle les serra plus fort, certaine de sentir sur sa chair l'évidence liquide de son désir. Elle se rappela avec quelle aisance les doigts de son mari avaient allumé en elle des sensations qu'elle ignorait jusque-là et se demanda si cette autre partie de lui-même provoquerait les mêmes. C'était un accident, elle en était persuadée, mais elle sentait justement son sexe contre son ventre, et elle se colla plus fort à lui. Il poussa un petit gémissement auquel elle répondit par un frémissement de tout le corps.

Les mains de Léo s'emparèrent de ses hanches pour l'attirer doucement vers lui. Ce fut son tour de gémir en sentant son érection contre elle. Elle l'étreignit et éprouva avec délice la vigueur de ses biceps. Il avait un corps de bronze. Elle le savait, puisqu'elle l'avait vu. Maintenant, elle voulait explorer toutes les parties de ce corps.

— Nous pourrons toujours être amis ensuite, murmura-t-elle.

En guise de réponse, il prit sa bouche. Lâchant ses hanches, il plongea les doigts dans sa chevelure pour lui faire lever la tête sans se préoccuper des épingles et il l'embrassa avec plus de fougue encore. Leurs langues s'enroulèrent l'une à l'autre. Les jambes de Cora faiblissaient sous elle, son sexe frémissait d'attente. La langue de Léo s'était introduite un peu de la même façon entre ses cuisses, quand ils étaient à Timberscombe Park, et son corps, qui n'avait rien oublié, réclamait qu'elle recommence.

Les doigts enfoncés dans les cheveux d'or de Léo, elle enroula sa langue à la sienne. Elle ne le laisserait pas s'échapper. Cette fois-ci, elle obtiendrait ce qu'elle voulait, c'est-à-dire tout. Elle voulait tout de lui, absolument tout.

— Nous ne pourrons plus jamais être amis après cela, dit-il dans un souffle.

Pour la première fois, elle eut l'intuition qu'il avait raison. Ils se tenaient au bord d'un précipice et, quoi qu'ils fassent ensuite, plus rien ne serait comme avant. Mais il était déjà trop tard. Elle ne pouvait plus revenir en arrière. À New York aussi, elle savait que la seule solution était d'aller de l'avant. C'était le désespoir qui l'avait amenée jusqu'ici et, à cet instant précis, c'était quelque chose de plus profond et d'infiniment plus dangereux qui la guidait.

— Eh bien, nous serons quelque chose de mieux, murmura-t-elle en prenant son visage entre ses mains, notant dans ses yeux un doute plein de tendresse.

Il la serra convulsivement contre lui. Il resserra son étreinte autour de sa taille pour l'attirer encore plus près. Aucune incertitude, aucune question n'était plus de mise. Il la souleva de terre pour l'embrasser passionnément, tout en se dirigeant vers le lit. Il la reposa pour dénouer sa cravate tandis que de son côté elle s'affairait d'une main tremblante sur les boutons de son tailleur. Une fois débarrassée de sa veste et de son corsage, il ne lui fallut pas longtemps pour dégrafer sa jupe. Il avait été plus rapide qu'elle, cependant. Il avait déjà enlevé son veston et son gilet, et il attaquait les boutons de son pantalon pendant qu'elle enlevait sa jupe.

Il abandonna ses vêtements pour la reprendre dans ses bras, et elle savoura cette sensation. Elle se languissait déjà de ses baisers, des caresses de sa langue. Elle voulait sentir la chaleur de sa peau sur la sienne. Elle était maintenant convaincue que c'était pour cette raison que la société imposait tellement de vêtements. Cette fois-ci, il joignit ses efforts aux siens. Son corset ne tarda pas à tomber et ce furent les mains de Léo qui emprisonnèrent sa taille avant de remonter jusqu'à sa poitrine. La fine batiste de sa chemise s'interposait encore entre eux, mais c'était à peine si elle la sentait sous la chaleur de ses paumes.

Elle gémit contre sa bouche lorsqu'il agaça les pointes de ses seins, et il recommença, éveillant chaque fois une onde brûlante au plus profond de son être. Juste au moment où elle ne pouvait en supporter plus, il écarta le tissu et le fit glisser sur ses épaules. La chemise descendit jusqu'à sa taille, arrêtée par son jupon. Il s'attaqua aux cordons qui le retenaient et elle ne put s'empêcher de rire de sa maladresse.

Elle l'aida et les jupons tombèrent à leur tour. Il la contemplait comme s'il voulait la dévorer, et elle aimait ça. Si n'importe qui lui avait posé la question, elle aurait répondu que se montrer nue devant un homme était une chose humiliante. Sauf que ce n'était pas le cas. Pas devant lui. Elle aimait la façon dont il la regardait. Ses yeux caressaient chaque pouce de son corps, comme s'il entendait profiter pleinement de ses découvertes. Elle enleva sa chemise et s'attaqua aux cordons de sa culotte. Il avait déjà vu son intimité mais à ce moment-là, le reste de son corps était couvert. Elle s'en débarrassa et s'assit sur le rebord du lit pour délacer ses bottines.

Il s'agenouilla à ses pieds et ne fut pas long à les défaire à sa place. Quand les souliers furent tombés sur le tapis, il entreprit de rouler ses bas, tandis que sa bouche suivait le même chemin et embrassait chaque centimètre de la jambe au fur et à mesure qu'il la dénudait.

— Allonge-toi, chuchota-t-il.

Elle recula sur le lit tandis qu'il la rejoignait pour reprendre sa besogne là où il l'avait interrompue. Il s'arrêta brièvement pour déposer un baiser sur son ventre et s'attarda sur ses seins, titillant un téton de la langue avant de le sucer avec avidité, puis de passer à l'autre auquel il accorda la même attention. Ses dents agacèrent un instant son cou, et il l'embrassa follement sur la bouche. Elle put enfin satisfaire son désir de le caresser à son tour. Ses doigts suivirent ses épaules vigoureuses, descendirent le long de son dos jusqu'au lainage de son pantalon. Elle glissa la main sous la ceinture et fut ravie de la sentir céder.

Elle fit glisser le pantalon sur ses hanches, saisit à pleines mains la chair si ferme de ses fesses tandis que toute la longueur de son membre dressé venait se presser contre sa cuisse et qu'il se laissait tomber dans le nid entre ses jambes.

Elle sursauta en le sentant là, fermement appuyé contre son sexe.

— Cela me rappelle notre première rencontre, murmura-t-elle en souriant.

Ce jour-là aussi, il avait été au-dessus d'elle et, même si elle ne savait pas encore à quel point cela pouvait se révéler délicieux, son corps l'avait soupçonné. C'était avec lui qu'elle était venue à la vie.

— Tu me fascinais déjà. Je m'imaginais au lit avec toi, exactement comme ça, déclara-t-il en se pressant contre son intimité.

Elle gémit, et leurs sourires s'effacèrent. Il s'arrêta sans la pénétrer et plongea les doigts dans sa chevelure à moitié dénouée, découvrit son cou pour y poser des lèvres brûlantes. Le poids de ce grand corps masculin sur le sien, la caresse de ce gland qui agaçait son sexe ne faisaient qu'accroître son désir. Elle ruisselait. Il le sentit et se souleva pour accentuer son mouvement.

— Léo ! implora-t-elle, frustrée.

— Répète-le !

Elle l'entendit à peine. Tout ce qu'elle savait, c'était qu'elle éprouvait un manque épouvantable, et qu'il pouvait combler ce manque de la plus délicieuse façon.

— Je t'en prie...

Elle se souleva légèrement, écarta les jambes plus largement pour mieux l'accueillir, mais son érection resta au même endroit.

— Dis encore mon nom, Cora, implora-t-il en repoussant les cheveux qui retombaient sur le visage de la jeune femme.

C'était elle qui lui avait donné ce petit nom, celui qu'elle était seule à utiliser.

— Léo..., chuchota-t-elle, les larmes aux yeux.

Elle aurait aussi bien pu dire « Je t'aime », tant le simple fait d'entendre son prénom illuminait de bonheur son visage. Elle l'aimait. Elle n'avait plus le moindre doute à ce sujet.

La main de Léo descendit jusqu'à l'endroit où leurs deux corps se rejoignaient presque. Son doigt plongea en elle, récolta la preuve de son désir pour lui qu'il utilisa pour faciliter son passage, tout en massant doucement son clitoris. Elle voulut se soulever pour aller à sa rencontre, mais il la retint, ne lui laissant d'autre possibilité que d'accepter uniquement le plaisir qu'il voulait bien lui donner. Il faisait ce qu'il avait fait quelques jours plus tôt, seulement maintenant, cela ne lui suffisait plus.

— Léo, je t'en prie...

Quand il lui sourit, elle crut perdre la tête. Il était vraiment le plus bel homme qu'elle ait jamais vu, et la tendresse qu'elle lisait sur son visage le rendait encore plus beau. Elle l'aurait volontiers dévoré. Il s'allongea complètement sur elle et cette fois-ci, il la laissa se soulever pour venir à sa rencontre chercher cette partie de lui merveilleusement durcie.

— Tu es prête, dit-il dans un souffle.

— Oui.

Comme s'il avait pu en douter...

Il faisait durer cette attente trop longtemps. Son corps pesait maintenant fermement contre le sexe de Cora et chaque fois qu'elle remuait, tout son être s'enflammait. Elle gardait encore en mémoire la vision de lui se donnant du plaisir assis dans la salle de bains. Son gland suintait de désir et elle imaginait que c'était encore le cas maintenant qu'il se languissait de se perdre en elle autant qu'elle le désirait.

Il plaça son membre à l'entrée de son sexe, saisit ses hanches, et s'introduisit en elle. Le plaisir était encore plus intense qu'elle ne l'avait imaginé. Il la pénétra totalement, mais ce n'était pas encore suffisant pour elle. Quand il se retira, elle le saisit par les hanches tandis qu'il lui murmurait à l'oreille des mots doux dont elle ne put saisir le sens. Il s'enfonça en elle, doucement, lentement, jusqu'à ce qu'ils soient complètement unis.

Elle ferma les yeux. La déchirure ne fit pas vraiment mal et elle se rappela son entrejambe teinté de rouge après le plaisir qu'il lui avait procuré dans sa chambre à la campagne.

— Je t'ai fait mal ?

Elle se crispa un peu autour de lui lorsqu'il fit un mouvement. Quand elle ouvrit les yeux, il la contemplait, plein de sollicitude. L'émeraude de ses yeux n'était plus qu'une mince fente. Il était ivre de désir, et elle aussi.

— Encore..., gémit-elle.

Il n'avait pas besoin d'autres encouragements. Il risqua une poussée des hanches, lui arrachant un gémissement plein de passion. La sensation était plus intense que tout ce qu'elle avait imaginé. Il recommença et elle ne put retenir le cri de plaisir qui montait en elle. Elle ne désirait rien d'autre, mais il s'arrêta brusquement.

— Attends un moment.

Déçue et troublée, elle le regarda sortir. Tout son être le réclamait. Dans la pièce voisine, elle l'entendit ouvrir et fermer des tiroirs, puis jurer. Une porte claqua. Aussi intriguée que perturbée, elle se hâta de rejoindre la chambre de son mari. Elle n'y était encore jamais entrée...

Le lit était immense, en sombre noyer avec un dessus-de-lit vert sapin. Deux armoires occupaient le mur du fond, et c'était là qu'il était. Il avait enlevé son pantalon et ses souliers, et il venait de trouver ce qu'il cherchait. D'une main tremblante, il ouvrit une petite boîte métallique et en sortit un préservatif qu'il enfila sur son sexe. Elle en avait déjà vu un. Fanny leur en avait expliqué l'utilité, à ses sœurs et à elle, et leur avait montré les nouveaux modèles en caoutchouc, mais Cora avait complètement oublié d'y penser. Son envie de Léo l'affolait tellement qu'elle était prête à accueillir autant d'enfants qu'il pourrait lui donner pour peu qu'il apaise ce lancinant désir qui la taraudait.

Quand il revint vers elle, ce fut pour la soulever avant qu'elle ait eu le temps de s'en rendre compte.

— J'ai failli oublier, dit-il en guise d'explication.

Elle enroula les jambes autour de sa taille et l'embrassa avec passion, avide de poursuivre ce qu'ils avaient commencé. Il repoussa la lourde courtepointe de velours et l'allongea sur le lit. Les draps étaient frais et ils avaient gardé son odeur. Se trouver dans le lit de Léo attisa encore le désir dont elle brûlait, si tant est que ce soit possible. Elle craignait qu'il ne veuille encore la taquiner mais il s'allongea au-dessus d'elle. Elle gémit de délice lorsqu'il la pénétra, et il s'enfonça plus avant, aussi loin qu'il pouvait aller. Ils s'accordaient parfaitement, elle allant de l'avant pour l'accueillir, et lui s'enfonçant en elle avant d'avoir le temps de lui manquer.

— Cora... ! murmura-t-il au creux de son oreille.

Il poursuivit sa danse jusqu'à ce qu'elle se laisse emporter par une vague sauvage qui la submergea. Il se laissa alors aller sur elle, s'abandonnant à son tour à la volupté.

28

Tout avait changé entre eux, et pas uniquement parce qu'ils avaient fait l'amour. Ce n'était que la manifestation d'une métamorphose plus profonde qui avait commencé lorsque Devonworth avait fait d'elle son épouse. Jamais il n'aurait cru trouver la compagne idéale en la personne d'une Américaine rousse, enfant illégitime de surcroît. Il le croyait, maintenant.

Ils restèrent dans le grand lit, rassasiés, épuisés par ce qui venait de se passer. Il s'était débarrassé du préservatif et s'était dépêché de rejoindre Cora sous les couvertures et de l'attirer contre lui. La seule idée de la quitter même quelques minutes lui semblait tellement insupportable qu'il comptait bien la persuader de rester avec lui toute la nuit, si jamais elle faisait mine de regagner sa chambre. Il avait encore cinq préservatifs à portée de main et il était prêt à perdre toute fierté et envoyer Edgecomb lui en chercher d'autres. Pour le moment, il ne courait apparemment aucun danger de la voir lui échapper.

Elle s'était nichée dans ses bras, la joue posée au creux de son épaule, et ses doigts jouaient nonchalamment dans ses cheveux. Il déposa un baiser au creux de son bras pour le plaisir de savourer encore une fois le goût de sa peau, tandis que l'importance de ce qu'ils venaient de faire le submergeait.

— Je t'ai fait mal ?

— Non. Tu sais, je crois que tu avais raison. Je ne veux pas revenir en arrière et que nous redevenions amis, murmura-t-elle en se serrant plus fort contre lui.

Elle venait de réveiller une vieille douleur qui l'empêcha d'articuler un seul mot. Il s'était passé la même chose avec Sofia. Une fois sauté le pas de l'amour physique, il n'avait jamais pu revenir en arrière.

— Je ne crois pas que ce soit possible, de toute façon, dit-il enfin.

— Qu'est-ce que cela veut dire ?

Une longue boucle cuivrée tomba sur sa poitrine tandis qu'elle se redressait sur un coude, et il l'enroula autour de son doigt. Il savait déjà qu'elle sentirait la lavande lorsqu'il la porterait à ses narines. L'anxiété lui broyait le cœur devant l'intensité de ses sentiments pour elle, mais beaucoup moins qu'il ne s'y attendait. Se trouver au lit avec elle lui suffisait pour le moment et son esprit se refusait à envisager leur relation future. Il l'imaginait à ses côtés à Timberscombe Park. Ils y passeraient les hivers. Et ils finiraient par avoir des enfants.

— Cela veut dire que je te veux pour femme, Cora. Dans tous les sens du terme.

Il n'était pas loin d'éprouver une peur panique. Heureusement, il parvint à la refréner.

— Mais tu ne sais pratiquement rien de moi ! s'exclama-t-elle.

Dans la pénombre, les grands yeux de Cora n'étaient plus que deux lacs sans fond, et il éclata de rire devant sa stupéfaction. Il savait d'elle tout ce qu'il avait besoin de savoir.

— Je sais que tu es généreuse, intelligente et que tu défends tes convictions.

Cela lui suffisait amplement et dès le lendemain, il ferait porter un mot à Vining pour lui dire d'arrêter ses recherches. Ce que le détective avait encore pu trouver n'avait aucune importance.

— Et cela te suffit ?

— Je n'en sais rien, mais c'est un bon début. Et toi, tu en sais suffisamment sur moi ?

Il ne se rassasiait pas de la caresser. Il adorait la douceur soyeuse de sa peau nue sous ses mains. Du bout des doigts, il suivit la ligne de son épaule et descendit jusqu'à ses seins. Ils étaient petits, mais d'une rondeur parfaite.

— Je sais que tu es un homme honorable. Je sais que j'admire ta conscience et tes principes.

— C'est peut-être suffisant pour un début, dans ce cas, fit-il remarquer, bouleversé.

En souriant, elle déposa un baiser au creux de sa paume. Incapable de cesser de la regarder, il prit son visage dans ses mains. Il adorait les taches de rousseur de son nez, ses yeux en amande et la lueur malicieuse de son regard quand elle voulait le taquiner. Il l'aimait, elle. Il ne pouvait pas encore le lui dire ; c'est à peine s'il osait le formuler intérieurement. Elle lui était devenue absolument indispensable dans un laps de temps horriblement court...

— Il y a une chose que j'aimerais te demander, Léo. Qui...

Elle s'était arrêtée subitement et il comprit immédiatement qu'il lui en coûtait de lui poser cette question.

— Qui est lady Sofia ?

Il ne s'attendait pas à la souffrance fulgurante qui le transperça lorsqu'elle prononça ce nom. Il avait fait des efforts surhumains pour la surmonter, et constatait... qu'elle était toujours là.

— Où as-tu entendu ce nom ?

— Bolingrave et cette dame qui l'accompagnait au bal chez le comte et la comtesse de Leigh en ont parlé. Cela avait un rapport avec toi.

Que Bolingrave cancane à son propos ne l'étonnait pas. Il n'était pas prêt à reconnaître la profondeur de ses sentiments pour Sofia, mais il fallait bien lui dire la vérité. Elle avait le droit de connaître son passé.

— J'étais amoureux d'elle et je croyais qu'elle m'aimait, elle aussi. Je lui avais même demandé sa main. Elle en a épousé un autre. L'un des hommes les plus riches d'Angleterre... Elle préférait la richesse à l'amour, apparemment. À moins que ce ne soient ses parents. Je n'ai jamais eu l'occasion de le savoir. Leurs fiançailles ont été annoncées dans le *Times* et nous ne nous sommes plus jamais parlé.

— Léo... Je suis désolée. Tu l'aimes encore ? demanda-t-elle avec beaucoup de calme.

La blessure qu'elle lui avait infligée commençait à peine à cicatriser, et il ignorait s'il pourrait jamais lui pardonner le mal qu'elle lui avait fait. Il savait qu'une partie de lui penserait toujours à elle avec affection, et son image resterait gravée à jamais au fond de son cœur. S'il l'aimait encore... ?

— Non.

Maintenant que la vérité contenue dans ce petit mot lui apparaissait avec une clarté aveuglante, il respirait mieux. C'était la première fois qu'il l'admettait. Les jours et les mois avaient passé sans elle et il s'était complu dans l'amertume que lui avait laissée le choix de Sofia. Il avait fini par comprendre qu'il n'avait jamais su qui elle était vraiment. La jeune femme qu'il avait connue n'aurait jamais agi avec tant de cruauté.

Cora déposa un baiser sur son torse. La simple caresse de ses lèvres sur sa peau suffit à réveiller son membre. Elle sentit immédiatement le changement, et le manifesta avec sa langue. Il comptait passer la nuit entière avec elle mais, auparavant, il voulait être certain qu'elle comprenait où cela les mènerait.

— Cora...

Elle leva les yeux, et il l'attira sur lui. Elle était maintenant assise à califourchon sur ses cuisses. Il la prit par les hanches pour conjurer les tentations qu'éveillait son sexe sur son ventre.

— Je ne veux pas de divorce ou de séparation. Si nous continuons dans cette voie, il faut que nous souhaitions la même chose.

— Je veux voir où cela nous mène, Léo. Si cela signifie passer ma vie entière avec toi, alors qu'il en soit ainsi.

Ce nom qu'elle lui avait donné constituait un véritable baume pour lui.

Il la renversa avec tant de vivacité qu'il se surprit lui-même. Il la désirait avec une passion qu'il n'avait jamais connue auparavant, comme s'il allait mourir s'il ne la possédait pas immédiatement. Fort heureusement, elle semblait partager ses dispositions. Elle s'accrocha à lui et, avant qu'il ait le temps d'y penser, il était en elle. Sans préservatif. Encore une fois… Son érection gouttait déjà en elle.

— Nom de Dieu !

Elle pouffa lorsqu'il se retira en hâte pour aller prendre la petite boîte de métal cachée dans un tiroir de l'armoire. Cette fois-ci, il les posa tous sur la table de nuit.

— Nous nous en souviendrons plus facilement, le taquina-t-elle lorsqu'il revint dans le lit.

Il n'en était pas aussi certain. Il ne s'était jamais montré si négligent auparavant et cet oubli montrait certainement à quel point il était amoureux d'elle. Il serait toujours temps demain de se poser la question. Ce soir, ils allaient se perdre l'un dans l'autre.

*

* *

Devonworth quitta Cora endormie dans son lit. Il était content de la voir là, sa chevelure auburn étalée sur le blanc de l'oreiller. Il aurait aimé passer la journée avec elle, mais il devait aller au Parlement. Il s'habilla tranquillement dans leur salle de bains et partit sur la pointe des pieds. Le vote de la loi sur les propriétés des femmes mariées devait avoir lieu dans la journée. Le duc de Hereford et ses semblables avaient déployé toute leur influence pour gagner des voix et empêcher la loi de passer. Toute cette activité était avant tout destinée à protéger Hereford des poursuites pour son action contre la manifestation de février dernier.

La journée qui commençait aurait pu s'avérer fatigante et pénible mais, en raison de ce qui s'était passé la nuit précédente, Devonworth se dirigea vers son bureau d'un pas léger. Il avait encore du mal à croire qu'il n'avait pas rêvé. Il avait mis son cœur en grand danger, et il était trop tard pour s'en alarmer. Non, il était allé trop loin. Cora était maintenant tout pour lui, et avec elle dans ses bras, il possédait tout ce qu'il avait toujours désiré.

Le bureau de Beckham était situé à côté du sien. À ce moment de la journée, son secrétaire était généralement déjà là, occupé à répondre au courrier mais ce matin, il n'y était pas. Cela aurait dû lui indiquer que quelque chose n'allait pas.

Une âcre odeur de pipe s'échappait de la porte de communication. Beckham leva vers lui un regard plein d'appréhension lorsqu'il pénétra dans son bureau. Il avait de la visite.

— Bonjour, Devonworth. J'espère que vous avez bien dormi, le salua Bolingrave.

— Que voulez-vous ?

L'homme lui sourit, l'air matois. Devonworth comprit immédiatement que cela annonçait des ennuis, ce que lui confirma Bolingrave.

— Je viens de faire une nouvelle connaissance, figurez-vous. Je crois que vous le connaissez. Un certain M. Vining, qui a des informations intéressantes concernant votre femme.

29

Cora passa la journée dans une douce euphorie. Elle s'était réveillée seule dans le lit de Léo et avait eu envie d'y rester jusqu'à la réunion de la Société londonienne pour le suffrage féminin dans l'après-midi. Malgré cette perspective bien tentante, son estomac avait rapidement exprimé un avis différent. Avant de quitter la chambre de son mari, elle avait farfouillé dans le tiroir de sa table de nuit – qu'est-ce que les hommes pouvaient bien garder là ? – où elle avait trouvé tous les rubans qui avaient attaché ses cheveux et qu'il avait soigneusement gardés. Elle l'imagina les mettre dans sa poche chacune de ces nuits où ils avaient fait semblant de coucher ensemble et les ranger ensuite soigneusement dans son tiroir. Que pouvait-il bien en faire ? Elle n'en avait pas la moindre idée. Cependant, qu'il les ait gardés lui fit chaud au cœur. Il tenait à elle...

Ce sentiment l'accompagna tout au long de la journée.

— Qu'est-ce qui te rend si gaie ? lui demanda Eliza en montant en voiture.

Sa sœur l'accompagnait chez Mme Burgess où elles devaient attendre le résultat du vote avec les autres membres de la SLSF. Jenny et Fanny, invitées à une réception, ne pouvaient les accompagner.

— Rien, répondit Cora, toute rougissante, avec un sourire rayonnant.

Même à ses oreilles, cela sonnait faux...

— Cora Dove ! Tu as fait l'amour avec ton mari ?

— Je ne m'appelle plus « Dove ». Je suis la femme de Léo... dans tous les sens du terme.

— Ah, parce que tu l'appelles Léo, maintenant ? Raconte-moi ! Il a fait attention ? Il a pris le temps qu'il fallait ?

Cora éclata de rire. Elle ne pouvait tout de même pas tout raconter à sa sœur. Ce qui s'était passé entre eux était trop intime, et elle n'avait pas les mots. Encore maintenant, elle irradiait le plaisir de la nuit. Pas uniquement le plaisir, mais aussi la certitude d'avoir trouvé quelque chose de rare et d'infiniment précieux avec Léo. Avec Léo, pas avec Devonworth. Ce nom-là était trop froid et trop éloigné de ce qu'ils étaient devenus, en privé au moins.

Maintenant, ils étaient Cora et Léo, Léo et Cora. Jamais elle n'aurait pensé avoir un homme tel que lui dans sa vie. Elle s'était plus ou moins imaginé que tous les hommes ressemblaient à M. Hathaway, prêts à utiliser les femmes selon leur volonté et à les abandonner ensuite. Elle s'était trompée. Elle avait été aveugle. Léo était différent. Leur mariage était tout récent et elle avait encore à l'esprit les recommandations de sa mère de ne jamais tomber amoureuse, mais elle était prête à courir le risque. Il s'agissait de Léo, de son mari, pas du premier venu.

— Oui, il a fait attention. Il a fait tout ce que je pouvais désirer.

Il lui fallut de longues minutes pour éluder toutes les questions de sa sœur, jusqu'à ce qu'Eliza renonce enfin.

— Tu crois que j'ai tort de vouloir la même chose pour moi ? s'enquit cette dernière.

— Un mariage heureux ? Non, je ne vois pas en quoi ce serait déraisonnable.

— Non, ce n'est pas ce que j'attends. Pas si je veux mon héritage.

— Qu'est-ce que tu veux exactement, alors ?

— La passion ! Je ne l'ai jamais éprouvée et c'est ce que je voudrais connaître.

— Et tu penses que ce n'est pas avec le vicomte Mainwaring que tu la trouveras ?

— Cora, il ne ressemble du tout à Devonworth.

Cora ne l'avait vu qu'à de rares occasions. Mainwaring lui avait paru un homme réservé, très bien élevé, le type même de l'aristocrate britannique.

— Tu n'es pas obligée de l'épouser, tu sais.

— Si. Je tiens à faire ce qu'il faut. Nous devons nous assurer que maman ait de quoi vivre, et Jenny a déclaré qu'elle n'épouserait aucun de ces messieurs. C'est donc à nous deux de nous occuper de leur avenir. Mon seul regret est que je n'aurais jamais connu la véritable passion.

Que répondre à cela ? Si elle voulait être honnête, c'était certainement vrai. Mainwaring, lui, avait tout l'air du genre d'homme qui entretiendrait une maîtresse pour son plaisir une fois que son épouse aurait fait son devoir en lui donnant un héritier.

— J'ai entendu dire qu'avec des amis ils ont fait le tour des bordels d'Italie, reprit Eliza. Il y aurait même eu des paris sur le nombre qu'ils auraient visités.

— Où as-tu entendu cela ?

Ce n'était certainement pas le genre de sujets que l'on abordait entre dames de la bonne société.

— Maman nous a emmenées dîner, Jenny et moi, avec Camille et M. Thorne. Il habite au-dessus du Montague Club, et j'y ai montré mon nez. Ne t'inquiète pas, personne ne m'a vue, ajouta-t-elle devant la mine horrifiée de Cora.

Cora avait été bien trop prise par son mariage pour veiller à ce que Fanny n'ait pas une mauvaise influence sur ses deux sœurs. Si Mainwaring ou n'importe qui dans la bonne société apprenait qu'Eliza était allée au Montague, les fiançailles seraient rompues.

— Eliza, si tu souhaites ce mariage, tu ne dois pas y retourner.

Elles arrivaient devant chez Mme Burgess, et Cora n'avait donc plus beaucoup de temps pour faire comprendre à sa sœur que sa conduite pouvait tout compromettre.

— Des femmes ont adhéré au club, mais ce sont des veuves, des femmes de pouvoir mariées à des hommes de pouvoir, ou des femmes de la classe moyenne qui n'ont pas l'ambition d'épouser un aristocrate, expliqua-t-elle. Mainwaring ne t'épousera pas si tu as mauvaise réputation.

— Je sais bien, je voulais simplement voir, et je suis contente de l'avoir fait. Ils prennent des paris, ils ont un grand tableau noir où les enjeux sont écrits à la craie. Le nom de Mainwaring y figure, avec ceux de tous les messieurs qui l'ont accompagné. Il y a même le frère de Devonworth, Harry. Leurs noms sont cochés et chaque marque représente une courtisane notoire, m'a expliqué un monsieur très serviable et un peu éméché. Ce que je me demande donc, c'est, puisqu'il a des aventures avant le mariage : est-ce que ce serait si terrible si moi aussi je vivais une grande passion avant notre mariage ?

— Écoute, je ne crois pas que...

La voiture s'était arrêtée et un valet leur ouvrait la portière.

— Penses-y simplement, dit Eliza en descendant.

Cora n'allait probablement pas cesser d'y penser, elle en était à peu près certaine. Toutefois, même les révélations d'Eliza, si préoccupantes soient-elles, ne pouvaient altérer sa bonne humeur. Sa sœur trouverait sa voie. D'autres membres de la Société londonienne pour le suffrage féminin arrivaient également, et les heures qui suivirent furent occupées à discuter de la suite à donner au vote, quelle qu'en soit l'issue, et à bavarder de choses et d'autres. Pendant tout ce temps, jamais elle n'oublia l'empreinte des doigts de Léo sur sa peau. Elle avait hâte de le retrouver le soir venu.

En début de soirée, alors qu'elles prenaient le thé et une légère collation, la cloche de la porte d'entrée retentit. Mme Burgess leur avait expliqué qu'elle avait envoyé un homme assister au vote et qu'il devait dépêcher un messager dès que la nouvelle serait devenue publique. Dès que la sonnerie se fit entendre, le silence se fit dans le salon.

Mme Burgess se leva. Un coursier lui tendit un mot. Elle le remercia et prit une profonde inspiration. Un murmure bruissa doucement dans le salon. Quelques invitées étaient certaines que la loi serait votée, cette fois-ci – tout le monde savait que les femmes mariées méritaient les mêmes droits que les femmes célibataires. D'autres pensaient qu'elles avaient encore des années de dures batailles à mener. Et d'autres encore balançaient entre les deux.

Leur hôtesse se retourna vers ses invitées, et les dames se turent de nouveau. Mme Burgess, qui dégageait une autorité naturelle, était unanimement respectée, et tout le monde avait hâte de connaître le contenu du message.

— Mes amies, quel que soit le résultat de ce vote, nous pouvons être assurées que nous avons fait de notre mieux. Je suis fière de chacune d'entre vous pour le temps que vous avez passé et les efforts que vous avez déployés pour l'adoption de cette loi. Nous sommes la lumière de la liberté prête à guider le reste du monde !

Quelques acclamations fusèrent, mais la plupart attendirent avec anxiété de connaître le résultat. Mme Burgess ferma brièvement les yeux avant de déplier le papier. Quand elle les releva, son expression était aussi indéchiffrable que d'ordinaire.

— La loi a été rejetée, annonça-t-elle enfin. Mais nous ne nous laisserons pas décourager, ajouta-t-elle d'une voix plus forte pour couvrir les clameurs de déception. Nous allons continuer le combat ! Il s'agit d'un pas important sur le chemin du vote des femmes, et nous n'accepterons pas son échec.

Elle expliqua qu'elles devaient redoubler d'efforts. Elles allaient écrire à tous les membres des deux Chambres. Tandis qu'elle parlait, Cora décida de mettre sur pied sa revue plus tôt que prévu, avant sa séparation d'avec Léo. Une séparation qu'elle était de plus en plus certaine de ne plus souhaiter. Peut-être pourrait-elle consacrer ses premiers efforts au vote de cette loi. Elle interrogerait les femmes qu'elle avait rencontrées et qu'elle allait revoir en tant qu'épouse de Léo. Elle préserverait bien entendu leur anonymat, mais connaître leur avis ne pourrait que les aider dans l'année à venir, quand elles remettraient sur le métier le vote de la loi sur le mariage.

Bien loin d'éprouver un quelconque sentiment de défaite, c'est gonflée d'optimisme qu'elle quitta la maison de Mme Burgess, tard dans la soirée. Le rejet du projet de loi leur portait un coup, et beaucoup de femmes continueraient à en subir les injustices, mais Cora était convaincue, comme Mme Burgess, qu'il ne s'agissait que d'un simple contretemps. Le petit discours de leur hôtesse leur avait redonné toute leur combativité et Cora commençait à penser qu'elle pouvait trouver un but à sa vie en Angleterre. Elle comptait bien entendu sur le soutien de Léo. Il n'avait jamais tenté de la retenir, sauf cette seule fois à propos de la manifestation. Elle était certaine qu'ils pourraient trouver un accord au sujet de sa sécurité. L'idée de cette revue séduisit également Eliza, et elles ne parlèrent pas d'autre chose sur le chemin du retour. Quand elle fut seule, les pensées de Cora revinrent à Léo et à la façon dont ils allaient occuper le reste de la soirée.

*

* *

Le poids de sa culpabilité accablait Devonworth tandis qu'il montait l'escalier. La maison était silencieuse à son retour et il n'était pas certain de trouver Cora. Elle avait sans aucun doute appris la nouvelle.

Elle n'avait en revanche probablement pas appris la teneur de son vote, et il tenait à la lui apprendre lui-même. Bolingrave avait trouvé cette fichue information sur elle et ne lui avait pas laissé d'autre choix.

Vining avait donné à Bolingrave le reçu d'un magazine de Brooklyn à New York payant Cora pour un article publié sous le pseudonyme de Lavender Starling. Il s'agissait d'une tribune exposant les mérites de l'amour libre, un concept que même les membres de la Société londonienne pour le suffrage féminin n'étaient pas prêts à adopter. Si le bruit avait été répandu, non seulement sa femme serait devenue la risée de toute la bonne société, mais elle en aurait été bannie. Il connaissait l'importance qu'elle attachait à ce combat. Pour que leur mariage dure et qu'ils deviennent un vrai couple, il fallait à Cora une cause à défendre, il le savait. Cela l'aiderait à s'intégrer et à se sentir chez elle en Angleterre. Il commençait à la connaître et à la comprendre… Il savait depuis un certain temps, et il en avait eu la confirmation la nuit dernière, qu'il ne voulait pas la perdre. Il voulait qu'elle soit sa femme dans tous les sens du terme, pour toujours. Si l'article qu'elle avait écrit parvenait aux oreilles du Tout-Londres, sa réputation serait tellement entachée que même son nom ne suffirait pas à la sauver. Ses deux sœurs perdraient tout espoir de faire un bon mariage, ainsi que les dots que Hathaway leur avait fait miroiter.

Mais maintenant, après ce qu'il avait fait, il se demandait s'il n'avait pas condamné son propre mariage. Cora pouvait parfaitement le quitter. Il avait passé un marché avec Bolingrave et, grâce à son vote contre le projet de loi sur les propriétés des femmes mariées, le reçu du magazine de Brooklyn était en sécurité dans sa poche, où il resterait jusqu'à ce qu'il puisse le brûler. Il méprisait Bolingrave d'avoir eu recours à de telles méthodes, et pour quel résultat ? Même s'il avait voté favorablement, ils n'auraient pas eu la majorité et le texte ne serait pas passé. Ce crétin avait agi par dépit, pour se venger de la rebuffade que Cora lui avait infligée à travers la publication de sa lettre.

Devonworth avait lu cet article publié sous le nom de Lavender Starling sans pour autant faire un rapprochement avec Cora, jusqu'à ce qu'il ait le reçu entre les mains. Sa tribune était parfaitement étayée et avait pulvérisé tous les arguments de Bolingrave, et c'était ce que cet homme ne pouvait pas admettre.

Lentement, il gravit l'escalier, craignant qu'elle n'ait déjà découvert le pot aux roses et qu'elle ne s'apprête à le quitter. Un rai de lumière filtrait sous sa porte et il frappa doucement. Comme elle ne répondait pas, il l'entrouvrit. La chambre était vide, mais la porte de la salle de bains était à demi ouverte. Si jamais elle l'avait entendu, elle prenait très bien les choses.

Priant le ciel qu'elle lui pardonne, il se risqua dans la salle de bains. Elle était dans la baignoire et l'eau savonneuse la cachait et la dévoilait tour à tour à chaque mouvement. Avec un grand sourire, elle tendit la main vers lui. Il eut alors la certitude qu'elle ignorait sa trahison.

— Cora…

— Je sais, à propos du vote. J'étais à la réunion de la SLSF quand nous avons appris la nouvelle.

— Je suis vraiment désolé.

— Ne t'inquiète pas, le rassura-t-elle en lui caressant les cheveux alors qu'il s'agenouillait près de la baignoire.

Sa coiffure soigneusement ordonnée du matin n'était plus qu'un souvenir. Il se rappela la façon dont elle avait plongé les doigts dans sa chevelure la nuit passée, comment ils s'étaient crispés lorsqu'elle avait trouvé le plaisir... et son sexe s'en souvint aussi. Tout cela ne serait plus de saison lorsqu'il lui aurait avoué la vérité...

— Le résultat n'a pas été une surprise complète, poursuivit-elle. Mme Burgess nous y avait préparées. Même si le texte avait été voté, cela aurait été de quelques voix. Nous ferons d'autres tentatives, encore et encore, jusqu'au succès, et nous finirons par l'emporter, j'en suis sûre.

— Je te promets que je ferai tout ce que je pourrai pour y contribuer. J'ai déjà arrangé une rencontre entre Mme Burgess et les parlementaires qui ont voté en faveur de la loi. Lord Burton et St. Michael m'ont déjà donné leur accord. Nous pouvons travailler ensemble pour que cette loi soit votée dans les années qui viennent.

— Tu ferais cela ? s'exclama-t-elle avec adoration.

— J'irai jusqu'au bout du monde pour te rendre heureuse !

Jamais il n'avait été plus sincère. Il avait besoin d'elle de toutes les façons, comme il ne l'aurait jamais imaginé, ce qui n'était pas une situation des plus confortables.

Elle sentait bon la lavande, et il ne résista pas au besoin de humer cette fragrance en déposant un baiser sur son poignet. Mais il était incapable de s'arrêter là. Il embrassa le creux de son bras et la chair laiteuse de son épaule avant de poser les lèvres sur les siennes. Ce qui était censé n'être qu'un léger baiser de retour à la maison se fit de plus en plus passionné, de plus en plus ardent. Leurs bouches et leurs langues se mêlèrent comme s'ils avaient été séparés pendant des jours et non quelques heures. Avant même de comprendre ce qu'il faisait, il plongea les mains dans l'eau pour la prendre dans ses bras.

— Tu vas être trempé, pouffa-t-elle tandis qu'il la soulevait.

— Pas autant que toi dans un moment…

Il avait soif d'elle et de la folie qui les saisissait lorsqu'ils étaient ensemble. Se donner une nuit de plus à tous les deux avant de tout gâcher en avouant la vérité ne serait peut-être pas un si grand péché, après tout…

En riant, elle se laissa porter dans la chambre de Léo, qui la lâcha sur le lit. La voir entièrement nue et tout humide sur sa courtepointe lui fit pratiquement perdre tout contrôle. Il arracha ses vêtements, les laissa tomber sur le sol pour se jeter sur le lit et se nicher entre les jambes de Cora. D'une main impatiente, elle le guida jusqu'à elle. Il la pénétra d'une seule poussée tout en prenant sa bouche avec une passion brûlante. Jamais il ne pourrait se rassasier d'elle. Et il ne voulait à aucun prix se sevrer de cette dépendance…

30

Cora savait ce qu'était l'amour. Elle avait connu l'amour de sa mère et celui de ses sœurs. C'était un sentiment chaleureux et réconfortant. Il était fait d'acceptation autant que d'approbation. Elle n'était pas préparée à ce que l'amour de Léo lui faisait ressentir. Son amour était tout cela et bien plus encore parce qu'elle avait la certitude qu'il serait toujours à ses côtés. Ils étaient ensemble et plus jamais elle n'aurait à supporter seule le fardeau d'une famille.

Elle passa cette nouvelle nuit dans le lit de Léo. Son valet vint réveiller son mari alors que les premières lueurs de l'aube filtraient à travers les rideaux. Elle avait vaguement perçu une conversation fébrile, mais elle avait trop sommeil pour en saisir les détails. Il était question d'un dénommé Vining…

Son valet parti, Léo lui avait dit en l'embrassant qu'il devait sortir mais qu'il serait bientôt de retour, et elle s'était rendormie. Une fois réveillée, elle décida de passer la journée à travailler sur son projet de périodique. Il était grand temps de cesser de rêver et de commencer à coucher ses idées sur le papier. Elle s'enferma dans le bureau de Léo et entreprit de dresser un plan de financement.

Elle ne s'arrêta que lorsque Fanny et Eliza lui rendirent une visite impromptue à l'heure du thé. Elle supposa que sa sœur avait appris à leur mère le changement de ses relations avec Léo, et que Fanny était venue la féliciter. Elle n'avait rien à lui cacher, mais elle n'avait pas l'intention de discuter de son intimité avec elle.

Elle demanda du thé et rejoignit ses invitées au salon. Après les premières banalités, un silence aussi pénible qu'inhabituel s'installa. Le silence était peu commun, dans la famille Dove, et Cora comprit immédiatement que quelque chose n'allait pas. La mine sombre, sa mère et sa sœur évitaient son regard.

— Je vous trouve bien calmes ! Quelque chose ne va pas ?

— Non... Enfin, oui, mais pas si cela ne te fait rien, après tout, balbutia Fanny en repoussant une mèche imaginaire.

— Cela devrait me faire quelque chose ?

— Tu n'en as pas parlé, alors je suppose que cela ne te fait rien.

— Mais enfin, de quoi s'agit-il ? s'enquit-elle.

Fanny se tourna vers Eliza, qui l'encouragea d'un hochement de tête, comme pour lui donner sa bénédiction.

— Du vote de Devonworth contre la loi sur le mariage..., répondit sa mère.

Stupéfaite, Cora, qui n'en croyait pas ses oreilles, chercha la clé de l'énigme du côté de sa sœur.

— C'est vrai, confirma Eliza.

— Vous voulez dire son vote *en faveur* de la loi ? corrigea-t-elle, croyant à un malentendu.

— Oh, mon Dieu, tu ne savais pas ? s'exclama Fanny.

— Que voulez-vous dire, à la fin ? Il a voté en faveur de la loi, voyons !

Comment prétendre le contraire ? C'était absurde !

— C'est ce qu'il t'a dit ? s'indigna Eliza, tandis que Fanny se levait pour arpenter le salon.

Pour la première fois, à la froideur métallique de son regard, Cora se dit que sa sœur n'aimait peut-être pas beaucoup Léo.

Il ne lui avait pas dit qu'il avait voté en faveur de la loi, mais il lui avait toujours laissé penser qu'il allait le faire. Ils n'avaient pas eu beaucoup de temps pour parler lorsqu'il était rentré la veille. Ils avaient fait l'amour trois fois, et la première sans préservatif – elle nota mentalement de demander à Jenny ce qu'elle savait des diaphragmes. Peut-être en aurait-elle besoin.

Ensuite, ils s'étaient endormis.

— Pourquoi dites-vous une chose pareille ?

Elle en avait par-dessus la tête de tous ces ragots concernant son mari et elle, et découvrir que quelqu'un répandait des calomnies auprès de sa famille dépassait toute mesure.

Le regard apitoyé de Fanny ne lui plaisait pas non plus.

— Parce que c'est vrai, répliqua cette dernière.

— Non, ce n'est pas vrai ! Vous savez très bien qu'il soutient l'égalité des droits entre les hommes et les femmes !

Quand il était rentré après le vote, il lui avait dit à quel point il était désolé. Ensuite, ils avaient fait l'amour et il s'était montré si tendre et attentionné… Elle refusait de croire ce que prétendaient sa mère et sa sœur.

— Cora, ma chérie ! Tiens, je t'ai apporté ceci.

Fanny fouilla dans son sac et en sortit une coupure de journal.

Il s'agissait d'un article du *Times*. Sous le titre indiquant les références de la loi, il énumérait les membres des deux Chambres ayant pris part au vote, chaque nom suivi d'un « oui » ou d'un « non ». Cora arracha le papier des mains de sa mère. En face du nom de Devonworth, un « non » était inscrit.

— C'est une erreur !

Le *Times* n'était pas infaillible, mais il n'aurait jamais commis une bévue aussi grossière.

— Je ne comprends pas pourquoi il ne te l'a pas dit, à moins qu'il ne craigne ta colère, lui dit Fanny, tentant de la consoler.

— Et tout le monde le sait..., murmura Cora.

Mme Burgess et tous les membres de la Société londonienne pour le suffrage féminin devaient le savoir. Il avait voté contre la loi et il ne lui avait rien dit... En dépit de la preuve qu'elle avait sous les yeux, une petite partie d'elle-même se refusait encore à croire ce qu'elle voyait. Il ne pouvait pas avoir fait cela...

— Oui, tout le monde le sait.

Cette fois-ci, la colère était bien perceptible dans la voix d'Eliza.

— Je suis désolée qu'il t'ait menti. C'est ce que font tous les hommes... Je t'avais bien dit de ne pas tomber amoureuse de lui, lui reprocha Fanny.

Cora n'avait pas avoué son amour à sa mère. Elle avait gardé ce secret pour elle, elle ne l'avait même pas encore partagé avec Léo ! Sans doute devait-il être évident... Curieusement, cela ne fit qu'accentuer sa souffrance.

— Je t'en prie, maman, pas maintenant.

— Je vais te laisser lui parler. Je dois m'en aller, je suis invitée à un thé, s'excusa Fanny.

— Pas moi ! Veux-tu que je reste te tenir compagnie ? proposa gentiment Eliza.

Cora acquiesça et remarqua à peine le baiser de sa mère. Elle se sentait trahie, humiliée. Elle était tellement en colère qu'elle ne savait pas quoi faire. Et toujours, dans un coin de sa conscience, une petite voix murmurait obstinément qu'il s'agissait peut-être d'une erreur. Peut-être n'était-ce pas vrai. Peut-être s'agissait-il d'une calomnie orchestrée par Bolingrave. Elle ne serait pas surprise qu'il ait appris la véritable identité de Lavender Starling. À peine avait-elle formulé cette idée qu'elle en vit toute l'absurdité. Non, personne ne pouvait faire le lien entre elle et ce pseudonyme, et Bolingrave, qui avait d'autres chats à fouetter, moins que personne. Toutes ces excuses qu'elle cherchait la ramenèrent à la réalité.

Léo l'avait trahie. C'était la réponse la plus évidente, et donc la plus vraisemblable. Elle ne savait pas depuis combien de temps elle était assise en silence à côté d'Eliza lorsqu'elle entendit des voix dans le hall. La voix de Léo. Et il n'était pas seul.

Elle se leva. Sa sœur aussi. Toutes deux se dirigèrent vers la porte pour apercevoir Léo à mi-chemin de l'escalier menant à son bureau. Deux hommes l'accompagnaient, deux hommes d'allure farouche. Eliza eut un mouvement de recul en voyant celui qui marchait à côté de Léo, comme si elle le connaissait. Il était jeune, dans les vingt-cinq ans peut-être. Lui aussi parut surpris en voyant la jeune femme, mais il détourna promptement les yeux. Cora n'eut pas le temps de chercher la signification de cet échange muet ; elle était bien trop préoccupée par son mari.

— Léo ? appela-t-elle.

Elle n'utilisait généralement pas ce nom en public, mais l'heure n'était pas au formalisme. Elle voulait comprendre comment l'homme qu'elle aimait avait pu la trahir.

Il arborait un visage fermé, sans doute à cause de sa conversation avec ses deux compagnons, mais il s'arrêta un instant pour la regarder. Il avait l'air fatigué et un peu négligé, ce qui l'étonna. Qu'avait-il bien pu faire toute la journée ? Il n'était visiblement pas allé à son bureau en ville. Quelque chose dans l'expression de Cora avait dû l'alerter et lui laisser deviner sa détresse. Il s'excusa auprès de ses compagnons et redescendit.

Eliza se hâta de disparaître dans le salon.

— Qu'y a-t-il ? s'enquit-il, visiblement inquiet.

— Est-ce que c'est vrai ?

Devant l'article du *Times* qu'elle lui tendait, il comprit immédiatement. Il n'avait pas besoin de regarder soigneusement pour voir le « non » en face de son nom.

Il n'en avait pas besoin, parce qu'il savait ce qui était écrit, ce qui attestait la véracité de l'article. Cora sentit son cœur chavirer.

— Cora, je voulais te le dire. Je n'ai pas...

— Alors, c'est vrai ? Tu as voté contre la loi !

— Je n'ai pas eu le choix. Donne-moi quelques minutes pour m'occuper d'eux, demanda-t-il en désignant les deux hommes dans l'escalier. Ensuite, je t'expliquerai...

— Je n'arrive pas à croire que tu ne m'aies rien dit !

— Je voulais te le dire...

— Je croyais que nous avions passé un cap dans notre relation. Je croyais que nous pouvions nous faire confiance et être honnêtes l'un envers l'autre !

Il l'avait entraînée au lit la nuit précédente sans lui avouer la vérité. Elle se sentait bafouée, humiliée, et cela lui faisait encore plus mal que son vote.

— Mais c'est le cas ! s'exclama-t-il.

Sa foi toute nouvelle était ébranlée, maintenant. Elle éprouvait la même sensation d'enfermement qu'elle avait ressentie lorsqu'elle avait appris l'existence de son héritage et que Hathaway l'avait mis hors de sa portée. Comme à New York, le contrôle sur sa vie lui échappait... D'autres qu'elle tiraient les ficelles et elle n'avait pas d'autre choix que de danser comme ils l'entendaient.

Léo avait pris ce qu'il voulait d'elle sans rien lui donner en échange...

— Cora, laisse-moi t'expliquer ! Je vais le faire, je te le promets. Dès qu'ils seront partis, nous pourrons en parler toute la nuit, si nous voulons.

Est-ce que cela ne changerait jamais ? Est-ce que les hommes allaient toujours lui dire ou ne pas lui dire ce qu'ils voulaient pour obtenir d'elle les réponses qu'ils souhaitaient ?

Elle acquiesça, mais elle avait à peine entendu ses propos. Il ne s'en était sans doute pas aperçu, puisqu'il l'embrassa sur le front avant de retourner vers ses visiteurs. Elle retourna vers le salon, profondément blessée par sa trahison. Il ne lui avait pas fait confiance et il l'avait laissée croire un mensonge.

Tout à coup, se trouver seule avec Eliza, qui n'avait que sa sympathie à lui offrir, devint plus qu'elle n'en pouvait supporter. C'était elle, Cora, qui était censée réconforter ses sœurs. Elle avait besoin d'un peu de temps pour se reprendre. Besoin de prendre l'air pour retrouver le fil de ses pensées et reconstruire l'armure qui la protégeait d'habitude de ce genre de blessures. Sans réfléchir, elle attrapa son manteau et ses gants.

— Voulez-vous que je vous demande la voiture, milady ? demanda Edgecomb alors qu'elle ouvrait la porte d'entrée.

— Ce n'est pas la peine. Je vais seulement faire une petite promenade au parc.

— Mais Mlle Eliza…

— Laissez-la. Je ne serai pas longue.

Le majordome marmonna ce qui pouvait passer pour une tentative d'objection courtoise qu'elle n'entendit pas. Elle refermait déjà la porte derrière elle. Hyde Park n'était qu'à deux pas. L'air frais lui éclaircirait les idées… Elle n'avait aucune envie de se disputer avec Léo, et elle savait que c'était ce qui se passerait si elle le voyait maintenant. Elle était déjà en bas des marches du perron lorsqu'elle s'aperçut qu'elle avait oublié son chapeau. Elle se sentait un peu nue sans lui, mais elle n'y pouvait rien. Edgecomb avait certainement sonné l'alarme, et si elle revenait, elle devrait renoncer à sa solitude.

Quelques minutes plus tard, elle traversait Park Lane et courait presque sous les ombrages du parc. Elle évita les quelques passants qu'elle croisa et s'engagea dans l'allée cavalière. Les becs de gaz commençaient à s'allumer, éclairant cette brume grisâtre qui rendait la vision un peu plus difficile avant la nuit complète. Elle suivit un étroit sentier qui serpentait sous les arbres avant de s'arrêter. Des larmes, qu'elle n'avait même pas remarquées, inondaient son visage et elle les essuya rageusement. Pleurer ne servait à rien. Hélas, elle eut beau refuser les pleurs, les larmes continuèrent de couler.

Elle était tellement absorbée par ses sanglots qu'elle n'entendit pas les hommes qui s'approchaient jusqu'à ce que l'un d'eux l'interpelle.

— Lady Devonworth ?

— Oui ?

Deux hommes mal vêtus se dirigeaient dans sa direction. Ils étaient si près lorsqu'elle les remarqua qu'elle eut un mouvement de recul. Elle s'aperçut trop tard qu'il s'agissait des mêmes hommes à la mine patibulaire qui avaient semblé la guetter pendant la manifestation devant le Parlement.

— Que voulez...

Sa phrase se termina dans un cri quand l'un d'eux bondit vers elle. L'autre l'attrapa et lui immobilisa les bras lorsqu'elle tenta de prendre la fuite. Une main calleuse se plaqua sur sa bouche et, à eux deux, ils purent lui soulever les jambes. Ils l'avaient certainement suivie depuis la maison et avaient attendu la meilleure occasion pour l'enlever. Du coin de l'œil, elle aperçut la masse sombre d'une voiture dissimulée sous les arbres.

S'ils parvenaient à la jeter dedans, elle ne retrouverait peut-être jamais la liberté...

31

— Lâchez ma femme !

La colère noire qui s'était emparée de Devonworth n'avait fait que grandir à la vue de Cora aux mains de ces misérables ruffians. Il savait exactement qui ils étaient. Il les avait vus tous les deux au cours de son équipée à Whitechapel quand il était allé payer les dettes de Harry. L'homme qui maintenait les bras de Cora derrière son dos s'appelait Jim, celui qu'il avait été obligé de frapper.

Ce dernier écarquilla les yeux en le reconnaissant tandis que son compagnon se dépêchait de lâcher les jambes de Cora et de pivoter pour affronter cette nouvelle menace. Cora en profita pour redoubler d'efforts afin de se libérer, mais les doigts de Jim mordaient douloureusement dans sa chair.

— N'y compte pas ! grogna le malandrin.

Il était fait, et tout le monde le savait. S'il relâchait son emprise, Cora parviendrait à lui échapper. Il ne pouvait donc pas prendre son arme, s'il en avait une. Quant à son compagnon, il était visiblement bien trop effrayé ou trop bête pour faire autre chose qu'observer la scène, bouche bée.

Devonworth ne pouvait pas le blâmer. Ces hommes n'étaient visiblement que des criminels de troisième zone. Quant à lui, il n'était pas venu seul. Quand Cora était partie de façon aussi brusque, Edgecomb avait envoyé un valet la suivre de loin au cas où elle aurait besoin d'aide. Convaincu que la comtesse, d'ordinaire tellement maîtresse d'elle-même, n'était pas dans son état normal, le majordome était resté suffisamment longtemps sur le perron pour voir ces deux hommes à la mine patibulaire lui emboîter le pas. Il avait immédiatement prévenu Devonworth, qui n'avait encore jamais entendu ce domestique, d'ordinaire si distingué, élever la voix.

Par chance, Cavell et son second Sanford étaient encore dans son bureau. Cavell avait passé la nuit précédente en quête de Vining. Aux premières lueurs du jour, il avait fait prévenir Devonworth qu'il l'avait trouvé et qu'il était avec lui au Montague Club, où s'était immédiatement rendu Léo. Avec Sanford, ils étaient allés chez Vining, où ils avaient trouvé les notes et la correspondance de ce forban à propos de la famille Dove, y compris les informations concernant la carrière théâtrale de Mme Dove et son prétendu précédent mariage. Ces documents étaient maintenant en sécurité dans le coffre de Devonworth, en attendant d'être brûlés.

Les criminels étaient en nombre inférieur. Devonworth, Sanford et le valet Oliver, cela faisait trois, et ce qu'ignoraient les bandits, c'était que Cavell avait fait le tour sous le couvert des arbres pour les prendre à revers. Cora, quant à elle, ne facilitait pas la tâche à Jim et à son comparse.

— Lâchez-moi ! s'exclama-t-elle en lui écrasant le pied de toutes ses forces.

Jim sursauta et la secoua avec tant de violence que Devonworth l'entendit claquer des dents.

— Prends mon pistolet dans..., ordonna Jim à son complice.

Il n'eut pas le temps de terminer sa phrase. Le cocher de la voiture qui attendait sous les arbres fouetta ses chevaux et partit aussi vite que possible, dans un grand nuage de poussière. Jim lâcha un juron tandis que son comparse cherchait une échappatoire.

— Nom de Dieu, Willy, prends mon pistolet dans son étui !

Mais le dénommé Willy n'écoutait pas, et Jim ne savait plus à quel saint se vouer. Pendant qu'il parlait, Devonworth et ses hommes en avaient profité pour se rapprocher dangereusement.

— Encore un pas et je lui casse le poignet ! glapit-il.

Devonworth s'arrêta et fit signe à Sanford et à Oliver d'en faire autant. L'homme était parfaitement capable de mettre sa menace à exécution, et il ne voulait à aucun prix que l'on fasse du mal à Cora. Il essayait de répondre à ses regards désespérés en lui faisant comprendre que tout allait s'arranger. Par-derrière, Cavell se faufilait lentement hors du couvert des arbres, un pistolet à la main. Mais avant qu'il arrive jusqu'à eux, Cora donna un vigoureux coup de pied dans la cheville de Jim, qui relâcha suffisamment son emprise pour qu'elle lui assène un violent coup de coude dans les côtes. Seule, elle ne serait probablement pas allée très loin, mais cela suffit pour que Devonworth bondisse et l'attrape juste au moment où ses souliers glissaient sur la mousse humide. Cavell se précipita et appuya son pistolet dans le dos de Jim.

— Un seul geste et je te mets une balle !

— T'irais pas tuer un homme dans le dos, tout de même !

— Pas besoin de scrupules avec les gens de ton espèce ! rétorqua Cavell, coupant court aux faibles espoirs de Jim.

Willy avait pris la fuite aux premiers signes de rébellion de Cora, mais Sanford s'était jeté sur lui, aidé d'Oliver.

Pour la première fois, Devonworth éprouva quelque chose qui pouvait ressembler à du soulagement. Cora était dans ses bras, et elle était saine et sauve. Tremblant comme une feuille, elle se serra contre lui.

— Tu n'es pas blessée, mon amour ? chuchota-t-il en enfouissant le visage dans ses cheveux.

— Secouée, mais pas blessée.

Il la tint serrée sur son cœur un instant.

Des passants alertés par le bruit accouraient déjà. De son côté, Edgecomb était allé chercher la police, qui n'allait pas tarder à arriver.

Léo vit des messieurs arriver des sentiers avoisinants pour leur offrir leur aide. Sans lâcher la main de Cora, il les rassura et leur garantit qu'ils avaient la situation bien en main, mais plusieurs insistèrent pour les aider à retenir Jim et Willy jusqu'à l'arrivée de la police.

Cela leur parut interminable, mais moins d'une heure s'était écoulée lorsqu'ils rentrèrent à la maison, où Eliza se rongeait les sangs. Après un petit moment durant lequel Cora rassura sa sœur, Devonworth porta sa femme jusqu'à sa chambre.

— Est-ce qu'il a dit pourquoi il a fait cela ? demanda-t-elle.

— Jim est un des hommes de Brody et je l'ai rencontré à Whitechapel le jour où je suis allé payer les dettes de Harry. Il a cherché querelle à Cavell et il nous a attaqués quand nous prenions le chemin du retour. Je l'ai frappé, ce qui l'a humilié devant sa dulcinée. Je pense qu'il a voulu m'humilier à son tour, et quel meilleur moyen que de s'en prendre à ma femme ?

La honte qu'éprouvait Léo d'avoir entraîné Cora dans cette sordide histoire avec la pègre n'était pas près de s'éteindre.

Il massa avec une pommade cicatrisante les poignets de Cora, endoloris par la brutalité de Jim, renvoya Monroe et débarrassa sa femme de sa robe souillée, de sa chemise et de tous ses sous-vêtements sans l'aide de personne. Il tenait à s'assurer lui-même qu'elle n'était pas blessée. Maintenant que tout danger était écarté, il comprenait qu'il avait failli la perdre. Quand il avait vu les meurtrissures de ses poignets, il avait été saisi d'une rage folle.

— Tu n'as rien à te reprocher. Tu as fait ce qu'il fallait pour ton frère, le consola-t-elle en lui effleurant la joue.

— Pourquoi t'es-tu enfuie, Cora ?

— Je ne me suis pas enfuie. Je suis sortie pour m'éclaircir les idées. Je n'aurais jamais imaginé que ces monstres attendaient pour m'enlever. J'ai déjà vu cet homme, Jim, reprit-elle après une légère hésitation. Il était à la manifestation, il nous surveillait. Je n'aurais jamais pensé qu'il me suivrait pour s'en prendre personnellement à moi ! J'aurais dû t'écouter et ne pas aller à cette manifestation.

— Mon Dieu, Cora !

Il la reprit dans ses bras. Il aurait voulu qu'elle se fonde en lui, qu'ils ne fassent plus qu'un, encore plus qu'ils ne le faisaient déjà. Jamais il n'aurait songé que son équipée à Whitechapel le poursuivrait jusqu'à Mayfair. Malheureusement il s'était trompé et cela avait failli lui coûter très cher. Il décida d'engager quelqu'un qui accompagnerait Cora partout où elle irait, maintenant qu'il connaissait le risque. Pendant toutes ces semaines, Jim avait attendu son heure, guettant sa première sortie seule.

— Non, tu n'as aucun reproche à te faire. Le seul responsable, c'est moi. Il allait se servir de toi pour m'atteindre, et je te dois des excuses pour cela. Je ne me suis pas occupé de toi convenablement.

— Non ! Ce n'est pas ta faute.

Si, mais il ne voulait pas la contredire.

— Je t'aime, Cora. Sans toi, je mourrais.

— Tu m'aimes ?

Elle avait rougi, et son regard s'était adouci.

— Oui, je t'aime. De tout mon cœur ! Je regrette de ne pas te l'avoir dit plus tôt.

Elle semblait encore incrédule, et il avait du mal à soutenir son regard, comme si elle lisait trop clairement en lui. Jamais il n'avait prononcé ces mots, pas même avec Sofia. Leur amour allait de soi, et il n'avait jamais ressenti le besoin de le lui déclarer.

— Quand t'en es-tu aperçu ?

— À Timberscombe Park, répondit-il. Peut-être même avant. Cela a commencé quand nous nous sommes mis à travailler ensemble à mon discours. Je m'en serais rendu compte compte si j'avais été moins borné.

En riant, elle saisit les revers de son veston pour l'attirer à elle, au risque de gâcher irrémédiablement le tissu en le maculant de pommade, mais il s'en moquait. Elle se pencha pour déposer un baiser juste au-dessus de son cœur, qui s'arrêta un instant de battre.

Doucement, tendrement, il prit son visage entre ses mains. Il voulait effacer cette lueur d'incertitude au fond de ses yeux et revenir là où ils en étaient la nuit passée.

— Laisse-moi t'expliquer pourquoi j'ai voté comme je l'ai fait, dit-il soudain.

Il ne voulait surtout pas la blesser, mais il ne voyait pas d'autre moyen.

— Très tôt, lorsque Camille m'a invité à la campagne, j'ai engagé un détective pour enquêter à votre sujet. À ce moment-là, je ne connaissais même pas vos noms. Il a trouvé quelques informations sur vous, le fait que votre père, Jeremiah Dove, était décédé et que Hathaway était pour vous une sorte de bienfaiteur… Des renseignements de base, en somme.

Il marqua une pause, inquiet de sa réaction. Il lui avait déjà avoué sa relation avec Vining le soir où il lui avait fait sa demande en mariage. À ce moment-là, cela n'avait pas grande importance mais aujourd'hui il était évident que ses recherches sur ses antécédents avaient permis à Bolingrave de prendre la main.

— Continue.

— Je lui ai demandé de poursuivre ses recherches, parce que je ne voulais pas de mauvaises surprises. Quand nous nous sommes rencontrés pour négocier notre mariage, je me suis douté qu'il y avait quelque chose que tu ne me disais pas. Quand, par la suite, tu as reconnu être la fille de Charles Hathaway, j'ai pensé qu'il s'agissait de cela. Je voulais faire arrêter les recherches mais je n'ai pas eu le temps d'envoyer la lettre. Vining a donc continué ses investigations et il a rencontré Bolingrave, qui était apparemment prêt à le payer beaucoup plus que moi pour qu'il lui fournisse d'autres renseignements.

— Ton enquêteur a communiqué à Bolingrave les secrets que tu lui avais demandés sur ma famille ?

— J'ai toutes les raisons de croire qu'il ne lui en a communiqué qu'un seul.

— Lequel ? demanda-t-elle, visiblement tendue.

— Il a donné à Bolingrave le reçu du paiement d'un article que tu as écrit pour une revue sur les droits des femmes. Ils ont percé à jour le pseudonyme que tu as utilisé pour répondre à Bolingrave dans cette feuille à scandale. Pourquoi ne m'en as-tu pas parlé ?

— Je n'en sais rien. Je n'étais pas sûre de pouvoir te faire confiance, à ce moment-là. Maintenant, oui.

— Je ne peux pas te le reprocher. Seulement si j'avais été prévenu, j'aurais pu prendre mes dispositions. C'est bien pire que le reste. Ton article faisait la promotion de l'amour libre !

— Les articles que j'ai écrits démontraient l'urgence pour les femmes de pouvoir quitter une relation lorsqu'elles y sont contraintes. Elles ont souvent besoin de pouvoir divorcer pour leur sécurité, tout simplement. L'amour libre signifie uniquement leur donner la possibilité de le faire sans les barrières mises en place par la famille ou les institutions. Cela signifie que les femmes doivent être libres d'aimer et de partir pour un nouvel amour ou pour rester célibataires si elles pensent que le moment est venu.

— Je comprends parfaitement ton point de vue mais ce n'est pas ainsi que Bolingrave et ceux de son acabit le présenteront aux yeux du monde. Il a insinué que tu conseillais de coucher avec un homme différent toutes les nuits. La plupart pensent que c'est ce que signifie l'amour libre. Je ne pouvais pas te laisser endurer de nouvelles calomnies, surtout après les affreux ragots à notre sujet. Tu serais devenue une paria. Même la SLSF t'aurait claqué la porte au nez. Pire, tes sœurs n'auraient pas eu la moindre chance de trouver un mari. Mainwaring aurait été obligé de rompre ses fiançailles avec Eliza.

— C'est pour cela que tu as voté contre la loi ? Bolingrave t'avait promis de garder mon secret si tu votais « non » ?

— Oui. La loi ne serait pas passée, de toute façon. Nous n'étions pas suffisamment nombreux. Bolingrave a joué le même jeu dangereux avec d'autres pour s'assurer de leur vote. Il a promis de me donner la preuve qu'il détenait si je votais « non ». Il ne pourra plus jamais s'en servir contre toi, Cora. Il se moque de ton passé, en fait. Tout ce qu'il cherche, c'est à m'atteindre, et il t'a utilisée contre moi. Je suis désolé que notre mariage t'ait attiré ces ennuis.

— Tu es désolé ? Tu ne m'en veux pas de ne pas t'avoir dit la vérité ?

— J'étais un petit peu en colère, je te l'avoue, mais je te comprends. Et toi, tu ne m'en veux pas pour mon vote ? Quand j'ai accepté ce marché avec Bolingrave, je savais déjà que la loi ne passerait pas, mais je m'en veux tout de même. J'ai manqué à la promesse que je t'avais faite.

— Je suis furieuse, répondit-elle en lui souriant tendrement. Je suis en colère contre toi et je suis en colère que tu te sois trouvé face à ce dilemme. Et je te suis reconnaissante d'avoir essayé de nous protéger, mes sœurs et moi.

— Je te protégerai toujours, Cora. Toujours...

Il la serra plus fort contre lui en remerciant le ciel qu'elle soit saine et sauve. Mais même s'il avait voulu mettre tout cela derrière eux, il en était incapable. Il ne pouvait pas ignorer la souffrance qu'il ressentait.

Il avait dû se raidir ou manifester d'une façon ou d'une autre ses sentiments car elle s'écarta pour le regarder.

— Il y a autre chose ? s'enquit-elle, quelque peu inquiète.

— Tout à l'heure, dans l'escalier, tu as dit que nous devrions pouvoir nous faire confiance l'un l'autre et nous dire la vérité.

— Oui, c'est vrai.

— Or, tu ne m'as pas fait confiance. Devant l'évidence, tu as cru le pire. Tu as choisi de croire que j'étais capable de te faire du mal...

— Je suis désolée. Ce qui m'a le plus blessée, c'est que tu ne m'aies rien dit. En tout cas, je te promets qu'à partir de maintenant je te ferai confiance et que je te croirai en tout, assura-t-elle, les yeux brillants de larmes. Je t'aime, Léo.

— Tu m'aimes ? répéta-t-il, aussi incrédule qu'elle un peu plus tôt.

— Je n'ai jamais autant aimé quelqu'un et été aussi en colère contre lui en même temps ! s'écria-t-elle tandis qu'une larme roulait sur sa joue.

— Quand t'en es-tu aperçue ?

S'il lui posait la question, c'était pour la tourmenter, comme elle l'avait tourmenté un peu plus tôt, mais il avait vraiment envie de le savoir, s'aperçut-il.

— Je ne te le dirai pas, marmonna-t-elle, visiblement embarrassée.

— Si, dis-le-moi.

— Dès le début, en fait, avoua-t-elle. Je sais que cela a l'air incroyable, mais ce jour-là sur le terrain de football, j'ai senti quelque chose que je n'avais jamais ressenti. Et cela n'a fait que grandir chaque fois que j'étais avec toi. Mieux je te connaissais, plus je t'admirais. Et quelque part en chemin, mon admiration est devenue de l'amour.

Il l'embrassa passionnément, impatient de la posséder. Cette femme aurait raison de lui et il s'en moquait. Il était prêt à se perdre et à devenir un autre, s'il le fallait. Il la souleva et la porta jusqu'à son lit. Il ne pouvait pas attendre plus longtemps...

— Et Bolingrave ?

— Il m'a donné le reçu, et je pense que c'est tout ce qu'il avait.

— Comment peux-tu en être certain ? demanda-t-elle, tremblante de désir.

— Parce qu'il n'aurait pas perdu son temps à me dire qu'il en savait beaucoup plus si cela avait été le cas. Et puis, Vining a trouvé des informations sur lui aussi. Il a trouvé la preuve que Bolingrave a un enfant adultérin dans le Northumberland, dont sa femme ignore l'existence, bien entendu. C'est moi qui ai cette preuve, à présent, et elle restera dans mon coffre. À moins que Bolingrave ne me donne de bonnes raisons de l'utiliser...

— Et qu'est-ce que ton détective a trouvé d'autre ?

— Quelque chose à propos d'un divorce de Fanny il y a longtemps et d'une enfance passée dans un orphelinat de Chicago, annonça-t-il tout en se battant avec ses boutons de chemise.

— C'est tout ?

— Qu'y a-t-il d'autre à trouver ?

— Oh, rien ! répondit-elle avec un empressement trop rapide pour être honnête.

— Cora ? insista-t-il tandis qu'elle faisait de son mieux pour le distraire en s'attaquant aux boutons de son pantalon.

— Nous aurons tout le temps d'en parler un peu plus tard, murmura-t-elle en laissant ses lèvres courir sur son torse découvert.

À ce moment-là, il eut la certitude qu'il ne connaîtrait probablement jamais tout ce qu'il y avait à savoir à propos de cette inconnue qu'il avait épousée. Sa dernière pensée, avant que les lèvres de Cora fassent tendrement en sorte qu'il oublie tout ce qui n'était pas elle pour le reste de la nuit, fut que, pour la première fois de sa vie, l'incertitude ne lui pesait absolument pas.

Épilogue

Cora n'avait jamais vu de crépuscule aussi beau qu'un coucher de soleil romain. Une lumière dorée nimbait les dômes, les églises et les palais d'ombres orangées. La brise vespérale faisait doucement voleter les rideaux de leur chambre. C'était la belle fin d'une journée absolument parfaite, la dernière de leur séjour à Rome. Leur voyage de noces touchait à sa fin et le lendemain, ils prendraient le chemin du retour. S'ils avaient pu faire ce voyage un peu plus tôt que prévu, c'était que Harry s'était attiré des ennuis avec les autorités locales, ce qui avait obligé Léo à envoyer une caution avant de venir en personne en Italie. Une fois son frère renvoyé à la maison, ils étaient restés pour passer un peu de temps ensemble.

La maison… Elle était encore stupéfaite de la vitesse avec laquelle elle s'était sentie chez elle à Londres et à Timberscombe Park plutôt qu'à New York. Pour elle, la maison serait toujours là où était Léo.

Il arriva derrière elle, en caleçon, et l'enlaça. Elle se laissa aller contre lui et s'émerveilla du bonheur qu'elle éprouvait à simplement vivre à ses côtés. La loi sur la santé publique avait été votée sans que Bolingrave divulgue le moindre lien entre elle et Lavender Starling, ce qui signifiait que Léo avait bien toutes les preuves contre elle dans son coffre. Un autre indice pouvait toujours surgir, bien entendu, mais elle savait que Léo serait à ses côtés si cela venait à se savoir. Elle espérait simplement qu'Eliza et Jenny seraient déjà établies. Le mariage d'Eliza devait avoir lieu prochainement. Jenny, elle, devait encore trouver un parti convenable.

Léo et elle avaient passé les dernières semaines à profiter l'un de l'autre et à oublier les soucis qu'ils avaient laissés à la maison. Cet homme lui convenait parfaitement à tous points de vue, et elle pensait lui convenir également parfaitement. Il était bien moins distant qu'aux débuts de leur mariage et il recherchait souvent son avis et son approbation, elle l'avait remarqué.

— Regarde, j'ai quelque chose pour toi, chuchota-t-il à son oreille. Je me suis souvenu qu'une émeraude t'avait plu chez ce bijoutier de Venise, expliqua-t-il comme elle était toujours absorbée par le coucher de soleil, en lui passant une bague au doigt.

— Une émeraude ? s'exclama-t-elle en faisant jouer la pierre dans les derniers rayons du soleil. C'est celle qui me rappelait tes yeux…

— Celle-là même. Je n'ai jamais trouvé le temps de t'offrir une vraie bague de fiançailles, parce que nous n'avons jamais eu de véritables fiançailles, probablement. Mais tu en mérites une, il me semble.

— Elle est splendide !

Elle lui plaisait d'autant plus que pour eux deux, elle avait une signification particulière : le souvenir d'un moment de bonheur.

— Je voulais te l'offrir pour que tu saches que je t'épouserais encore une fois, si c'était à refaire.

— Même sans argent ? le taquina-t-elle en se retournant dans ses bras.

— Même sans un sou ! Je dois tout de même reconnaître que c'est un côté bien agréable de notre arrangement…

Elle lui fit une grimace moqueuse avant de se hausser sur la pointe des pieds pour l'embrasser.

— Et moi, je t'épouserais même roturier !

Il lui rendait son baiser lorsqu'on frappa à la porte.

— Ah, ce sont certainement les chocolats que j'ai commandés avec tes biscuits préférés, dit-il. Tu te rends compte que l'on en trouve même ici ?

— Quels biscuits préférés ?

Elle ignorait qu'elle avait des biscuits préférés.

— Les biscuits à l'orange que tu as mangés le jour de notre mariage. C'est à peu près tout ce que tu as grignoté, ce jour-là !

Si elle n'avait rien pu avaler, c'est qu'elle était trop nerveuse, seulement elle n'aurait jamais imaginé qu'il s'en était rendu compte. Elle avait pensé que ces biscuits étaient communs en Angleterre et que c'était pour cela que Mme Anderson les lui proposait avec son thé.

— Tu veux dire que c'est toi qui as demandé à Mme Anderson de me servir ces biscuits tous les jours parce que j'en avais mangé le jour de notre mariage ?

Il se contenta de lui sourire en guise de réponse et passa son peignoir pour ouvrir au valet en livrée.

Pendant tout ce temps, il n'avait pas cessé de l'observer, de noter ce qu'elle aimait et de lui faire de petits présents. Les chocolats, le stylo, les biscuits à l'orange, et maintenant cette émeraude. Il était sans doute le mari le plus merveilleux en ce bas monde…

Après quelques mots au valet, il referma la porte. L'air soucieux, il lui apporta un papier bleu plié. Un télégramme ! Le cœur de Cora se serra d'angoisse. Cela ne pouvait rien annoncer de bon…

— C'est pour toi, dit-il.

Elle l'ouvrit et lut.

Décidé ne pas épouser Mainwaring STOP En aime un autre STOP Demande quoi faire STOP

Signé : Eliza Dove

— Heureusement que nous partons demain !

— Pourquoi ? demanda Léo, inquiet. Quelque chose ne va pas ?

— Eliza a besoin de nous.

Note de l'autrice

La tempête de neige qui a convaincu Devonworth de se marier est inspirée d'une véritable tempête qui a ravagé le sud-ouest de l'Angleterre le soir du 28 mars 1878. Ce temps rigoureux était inattendu après un hiver plutôt doux. Les récits de cette tempête rapportent qu'un éleveur a perdu plus de deux cent soixante moutons. L'événement a été jugé suffisamment remarquable pour être rapporté dans le *Symon's British Rainfall,* l'un des premiers rapports météorologiques annuels en Grande-Bretagne.

La loi que Devonworth essaie de faire voter dans le livre est un combiné de la loi sur la santé publique de 1875 et de son complément sur l'eau en 1878. Ces deux textes constituaient essentiellement un complément aux autres lois sur la santé publique votées tout au long du XIXe siècle. Cette période avait vu des changements majeurs dans le mode de vie des Britanniques. Dans les années 1800, la population était majoritairement rurale et vivait de l'agriculture. Au milieu du siècle, l'exode rural pour chercher du travail dans les villes avait eu pour effet d'urbaniser plus de la moitié des Britanniques. Comme vous l'imaginez, ces transferts de population avaient créé des conditions sanitaires déplorables et des risques d'épidémies auxquels les autorités locales avaient tardé à répondre.

On avait bien construit des lotissements pour loger les ruraux venus en ville travailler dans les usines et les manufactures mais peu d'attention avait été accordée au traitement des déchets et des eaux usées et aux conditions de ravitaillement. Beaucoup de villes comptaient encore des égouts à ciel ouvert et il n'existait que peu ou pas de réglementation sur l'enlèvement des déchets ou l'hygiène alimentaire. On parle de tas d'ordures aussi hauts qu'un immeuble... De ce fait, les cas de choléra et de typhoïde n'étaient pas rares et ces épidémies dévastatrices causaient des morts innombrables. Ce manque d'hygiène était d'autant plus regrettable que ces maladies étaient largement évitables.

Des textes moins importants furent votés au cours de cette décennie pour répondre aux besoins toujours plus importants de la population urbaine, mais ils étaient fragmentaires et faisaient l'effet d'un emplâtre sur une jambe de bois. La loi de 1875 résultait de l'action concertée de différents groupes de pression pour répondre aux besoins de la population. Elle affirmait la responsabilité des autorités locales en matière d'accès à une eau saine et à une nourriture de qualité ainsi qu'à un système de traitement des eaux usées. Elle stipulait que tous les nouveaux logements devaient être reliés au tout-à-l'égout. La loi de 1878 sur la santé publique et sur l'eau franchissait un pas de plus et stipulait que tous les égouts devaient être couverts et que tous les logements devaient avoir accès à l'eau courante. Elle établissait des distances strictes pour les accès à l'eau et créait des structures locales pour faire respecter la réglementation. Elle étendait également les dispositions de la loi au monde rural et non uniquement aux grandes villes.

Comme on pouvait s'y attendre, toutes ces innovations n'allèrent pas sans susciter des résistances, surtout à cause des dépenses induites par la création d'un réseau d'égouts digne de ce nom et la remise en état de l'ancien, ainsi que le raccordement à l'eau courante de toutes les habitations. Ces mesures eurent non seulement pour effet d'augmenter les impôts locaux mais elles transférèrent également les coûts de ces améliorations sur les propriétaires, lesquels dépensèrent d'importantes sommes d'argent pour empêcher ces lois d'être votées. Même lorsque le Dr John Snow démontra le rapport entre le choléra et l'approvisionnement en eau dans les années 1850, et que Louis Pasteur prouva scientifiquement que les microbes, et non les miasmes, étaient responsables des maladies, les dirigeants en place rechignèrent à prendre des mesures législatives à cause de leur coût. Sous prétexte que cela ne les arrangeait pas, ce n'est que dans les années 1880 et 1890 que les majorités commencèrent à accepter l'idée que c'étaient les microbes et non les odeurs ou les vapeurs déplaisantes qui étaient responsables des maladies, malgré des décennies de démonstrations irréfutables.

La lettre écrite aux journaux par Bolingrave est inspirée par l'article du Dr Benjamin Richardson, collègue et ami du Dr Snow. Le Dr Richardson avait présenté sa communication en septembre 1880 au congrès des hygiénistes d'Exeter. Dans ce rapport, il reprend cet argument malheureux mais typique de l'époque, développé par un grand nombre d'hommes et de femmes cultivés, selon lequel les femmes devaient recevoir une éducation mais uniquement dans le but de faire d'elles de meilleures ménagères. Ces gens professaient que les femmes n'avaient rien d'intéressant à apporter à la société en dehors de leur foyer. Ils avançaient souvent l'argument selon lequel les femmes risquaient de prendre leurs emplois aux hommes qui en avaient besoin.

À cette époque, les femmes mariées vivaient sous un régime de tutelle connu sous le nom de « protection maritale ». L'épouse était considérée comme vivant sous la protection de son époux et devenait sa propriété. En substance, lorsqu'un homme et une femme se mariaient, ils devenaient une seule et même personne au regard de la loi. Ce qui appartenait à la femme devenait propriété du mari, et elle cessait d'exister en tant que personne indépendante. Les militantes pour les droits des femmes ne cessèrent de lutter pour changer cet état de choses. Elles pensaient que les femmes mariées et les femmes célibataires devaient jouir des mêmes droits. Grâce à leur action, la première loi sur les propriétés des femmes mariées fut votée en 1870, mais il s'agissait d'une version édulcorée du projet initial. Elle donnait aux femmes des droits sur une partie de leurs revenus, de leurs investissements, de leurs propriétés et sur leurs enfants, mais uniquement jusqu'à un certain seuil. Il s'agissait d'un pas dans la bonne direction, mais il était néanmoins insuffisant.

Cora et le groupe de défense des droits des femmes auquel elle adhère professent à juste titre qu'étendre les droits des femmes mariées constituait un pas important sur le chemin de la complète égalité des hommes et des femmes devant la loi. Il fallut plus d'une décennie, mais la loi sur les propriétés des femmes mariées fut finalement votée en 1882. Ce texte donnait aux femmes mariées une identité juridique propre. Elles avaient le droit de signer des contrats, de posséder, de vendre et d'acheter des biens, et de garder leurs héritages sans aucune limitation. Si elle ne faisait pas des femmes les égales des hommes aux yeux de la loi, elle constituait un pas crucial pour donner aux femmes une identité légale.

Remerciements

Les livres ne s'écrivent pas à partir de rien. Ils sont le fruit de l'imagination d'un auteur et d'un travail acharné, et ensuite de tout un système pour les aider à atteindre le monde. Je suis infiniment reconnaissante d'être entourée de tant de gens compétents.

Tout d'abord, je dois remercier ma famille de son soutien dans mon travail d'écriture. Elle me donne le temps – enfin, en général – de travailler à mes histoires et de vraiment croire en moi. Merci en particulier à mon mari, qui fait les courses lorsque je suis en retard et qui m'écoute patiemment soliloquer sur des personnes imaginaires.

Un grand merci à ma correctrice Sarah qui m'a aidée à trouver le cœur de l'intrigue et à couper les longueurs. Elle est formidable et, sans elle, je ne pourrais pas écrire les livres que j'écris. Merci à Kevan de me soutenir aussi fidèlement dans mon travail. J'aimerais également remercier tout le personnel de Berkley qui contribue à toutes les étapes de la production et de la diffusion de mes livres. Sans vous, je ne toucherais pas autant de lectrices. Merci de l'attention que vous portez au moindre détail et merci de votre indéfectible soutien.

Merci à Laurie d'accepter de lire les premières versions de mes histoires, d'en trouver les manques et de me poser des questions délicates comme : « Pourquoi agirait-il comme cela ? » Merci à Marielle de m'écouter ronchonner à propos de mes personnages qui refusent de faire ce que je veux qu'ils fassent, tout en avalant avec moi une multitude de sandwichs. Et merci à tous les écrivains de ma vie qui m'aident à imaginer des intrigues autour de la grande et de la petite histoire. Elisabeth, Erin, Jeanine, Jenni, Lara, Lucy, Melissa, Nathan, Nicole, Seána, Tanya, Terri, Virginia et tous les autres… Merci !

14448

Composition
FACOMPO

Achevé d'imprimer en Italie
par GRAFICA VENETA
le 2 juin 2025

Dépôt légal : juillet 2025
EAN 9782290411285
OTP L21EPSN002666-640175

ÉDITIONS J'AI LU
82, rue Saint-Lazare, 75009 Paris

Diffusion France et étranger : Flammarion